KB231330

"방해하지 마!"
트리실
꽤 규모는 작아졌지만
그에 호응한 것은 제13기사단이었다.
"알겠습니다."
기병장 조프레크의 목소리와
나의 외침소리가 울려퍼졌다.
뇌장을 뽑아들고 거의 한 무더기의
포탄처럼 적의 기병들과 부딪혀간다.
그 결과는 명확한 것이었다.

파트셰 키비아

"나를 따르라!
다시 한번 뇌장
일제사격!"

눈 깜짝할 사이에 수십 기의 적이
격파되며 혼란에 빠진다.
적을 휩쓰는 형태로 기수를 돌린다.
파트셰 자신도 적의 지휘관과 대치했다.
"칫."
탁한 붉은 머리의 여자는 혀를 찼다.

용사형에 처함

형무기록

징벌용사 9004부대

제2왕도 제이아렌테 탈환 작전
제완 건 갱도
대하 킨 쟈 시바
크분지 삼림
제2왕도 제이아렌테
뮬리드 요새
대하 카 타 이
투진 산
투가 산
투진·투가 구릉지대
요프
용사부대 전선진지
켈프레시 마을
코리오 만
다우라이
제1왕도 제펜테
N
W
E
S
성도 키보그
지도 일러스트 / 나베타 케이

CONTENTS

눈이 흩날리고 있었다.

발밑에 조금씩 쌓이기 시작하고 있다.

'─무지하게 춥네.'

나는 흰 입김을 내뿜으며 내리기 시작한 눈 저편을 노려보았다.

투진·투가 구릉이라 불리고 있는 곳이다.

항만도시 요프에서 시작된 큰 길이 이 구릉 지대를 가로지르는 형태로 북동쪽을 향해 뻗어있다. 그리고 두 개의 산 사이를 통과하면 제2왕도 제이아렌테가 나온다.

지금은 마왕현상 21호 '아바돈'의 지배하에 있는 도시다.

"…자이로, 눈이에요."

테오리타가 발밑에 있는 눈가루를 집어들었다.

장갑을 끼고 있지 않기에 피부의 온도로 금방 녹아버려 별 의미는 없다. 그래도 테오리타는 흥미로운 듯 자신의 손끝에서 눈이 녹는 것을 바라보고 있었다.

"눈이 내리고 있어요. …쌓이려나요?"

"전투에 방해가 안 되는 정도로는 쌓이겠지."

나는 단언할 수 있었다. 왜냐하면 이 지역 일대에는 기상을 조작하는 《여신》의 힘이 작용하고 있을 것이기 때문이다. 쌓인다 해도 손가락 하나 정도 깊이일 터.

우리에게 좀 더 유리하게끔 기후를 조작할 순 없나 생각하곤 하지만 그 《여신》이 가진 힘의 본질은 '바람

과 구름의 소환'이라고 한다. 상대 머리 위에 느닷없이 벼락을 떨어
뜨린다든지, 상대 진지에만 비를 내리게 한다든지 하는 일은 불가
능하다고 들은 적이 있다. 전투에 사용하기에는 미묘하게 불편하
다.

"쌓일 정도로는 내리지 않을 테니 말과 포 갑주는 쓸 수 있을 거
야."

"그렇군요."

그래도 왠지 테오리타는 즐거워 보였다. 양손을 비비며 흰 입김
을 내뿜고 있다. 기분이 이해가 안 되는 것은 아니다.

"자이로는 쌓여 있는 눈을 본 적이 있나요?"

"…있어. 하지만 좋은 기억은 요만큼도 없군."

"자이로는 남부 출신이라고 들었는데 용케 눈을 알고 있네요."

"서쪽과 북쪽을 전전했으니 말야. 기본적으로 눈은 우리의 적이
니까 조심해야 할 것이 많아. 이를테면…."

나는 장갑을 벗고 테오리타의 손을 잡았다. 역시 차가워져 있다.
테오리타는 조금 놀란 듯 눈을 휘둥글게 떴지만 지금은 못을 박아
두는 게 좋다.

"일단 너는 장갑부터 껴."

테오리타에게도 지급되어 있을 터였다. 당연히 우리 것보다 좋은
것이.

"동상은 대개 몸의 말단 부분부터 시작되니까 가능한 한 몸을 따
뜻하게 해둬. 부츠에 천을 감은 스리와크를 넣어두는 것도 잊지 말
고."

스리와크라는 것은 작지만 엄청나게 매운 과실을 말한다. 보통은

건조시켜 조미료로 쓰지만, 이것을 신발 안에 넣어두면 혈행이 좋아지는 효과가 있어서 동상 예방이 된다고 한다. 북부 출신 녀석에게 들은 적 있다.

녀석의 이름은…, 떠올리려다 관두었다.

"자이로, 저는 그거 별로예요. 왠지… 걸을 때 기분이 안 좋다고 할까…."

"그래도 넣어둬. 동상으로 발가락이 잘리기 싫다면 말야."

나는 테오리타의 손을 그녀의 외투 주머니에 밀어넣었다.

"…알겠습니다."

테오리타는 입을 꽉 다물고 고개를 숙였다.

그리고 주머니 안에서도 내 손가락을 놓지 않았다. 이제 와서 자신의 손가락이 차갑다는 걸 깨달은 건가. 얼른 천막으로 돌아가는 게 좋겠다. 그렇게 생각하며 내가 몸을 돌렸을 때 한 남자가 다가오는 게 보였다.

시덥잖은 안색에 빈약한 근육을 가진 남자. 베네팀이다.

"저기…, 자이로 군."

베네팀은 말했다.

"의논할 게 하나 있는데 들어주시겠습니까?"

"별로 듣고 싶지 않은데."

나는 주머니에서 술병을 꺼내 들이켰다.

북방산 위스키. 이아드 가문의 '자약'이라 불리는 명주다. 본래라면 아무리 많은 군표를 지불해도 우리 같은 징벌용사에게 지급되는 물건이 아니지만 도터가 부대에 있는 지금, 그런 제한은 별로 관계가 없다.

"그러지 말고 부탁드릴게요. …다음 작전이 발령되었거든요. 진군입니다. 최종목표는 제2왕도고요."

"그렇겠지."

뻔한 일이다. 요프시 행정사는 닥치는 대로 주변 지역의 전력을 긁어모았다. 그 막대한 인원으로 진군하는 것이니 목적지따윈 정해져 있는 거나 마찬가지였다.

제2왕도 제이아렌테.

그곳을 탈환하는 것이 여러가지 의미에서 최우선 목표라는 건 누구라도 쉽게 알 수 있었다.

그래서 우리 징벌용사들도 이렇게 작전에 소집되어 군영 한 구석에 허접한 천막을 치고 있는 것이다.

"저기…, 그래서 제1단계 작전 목표 말인데요."

"제2왕도에서 나오는 페어리 군세를 격파하고 투진 산에 공략 거점을 구축하는 거겠지."

투진 산은 이 구릉 너머에 있는 두 개의 작은 산 중 하나다. 협곡 동쪽이 투진, 서쪽이 투가 산으로 불리고 있다.

"그런 작전 아냐?"

"아, 네, 잘 아시네요."

"그야 그렇지…."

조금만 생각하면 이것도 금방 알 수 있는 일이다.

지금쯤 제2왕도에서는 페어리의 군세가 출격했을 것이다. 가까운 집락을 습격해서 전력을 증강한 후 갈투일 요새를 공략하기 위해서다. 그걸 위해 쳐야 할 최대 목표는 항만도시 요프밖에 없으니 틀림없이 이쪽으로 온다.

그래서 우리는 일단 자신들의 안전을 위해 이 군세를 물리칠 필요가 있었다.

그후 제2왕도의 탈환을 노린다면 그 거점이 될 장소가 필요했다. 투진 산⋯. 그곳을 빼앗을 수 있다면 동쪽에서 보급을 받는 것도 가능해진다. 큰 강인 킨쟈 시바의 지류가 그 기슭을 흐르고 있기 때문이다.

그 강을 통해 버클 개척공사 본부가 존재하는 공업도시 록커나 제1왕도와 병참이 연결되게 된다. 거기까지 전선을 끌어올릴 수 있다면 갈투일과의 제대로 된 연계도 가능하다.

군부는 어떻게든 제2왕도를 탈환해야 한다고 생각하고 있을 것이다.

제2왕도는 하나의 상징이었다. 지금부터 30년쯤 전, 마왕현상에 의한 본격적인 침략을 본 다섯 개의 국가가 하나로 통합되었다. 이것이 현재의 연합왕국이다.

거기서 중심이 된 가장 유력한 두 왕국의 수도가 각각 제1왕도, 제2왕도라 불리게 되었다. 참고로 어느 쪽이 제1이고 어느 쪽이 제2가 될지 상당히 시시한 정치적 응수가 오갔다고 하는데, 그런 것엔 전혀 관심이 없어서 자세한 건 잘 모른다.

아무튼 제2왕도의 중요성은 그 성립 과정에 있다. 전 세계 사람들이 하나로 똘똘 뭉치는 상징이라는 의미에서.

또한 군사적으로도 아주 위험한 곳이기도 하다. —갈투일과 제1왕도를 노릴 수 있는 장소에 있기 때문이다.

"그래서, 우리은?"

나는 새삼 베네팀에게 물었다.

"어느 부대의 선봉을 맡으면 되지? 아니면 예비 부대인가?"

징벌용사가 전혀 신용이 안 되는 녀석들인 이상, 그런 것도 생각할 수 있었다. 중요한 국면에 투입하는 게 아니라 예비로 남겨두는 것.

"그게 실은… 말이죠. 저도 열심히 교섭해봤습니다만."

베네팀은 상당히 말하기 거북한 듯했다. 나는 암담한 기분이 들었다.

"분명하게 말해. 뭘 명령받은 거야?"

"어느 부대에도 소속되지 않습니다."

"…무슨 소리지?"

"징벌용사 9004부대는 단독으로 선행해서 투진·투가 북동부 제4구릉을 점거. 현지에서 거점을 구축! 출발은 오늘밤! …이라더군요."

베네팀은 큰 종이 지도를 펼쳐 보였다. 이 지점에서 북동쪽으로 뻗은 몇 개의 완만한 언덕 중 하나에 동그라미가 쳐져 있었다. 그게 '북동부 제4구릉'이라는 건가?

그렇군. 그건 알겠다.

하지만…,

"웃기지 마! 바보 아냐?"

"히익."

"자이로, 진정하세요. 베네팀이 겁을 먹고 있잖아요."

무심코 언성을 높인 나의 등을 테오리타가 진정시키듯 두드렸다.

—하지만 무슨 맹수도 아니고 그런 식으로 두드리지 않았으면 한다.

"대체 뭐야? 그 작전은."

나는 지도를 노려보았다. 징벌용사 부대만 먼저 가서 그곳에 거점을 확보하라니 웃을 수 없는 농담이다. 얼마나 많은 페어리의 대군이 눈앞에 있을 거라 생각하는 건지.

이래선 마치,

"―그래. 완전히 미끼지."

내 생각을 대변하듯 목소리가 들렸다.

베네팀의 등 뒤에서 갑옷 소리와 함께 한 여성이 다가왔다. 고지식하고 무뚝뚝한 얼굴. 하나로 묶은 흑발과 상대를 찌르는 듯한 날카로운 눈초리.

"사령부는 우리에게 미끼가 되라고 명령한 거야."

파트세 키비아였다.

"전술적으로 별다른 의미가 있다고는 생각되지 않는 명령이지. 우리에게 오는 적을 공격할 준비는 하고 있는 듯하지만 얼마나 기대할 수 있을지."

예전의 그녀와 다른 점은 목에 성인이 있다는 점이었다. 우리와 완전히 같은 성인…. 징벌용사의 증표.

"그렇군. 수고했어, 신참."

나는 일부러 경박하게 말했다. 이 부대에 온 후로 쭉 어두운 얼굴을 하고 있는 파트세를 보는 게 슬슬 우울해졌기 때문이다.

"그런 식으로 부르지 마."

파트세는 강한 눈초리로 나를 노려보았다.

"제이스까지 그렇게 부르게 되었잖아."

"녀석은 사람 이름을 잘 기억하지 못하니 어쩔 수 없어. ―그보다 어떻게 생각해? 우리의 힘만으로 저 언덕을 점거할 수 있을 것 같아?”

파트세는 베네팀이 참가한 작전회의에 동석해 있었다. 베네팀이 적당히 둘러대지 못하게 막고 군사적인 판단을 가미한 정보를 얻기 위해서다.

지금까지 베네팀은 대략적인 명령내용밖에 가져오지 않았기에 안 그래도 바쁜 내가 동석하거나 다른 방법으로 정보를 입수할 필요가 있었다. 이것만은 파트세의 참가로 명백히 개선된 점 중 하나다.

“언덕 점거는 절대 무리겠지.”

파트세는 예상했던 대답을 했다.

“점거한 뒤, 그 상태를 유지하려면 현지에서 거점을 구축할 필요가 있는데, 그때까지 페어리들이 그냥 지켜보고 있을 거로는 생각 안 돼. 군세를 보내 방해할 게 분명해.”

“그것을 노려 군이 공격한다는 것 아냐?”

“그래준다면 페어리들에게 상당한 타격을 줄 수 있긴 하겠지. 다만 그 싸움의 최전선에 서야 하는 우리 부대는 궤멸할 거야. 결국 구릉 점거라는 작전목표는 달성할 수 없어.”

파트세는 막힘 없이 의견을 늘어놓았다. 말하면서 서서히 미간에 주름이 잡히고 있는 걸 알 수 있었다.

“병사 숫자가 부족해. 최소한 우리 부대를 엄호할 병사. 가능하면 복병이 말야.”

손가락을 꼽으며 조건을 나열해간다.

“그리고 물자 말인데, 물자 운반은 어떻게 하지? 우리가 도보로

운반해야 하는 건가? 그렇다면 말이 필요해. 내가 탈 것까지 포함해서 최소 열 마리는 있어야겠군. 자이로 너도 이 지형에서의 전투라면 탈 거 아냐. …그리고 출발이 오늘 밤이라는 것도 절대 불가능해. 준비에 시간이 필요하니까. …라이노라고 했나? 그 기분 나쁜 남자의 포 갑주도 축광해야 되고.”

단숨에 말하고 나서 그녀는 고개를 저었다.

“이런 상황에서 임무라니, 징벌용사라는 건 정말 말도 안 되는 부대로군.”

그녀가 쏟아내는 말을 다 듣고 나서 나는 베네팀의 어깨를 두드렸다.

“들었지? 지휘관. 성공에는 이렇게 많은 것들이 필요하다고 하니까 조건을 갖춰주도록 해.”

“…네.”

베네팀은 여전히 잘 알 수 없는 얼굴로 모호하게 고개를 끄덕였다.

“지원부대를 준비하고, 말을 조달하고, 시간을 벌라는 거죠…?”

“그래. 잘 해보라고.”

“잠깐만.”

파트세는 몹시 이해가 안 된다는 듯한 얼굴을 했다.

“어떻게 할 수 있는 여지가 있긴 한 거야? 이건 사령부가 내린 명령이라고. 물자 할당도 정해져 있고, 작전 개시 시간과 병력 배치도 바꿀 방도가 없어.”

“물자는 어떻게 될 겁니다. 작전 개시 시간도, 뭐… 대충 얼버무려보죠.”

"그거야말로 어떻게 얼버무린다는 거지? 사령부는 어린애가 아니라고."

"저기, 그럴까요? 밤보다 낮에 가는 게 더 좋은 미끼가 될 테고, 우리도 더 빨리 궤멸할 텐데요…. 명령서가 있으면 좋겠습니다만…….”

"그럼 명령서를 만들어야겠군."

나는 가끔 쓰는 방법을 제안하기로 했다.

"전에 썼던 방법으로 가보자. 인장이 필요할 테니 일단 그것부터 입수하기로 해."

"전에 훔친 것을 폐하가 아직 가지고 있을지 모르겠습니다."

"그렇군. 완전히 자기 것으로 생각하고 있을 테니 말야."

"그리고…, 뇌물이려나요…?"

"그거야! 도터가 대활약할 때가 왔군. 지원부대를 배치하는 명목은 어떻게 하지?"

"아…, 갈투일에서 보낸 사자의 호위로 하죠. 우리의 출격과 함께 복귀하는 걸로…. 어려울 것 같으면 다른 방법을 생각해보겠습니다만…."

"…너희들."

우리의 이야기를 들으면서 파트세의 미간의 주름은 더 깊어졌다.

"그런 사기꾼 같은 짓들을. …언제나 그런 식으로 싸우고 있는 거야?"

"후후, 놀랐습니까?"

무슨 까닭인지 테오리타가 자랑스럽게 가슴을 폈다. 여느 때 이상으로 거만한 얼굴인 걸 보면 틀림없이 이 녀석은 자신이 이 부대의 '선배'라고 생각하고 있는 것이리라.

"이게 제 용사들입니다!"

흥, 하고 테오리타는 작게 코웃음쳤다.

이건 별로 자랑거리가 안 된다는 것을 가르쳐줄 필요가 있을 것 같다. 실제로 파트셰도 어이없다는 얼굴을 하고 있었다. —생각해보니 이 녀석은 아직 우리의 방식을 모른다.

왠지 나는 파트셰가 우리 부대에 처음 참가한 '회합' 때를 떠올렸다.

그때 이 녀석은….

◆

"파트셰 키비아다."

그녀는 무뚝뚝한 얼굴로 자기소개를 했다.

우리 징벌용사가 '임시소집'으로 호출된 천막 안에서의 일이었다.

"이제 와서 따로 자기소개를 할 건 없겠지. 너희에 대해서도 잘 알고 있고 말야."

지금은 부대원 대부분이 그녀의 얼굴과 이름을 알고 있었다. 첫인상부터 일관되게 고지식한 우등생 체질과, 규율에 엄격한 군인다운 군인.

처음 만났을 때와 다른 것은 그 목에 새겨진 성인뿐이었다. 다시 말해 징벌용사의 증표.

그래서 다들 말이 없었다. 의미를 알 수 없었던 것이리라. 이 고지식 일변도의 성기사 단장이 어째서 용사형에 처해졌는지. 다만 나는 다소 추측이 되었다.

—죄목은 살인 및 내란 준비.

자신의 백부이기도 한 대사제 마렌 키비아와 그 부하 라지트라는 남자를 죽였다고 들었다. 정말로 죄목에 있는 대로 착란에 빠져 그 두 사람을 죽이고 마왕현상을 따르는 사교와 내통한 게 맞을까?

아마 아닐 것이다. 이 녀석이 그런 교활한 일을 꾸밀 수 있을 리 없다. 절대 있을 수 없는 일이라고 생각한다.

실제로는 그 반대일 것이다. 그 대사제…, 혹은 라지트에게 무언가의 원인이 있었던 거겠지. 그렇지 않다면 이 녀석의 연기는 너무도 완벽하다.

그래서 나는 무언가 시덥잖은 농담을 던지기로 했다.

너무 심각한 얼굴은 질색이었으니까. 본인도 이런 곳에서 '진실'을 주장하고 싶지는 않을 것이다. 내가 그랬기 때문이다. 무죄를 주장하기에는 너무 늦었다. 그래서….

"우오오, 굉장해! 과연 누님이야!"

하지만 내가 입을 열기 전에 얼간이 차브가 감탄해서 소리치고 있었다. 게다가 박수까지 치고 있다.

"저는 전부터 누님을 피도, 눈물도 없는 극악의 살육병기로 생각하고 있었어요. 기억나요? 요프 시내에서 제가 테오리타 양을 지키기 위해 시민들을 고기방패로 쓰자고 했잖아요! 그것을 거절한 걸 보고 이 사람 정말 위험하구나 생각했죠."

우리…, 혹은 테오리타가 끼어들 틈도 없이 단숨에 주절거린 후 양손을 펼친다.

"대환영입니다! 아, 하지만 우리는 죽이지 말아요. 정면으로 싸우면 제가 파트셰 누님을 이길 수 있을지 어떨지 알 수 없으니까.”

차브의 발언은 너무도 바보 같고 엉망진창이었다. 녀석의 독자적인 가치관에서 나온 내용이었기에 파트셰도 아무런 반응을 할 수 없었다.

“저기! 다른 사람들도 환영이죠?”

차브가 돌아봤을 때 베네팀과 도터가 눈길을 돌린 것은 거의 동시였다.

“예, 뭐…, 저기…, 괜찮지 않겠습니까? 지휘관으로서 부대의 증원은 바라는 바이기도 하고.”

명백히 겁먹은 얼굴로 베네팀이 말하자,

“환영하지 않는다고 하면 목뼈가 부러질지도….”

도터는 당장이라도 도주할 수 있도록 몸을 굽히면서 뒷걸음질 쳤다. 그걸 본 파트셰는 언짢은 듯 얼굴을 찡그렸다.

“목뼈 같은 건 안 부러뜨려.”

“그럼 다리뼈를…?”

“안 부러뜨려. 혹시 나를 무슨 흉포한 야수 같은 걸로 생각하고 있는 것 아냐?”

“새, 생각 안 해요!”

분명 생각하고 있을 거라 나는 확신했다. 도터의 눈은 겁에 질려 있었으니까. 파트셰는 무언가 반론하려다 몇 초 정도 망설인 후 결과적으로 크게 고개를 저었다.

“…지금은 무슨 말을 해도 변명에 불과하겠지. 믿어달라고 할 생각은 없어. 허나 명령은 명령이니 나는 징벌용사로서 너희들과 함께 싸우게 됐다.”

“음, 좋아.”

무겁게 고개를 끄덕인 것은 노르가유였다. 옆에 타츠야를 거느린 채 말 그대로 왕처럼 당당하게 의자에 앉아 있다.

“허가하마. 짐의 정예로서의 활약을 기대하겠다. 타츠야 장군의 명령을 잘 따르도록.”

“우우.”

타츠야도 목구멍에서 탁한 소리를 내며 동의하는 듯했다. 단순히 거친 호흡소리일 가능성도 있지만. 뭐, 노르가유와 타츠야의 의견은 이런 때 전혀 참고가 안 되니까 아무래도 좋다.

맘에 걸리는 녀석이 있다고 하면….

“신참인가? 뭐 좋을 대로 해.”

제이스는 천막 구석에서 혼자 무언가 쇠붙이를 만지고 있었다. 안장에 다는 등자 같은 기구를 때리고 비틀고 있을 뿐 고개를 들어 파트셰를 보지도 않는다.

“우리의 방해만 안 한다면 상관없어. 니리에게 인사는 했겠지?”

“…했어.”

“뭐라고 해?”

“나는 니리의 말은 알아듣지 못해. 목을 그릉그릉하는 것처럼 보이던데….”

“그렇다면 니리도 반대는 안 한 거군. 얼간이가 다가오면 그냥 무시하거든. 어찌됐건 육지에서의 싸움은 자이로와 라이노, 너희들이 챙기라고.”

제이스라면 어차피 그렇게 말할 거라 생각했다. 나는 명령받은 게 열받아서 아무런 대답도 하지 않았지만 이름을 불린 다른 한 명은 그렇지 않았다.

"그렇군!"

희희낙락하며 대답한 녀석이 있었다. 라이노다.

"이건 다시 말해 믿음직한 동료가 늘어났다는 말이지?"

그러고보니 이 녀석은 파트셰와 처음 얼굴을 맞댄 거였군.

"환영할게. 동지 자이로가 칭찬한 적 있는 사람이니까 함께 싸우게 되어 영광이야."

"자, …자이로가? 나를?"

파트셰는 잠시 당황한 듯 나를 보다가 헛기침을 한 번 했다.

"…앞으로의… 참고를 위해 어떤 식으로 이야기를 했는지 듣고 싶군."

"아아! 굉장한 실력의 기사라고 들었어. 용맹한 곰과 같은 파괴력과 배짱을 겸비한 군인이라고 했지."

"그만둬, 라이노. 그 정도로 칭찬하진 않았어."

"아니, 잠깐만…. 누구더러 곰이라는 거야?"

너무 많이 칭찬한 것 같아서 그것을 파트셰 본인에게 들려주는 게 왠지 어색했다. ―하지만 내가 라이노의 입을 막기 전에 파트셰는 나를 노려보았다.

"이상하잖아! 그게 어디가 칭찬이라는 거야?"

"칭찬이잖아. 서부 경계에 사는 코비키 곰은 잠복해서 함정을 팔 만큼 똑똑하고, 남방령의 사사가네 곰은 두개골도 단단해서 뇌장의 사격조차 통하지 않을 정도인데."

"너 이 자식…."

"자, 자! 거기까지 하세요. 새로운 동료의 환영 의식은 이것으로 종료!”

나와 파트세 사이에 작은 그림자가 뛰어들었다.

테오리타였다. 양손을 머리 위로 흔들어서 나와 파트세의 시야를 차단하려 하고 있다. 그걸 본 파트세도 당황한 듯했다.

“테오리타 님, 죄송합니다만 저는 지금 이 남자를 질책하려고…….”

“우리는 동료예요! 이미 뜻을 함께 한 동료. 그러니까 질책할 필요따윈 없어요. 안 그래요?”

“아, 네….”

“파트세, 당신에게 대체 무슨 일이 일어났는지, 어떤 죄를 짊어지게 된 건지 그 사정은 굳이 지금 묻지 않겠습니다만….”

테오리타는 크게 숨을 들이마신 후 눈을 감았다가 다시 떴다. 아마 기합을 넣고 《여신》다운 표정을 지어보이려 한 것이겠지.

“우리는 당신을 환영합니다. 파트세 키비아.”

그 발언은 말 그대로 《여신》이라고 나는 생각했다. 그 뒤에 지어보인 미소까지 포함해서.

“징벌용사 9004부대에 오신 것을 환영해요. 함께 힘을 합쳐 마왕현상을 섬멸하고 영광 있는 미래를 쟁취하도록 합시다.”

힘찬 테오리타의 말로 그 자리는 마무리되었다.

그후 우리는 제2왕도 탈환 작전에 투입되었고, 투진·투가 구릉의 양동 부대로 임명되었다.

그리고 여느 때처럼 우리는 현재 물자와 시간 부족에 허덕이고 있다.

"뭐? 말? 지금 당장 열 마리나 필요하다고…? 아니, 아무리 그래도 그건 좀 무리야."

천막으로 돌아와서 묻자 도터는 침울한 얼굴로 그렇게 말했다.

데굴데굴 뒹굴면서 군에서 배급되고 있는 신문 같은 것을 읽고 있다.

저거라면 나도 읽었다. 저질 기사다. 제2왕도 함락… 이라고 대서특필 되어 있는데, 그 탈환 작전의 성공률이 높은 것처럼 쓰여 있었다.

사실만을 나열해보면 오히려 비관적인 요소가 더 많았다.

제2왕도에 살고 있었다는 제3왕녀와 제3왕자는 현재 행방불명된 상태로, '아바돈'을 필두로 한 여러 개의 마왕현상이 제2왕도를 점거 중이다. 적 전력에 관해서는 적어도 마왕현상 '라이넥'과 '프리아에'가 확인되고 있고, 페어리 무리는 지금도 확대 중이라고 한다.

─기분이 무겁게 가라앉는다.

도터의 태도에도 그게 반영되어 있는 건지 몰랐다.

"말해두지만, 나는 너희들이 원하는 도구를 뭐든 소환할 수 있는 편리하고 위대한 《여신》 같은 게 아니야."

도터는 그렇게 주장했다. 그런 것은 잘 알고 있다. 내 옆에 있는 테오리타 역시 불쾌한 듯한 얼굴을 했다. "으" 하고 발끈하는 소리도 흘러나왔다.

"나도 안개나 연기로 변신할 수 있는 건 아니니까 그렇게 간단히 훔쳐 올 수 있는 건 아니라고."

"돈이 될 만한 것은 뭐든 훔칠 수 있다고 했잖아."

"그야, 돈이 될 만한 것이라면 그렇지. 하지만 말은 정말 힘들다고. 게다가 열 마리라니! 이 부근에는 숨겨둘 장소도 없잖아."

"—그럼 내 도움이 필요하겠군. 동지 도터."

그렇게 말한 것은 라이노였다.

우리에게 배정된 천막 안에는 이 두 사람밖에 없었다. 제이스는 어차피 니리한테 가 있을 테고, 노르가유, 차브, 타츠야는 정비반에 있을 것이다. 포 갑주뿐 아니라 뇌장과 거점 구축에 쓰이는 자재를 준비할 필요가 있었으니까.

"내가 소란을 일으키는 건 어떨까? 임시로 설치된 마구간에 불을 지르면 혼란에 빠질 텐데. 말은 죽인 후 묻으면 되고."

"아니 아니 아니, 우리는 죽은 말이 필요한 게 아니잖아!"

"방화도 그만둬. 소란 정도로는 안 끝나니까."

우리가 곧바로 부정하자 라이노는 낙담한 듯한 얼굴을 지어 보였다.

"흠, 살아 있는 말이 필요한 건가. …그렇다면 좀 어렵군."

고민하기 시작한 라이노를 방치하고 파트세는 나를 팔꿈치로 찔렀다.

"저 녀석은 대체 어떻게 된 거야? 뭔가 이상하잖아."

"뭔가 정도가 아니라 진짜로 이상한 거야. 상식이 통용되지 않거든."

"말이 너무 심하군. 하지만 네가 그렇게 말한다면 그런 거겠지.

―그러니까 동지 파트셰.”

라이노는 다시 연기 섞인 미소를 파트셰에게 지어 보였다. 동지라 불린 그녀의 어깨가 흠칫 떨렸다. 원인 모를 혐오감을 느낀 것이리라. 나도 그 기분은 잘 알고 있다.

“나는 아무래도 일반상식이 좀 결여된 것 같으니까 무언가 눈치챈 게 있으면 방금처럼 거리낌 없이 지적해주길 바랄게. 개선할 수 있는 부분은 개선할 테니까.”

“그…, 그래….”

이번엔 파트셰가 고민할 차례였다.

“방금 그건 그런 문제였나?”

“파트셰, 고민해봤자 소용없어요. 저도 종종 혼란에 빠지거든요. 명백히 이상한 발언을 하면 그때마다 지적할 수밖에 없는 거죠. 익숙해질 수밖에 없습니다.”

테오리타는 이번에도 ‘선배’의 얼굴로 조언을 했다.

라이노 같은 녀석에 익숙해지라는 것도 좀 그렇다고 생각하지만, 아무튼 최소한 임무에 지장이 없는 범위에서 잘해나가는 수밖에 없다.

“―아무튼! 말을 훔치는 것은 힘드니까 무리야. 나는 실패하는 도둑질은 안 한다고.”

“그럼 말을 훔치는 게 아니라 구입하는 건 어때?”

도터가 다시 드러누웠을 때 라이노는 온화하게 말했다.

“그거라면 온건하게 끝낼 수 있잖아. 구입한 말이라면 필요해질 때까지 상인에게 맡겨둘 수도 있고. 다행히도 동지 도터는 ‘돈이 될 만한 것이라면 무엇이든 훔칠 수 있다’고 한 것 같은데.”

"…아아….."

아마 내 입에선 굉장히 얼빠진 목소리가 흘러나왔을 것이다.

확실히 버클 개척공사는 여느 때처럼 군의 이동에 함께 하고 있다. 기호품과 물자를 팔기 위해서다. 그들은 상품을 운반하기 위한 마차와 말도 소유하고 있었다.

그것을 구입한다면 이야기는 쉬워진다.

"그런 방법이 있었군. 완전히 맹점이었어. 다만 열 마리는 아무리 그래도 상당히 비쌀 텐데…, 도터, 은닉하고 있는 재산이 있으면 여기서 쓰도록 해. 무슨 말인지 알지?"

"아, 알고 있어. …그러고보니 나한테는 구입한다는 발상 자체가 없었네."

"…그건 너희들이 범죄행위로만 문제를 해결하려고 하니까 그런 거 아냐?"

"정확히 말하면 금품을 훔치는 것 자체가 이미 범죄지만 말야."

라이노가 시시한 것을 지적했지만 지금은 불문에 붙이기로 했다. 이 아이디어는 쓸 만하다.

"돈이 될 만한 것을 훔칠 거면 어디가 좋으려나?"

도터는 조금씩 의욕이 생기기 시작했는지 이쪽을 향해 몸을 돌렸다. 이러니저러니 해도 도둑질이 취미인 듯한 녀석이니 말야.

"귀족은 참가하고 있지?"

"작전의 총지휘를 맡고 있는 것은 제9성기사단이야. 거기에 요프 주변의 귀족과 제2왕도에서 도망쳐온 부대, 그리고 용병과 무장신관이 섞여 있지."

"…제13성기사단도 있어. 지금은 그렇게 불리지 않지만."

　감정을 죽인 듯한 목소리로 파트셰는 덧붙였다. 그렇다. ―그것도 있었다. 요프 방위 종료 시점에 2천에 가까웠던 그 병력은 그대로 제2왕도 탈환 작전에 투입되었다.

　반면 프렌시의 부대는 남방 협곡령으로 돌아갔다. 병력을 긁어모은 후 최대한 서둘러 이쪽과 합류할 생각인 듯하다. 아무리 나라도 여기엔 참견할 수 없었다. 제2왕도 함락은 누구에게도 남의 일이 아니기 때문이다.

　프렌시의 아버지에게 딸의 행동을 만류하라고 할 기회도 잃어버리고 말았다.

　"알았어."

　도터는 말했다.

　"말 열 마리를 살 수 있을 만한 게 있으면 되는 거지?"

　"부탁할게. 버클사와의 교섭은 베네팀이 할 거야."

　"그럼 자이로, 한 가지 조건이 있는데."

　"말해봐."

　"오늘 저녁은 차브 대신 자이로가 만들어. 오랜만에 멀쩡한 돼지고기가 들어왔잖아. 내장까지 있는 게."

　흠, 무슨 말을 하고 싶은 건지 알겠다. 차브가 만드는 요리는 영양만 섭취할 수 있다면 맛은 아무래도 상관없다는 듯한 요리였다. 워낙 말도 안 되는 요리다 보니 맛을 본 본인도,

　"여기에 독은 없네요! 재료도 상하지 않은 것 같아요!"

　정도로밖에 판단하지 않았다. 테오리타도 "전혀 맛이 안 나요"라고 할 정도였다. 돼지고기와 내장이 있다면 제이스도 불평하지 않도록 찜 요리를 만드는 게 좋을 것이다. 과실 페이스트를 바른 후

찌면 되겠지.

제이스는 남방 평원 출신이라 그런지 고기를 굽는 것에 거부감이 있는 듯했다. 구우면 육즙이 빠져나가 버리기에 찌는 게 훨씬 맛있다면서. 이 점에 있어서도 나와 제이스는 대립하고 있었다.

"알았어. 오늘 담당은 내가 할게."

나는 고개를 끄덕여 보이고 파트셰를 돌아보았다.

"우리 부대에 배속된 이상 참고삼아 물어보는데, 요리는 얼마나 할 수 있어?"

"음음."

파트셰는 조금 목을 가다듬고 나서 십여 초 정도 침묵했다. 길다. 마치 의도치 않은 치명적인 기습을 받은 듯한 반응이었다.

"…어떤 요리가 됐든 어지간한 건 다 할 수 있어. 그 정도는 기본이야."

거짓말이로군. 나는 직감했다.

밖에서는 눈이 계속 내리고 있고 날도 저물어가고 있다.

앞으로 몇 시간 후면 밤이 찾아올 것이다.

◆

찢어진 구름 틈새로 달이 보였다.

보라색의 커다란 달이었다.

라이켈은 고개를 들고 잠시 그 달에 시선을 빼앗겼다. 이렇게 선명한 달을 본 것은 오랜만이었다. 형의 사냥을 따라갔을 때 이후일 것이다.

그 달도 금방 가려졌다. 다시 눈이 내리기 시작한다. 몸에 들러붙는 듯한 눈이었다.

"라이켈. —라이켈!"

누나가 그의 이름을 부르고 있었다.

목소리에 힘이 없다. 추위로 얼어붙어 있다는 걸 알 수 있었다. 누나도 체력이 소모되어 있다. —자신이 정신을 똑바로 차려야 한다고 생각했다.

"라이켈, 내 곁에서 떨어지지 마. 길을 잃고 말잖아."

누나는 라이켈의 손을 잡았다.

두꺼운 장갑 너머로 느껴지는 힘은 명백히 약해져 있는 것처럼 생각되었다. 라이켈은 그것을 움켜잡았다. 그리고 대답한다. 누나가 걱정하지 않도록 또렷한 목소리로.

"예, 누님. 여기 있어요."

라이켈은 자신의 책임을 생각했다. 약한 소리는 할 수 없다. 호위와 함께 제2왕도를 탈출해서… 아직도 이렇게 목숨을 연명하고 있다. 근위병은 적의 추격을 저지하기 위해 조금씩 줄어들어서, 이제 누나를 지킬 수 있는 것은 자신밖에 없었다.

"누님을 지키는 게 제 역할이니까요. 누님을 위해서라면 어떤 희생이라도 치를 겁니다."

"용감하구나. 하지만 잘 들어…, 라이켈."

누나는 얼어붙을 듯이 새파란 눈으로 라이켈을 바라보았다.

그 눈동자가 무섭다는 사람도 있었다. 하지만 라이켈에게 있어서는 이 세상에서 가장 고결해질 수 있는, 그런 광채라고 느끼고 있었다.

"왕가에 속한 사람의 목숨은, …아니, 국가에 봉사하기로 마음먹은 사람의 목숨은 만민을 위해 있어."

누나는 한 마디 한 마디를 곱씹듯 말했다.

"가족을 위해서가 아니라 백성들을 위해서 써야 돼. 나를 버리고 가는 게 얼굴도 모르는 누군가를 위하는 일이 된다면 그렇게 하는 게 좋아."

터무니없는 소리를 한다고 생각했다.

왕의 자질. 제3왕자인 자신과는 별 관계가 없는 것이라고 생각했다. ―형이 두 명 있고 누나가 세 명이나 있었다. 자신의 차례가 돌아올 일은 없다고 생각하고 있었다.

"내가 존경하는 분이 했던 말이야."

누나는 그 파란 눈동자를 웃음의 형태로 가늘게 떴다. 라이켈은 그게 조금 맘에 걸렸다.

"누님이 존경하는 분이라고요? 어떤 분이셨죠?"

"로우칠 오라버니가 신전에서 배우고 있었을 때 만난 학우였어. 연합왕국의 장래에 대해 깊은 견식을 가진 분이셨지."

"머리가 좋은 분이셨나 보군요."

"그래. 분명 신전에서도 가장 머리가 좋았을 거야. 지금은 대사제라도 되어 있지 않으려나?"

그렇게 말하고 누나는 다시 미소지었다.

"그러니까 쉽게 목숨을 버릴 생각을 하면 안 돼. 목숨을 버려야 할 때가 있다면 그것은 백성을 위해서일 때뿐. 그러니까 지금은 나보다 네가 짊어지고 있는 것을 지키도록 해."

짊어지고 있는 것. 그것이 의미하는 것은 백성이 아니었다. ―라이퀠은 자신의 등에 있는 것을 떠올렸다. 단검같이 길쭉하지만 묵직한 무게가 느껴지는 천 꾸러미. 제2왕도를 탈출할 때 간신히 가지고 나온 물건이다.

누나의 말대로 이것만은 지켜야 한다고 생각했다.

"서두르자."

누나는 라이퀠의 손을 잡고 다시 걷기 시작했다.

"그때까지는 결코 희망을 버리면 안 돼. 남쪽으로. 항만도시 요프로. …그것만이 우리가 살아남을 수 있는 길이야."

제3왕녀와 제3왕자. 두 남매는 걸음을 재촉했다. 페어리의 기척은 아직 등 뒤에 없다.

앞길은 쏟아지는 눈과 밤의 어둠으로 가려져 있었다.

우리의 임무 개시 시각은 내일 저녁으로 결정되었다.

다시 말해 베네팀은 사령부를 상대로 하루 이상의 시간을 번 셈이다.

그걸 위해 우리는 군의 잡무를 죽을 만큼 해야 했지만 어쩔 수 없다. 주위의 차가운 시선에는 진절머리가 났지만 그것만 견디면 아무것도 아니다.

실제로 그들이 우리를 싫어하는 기분은 이해가 된다. 이런 범죄자들이 군영을 활보하고 있다는 것은 아무리 성인의 목걸이를 하고 있다고 해도 불쾌한 기분이 드는 것은 어쩔 수 없을 것이다.

특히 제9성기사단의 단장.

이름은 호드 클리비오스. —와인으로 유명한 클리비오스 가문의 영재다. 녀석이 나와 파트셰를 보는 눈초리는 살벌한 것이었다.

내가 성기사단장이었을 때부터 별로 좋은 인상을 주지 못했던 건 분명하다. 군기와 성기사단장으로서의 태도, 행실 같은 것에 몹시 엄격했다는 기억이 있다. 아마 결벽증일 것이다.

"작전에 의문이 있는 것 같군. 자이로 폴바츠."

그 호드 클리비오스가 나에게 직접 말해왔다.

"너희들의 지휘관한테 들었다. 작전에 대한 불만이 심해서 폭발 직전이라고. 지금이라도 진영에 불을 지를 것 같다고… 했던가?"

베네팀 녀석, 또 적당한 소리를 꾸며댔군. 그렇게 생각했지만 잠 자코 있기로 했다.

무언가의 교섭재료로 썼을 가능성이 있기 때문이다. 하지만 나중에 추궁은 해야겠지.

"말해두지만 나는 너희들을 전혀 신용하고 있지 않아. 종군시키는 것을 유해하다고 생각하고 있다."

총지휘관이 직접 하신 고마운 말씀이다. 그래도 가만히 들을 수밖에 없다.

"너희들에게 작전을 명령한 것은 그게 형벌이고, 갈투일의 지시이기 때문이다. 나 자신은 교전이 시작되기 전에 처형해둬야 한다고까지 생각하고 있지."

어떤 의미에서는 참으로 올바른 생각이다. 나는 더욱 침묵했다. —그리고 본격적으로 화가 나기 전에 그곳을 떠났다. 이런 식으로 시덥잖은 매도를 듣고 있다간 기분이 더 안 좋아진다. 호드뿐 아니라 일반 병사들의 뒷담화도 그렇다.

야영지에서 잡무를 하고 있는 사이에도 귀에 들어오는 말이 있었다.

"…어째서 징벌용사가 여기 있는 거야. 설마 작전에 참가하는 건가?"

"말도 안 돼. '여신 살해범'에 '식인' 차브까지 있다고."

"죄인들이 우리 영주님에게 접근하지 못하게 해. 무슨 짓을 할지 모르니까."

그런 험담뿐이라면 그나마 낫다. 좀더 노골적으로 식량과 의류 따위를 땅바닥에 내던지듯 배급한다. 게다가 내용물을 어느 정도

빼돌리고 있는 듯하다.

아무리 그래도 성기사단은 그 정도로 부정을 저지르지 않지만 귀족 연합이 데려온 병사들은 아무렇지도 않게 그런 짓을 한다. 이 싸움에는 실로 많은 귀족이 참가하고 있다. ―펄럭이는 가문기들을 보면 나도 알고 있는 귀족이 많다. 폭풍 속을 나는 종달새 문장은 쿨데일 가문, 피리를 부는 거인은 쥬느리 가문, 전투도끼를 물고 있는 사자는 다스미테아 가문.

그들은 입장과 출신이 가지각색이지만 공통점은 있다. 그것은 다들 입이 험하다는 것이다. 그리고 돈을 많이 가지고 있는 대귀족일수록 거침없고 노골적으로 욕설을 해댄다.

나에 이르러서는 걷고 있는 것만으로도 시비를 걸어와서,

"좀 더 길 가장자리에 붙어서 조용히 걸어. 더러운 죄수 놈들!"

이라는 식으로 매도했다.

'참 나. 그렇게 나온다는 거지?'

이 진지의 녀석들은 어차피 우리가 이번 임무에서 죽거나 살려달라고 매달릴 거라 생각하고 있다.

그렇게 생각하니 화가 나서 녀석들의 얼굴따윈 보고 싶지도 않아졌다.

그래서 나는 틈을 봐서 제이스의 용방에서 전술적 휴식을 취했다. 제이스도 상당히 열받는 녀석이긴 하지만 적어도 뒷담화는 하지 않는다. 그리고 용방은 넓었다. 제2왕도에서 탈출해온 드래곤들이 그곳에 수용되어 있기 때문이다. 그 숫자는 대략 40마리에 달한다고 한다.

그리고 제이스는 어떻게 했는지 모르겠지만 그곳에 있는 거의 모

든 드래곤들의 환심을 사는 것에 성공한 듯했다.

내가 용방을 방문하자 녀석은 니리의 배를 베개 삼아 우아한 휴식을 취하고 있었다. 고기를 문 채 제이스에게 다가가려는 드래곤도 있지만 그때마다 니리가 이빨을 드러내고 위협하고 있다. 팔자 좋구나 싶었다.

"…상당히 규모가 큰 공중전이 되겠지."

제이스는 말했다. 큰 수저로 죽 같은 것을 떠먹으면서 답답한 듯 나를 본다.

"그쪽에도 공중전력이 있으니 각오가 필요하겠지."

그건 그렇겠지. 제2왕도에는 이곳에 있는 것보다 많은 드래곤이 있었을 터였다. 그래도 시가지에 침입을 허용하고 패배했으니 상당한 공중전력이 있다고 봐야 한다.

물론 적이 그 전부를 이쪽 전선에 투입하느냐 하면 그렇지는 않다. 갈투일 요새가 있고, 제1왕도가 있으니 그쪽에도 경계를 기울여야 하기 때문이다.

"뭐야, 제이스. 자신이 없어 보이네?"

"그런 의미로 한 말이 아니야."

도발적으로 말했다고 생각했지만 드물게도 제이스는 걸려들지 않았다.

"하늘을 나는 마왕현상이 있다고 해. '프리아에'. 그 녀석이… 뭐랄까 빛나는 창 같은 것을 쏜다는군. 단순 비행형 페어리와는 사정거리가 차원이 다르다고 들었어."

"보고 온 것처럼 이야기하네."

"모일라한테 들었어."

“그게 누군데?”

“저기 있어. 얌전한 느낌의, 뿔이 바깥쪽으로 구부러진 아이야
…. 지금 이쪽을 보고 있는…. 그만둬, 니리. 위협하지 마.”

“드래곤이었군.”

“드래곤이야.”

그렇게 제이스는 말했지만 드래곤과 대화를 할 수 있을 리 없다.
아마 다른 용기병한테 들은 거겠지. 징벌용사 부대와 대화를 하고
싶어하는 병사는 기본적으로 없지만 용기병에게는 다른 연대감이
있을지 모른다.

“…아무튼 상당히 성가시긴 하지만 ‘프리아에’가 나오면 내가 죽
일 거야.”

제이스는 분명히, 그리고 언짢은 표정으로 그렇게 말했다.

“드래곤이 몇 익이나 녀석한테 죽었어. 용서 못 해.”

드래곤을 셀 때 제이스는 ‘익(翼)’이라고 부른다. 상당히 낡은 표
현이지만 제이스 앞에서 ‘마리’라고 부르면 주저없이 격렬한 공격을
해온다. 나는 적어도 이 용방 안에서 제이스와 싸울 만큼 바보가 아
니다.

“제공권은 어떻게든 할 테니까 육지는 너희들이 죽을 생각으로
돌파해. 실제로 죽어도 상관없고.”

나는 어떻게 대답할지 망설였다. 무언가 비꼬는 말 한 마디라도
해주고 싶은 기분이 들었다. ─아무래도 너무 진지한데, 너무 진지
해서 좋을 것은 아무것도 없기 때문이다.

그때 용방 안쪽에서 목재 같은 걸 뒤엎는 듯한 격렬한 소리가 울
려 퍼졌다.

"우와… 앗!"

그 얼빠진 목소리로 금방 누구인지 알았다.

차브다. 나무 상자에 파묻힌 것처럼 뒤집어져 있었다. 모습이 안 보이나 했더니 용방 일을 거들고 있었나.

"바보 녀석."

제이스가 어이가 없다는 듯 말했다.

"뭘 하고 있어. 긴장을 풀지 마."

"아니, 그게 아녜요, 제이스 씨! 지금 이 아이의 꼬리에 얻어맞을 뻔했다고요! 상자 안에 있는 것을 흘리지 않은 것만으로도 대단하지 않나요?"

"등을 보면 알잖아. 그 아이에겐 꼬리 쪽에서 다가가지 마!"

"어, 어째서요?"

"비늘에 상처가 남아 있는 게 안 보여? 네 눈은 납으로 되어 있는 거야? 그쪽에 상처를 입은 거니까 뒤에서 다가오는 녀석에게 민감해져 있어."

"본 것만으로 그런 것까진 모른다고요!"

차브의 목소리는 비명에 가까웠지만 그 기분은 이해가 안 되는 것도 아니다. 드래곤을 돌보는 것에 대한 제이스의 지시는 가끔 부조리하다고밖에 생각되지 않을 때가 있다.

"차브보다 노르가유나 도터에게 도와달라고 하는 게 좋지 않아? 이 녀석도 손재주는 좋지만 생물 상대로는 섬세함이 전무하다고."

"녀석들은 둘 다 바빠서 말야. 그리고."

내 의문에 제이스는 고개를 저었다.

"이번은 조금 생각이 있어. 차브를 써서…, 아, 잠깐만."

말하다 말고 제이스는 얼굴을 찡그렸다. 홀짝이고 있던 죽을 내민다.

"오늘 점심은 누구였지?"

"파트셰 키비아."

"…그 신참 말이지? 어쩐지 맛이 안 난다 싶더니, 바닥 쪽에 소금과 보리가 덩어리져서 깔려 있었어…. 어떻게 해야 이렇게 되지?"

제이스는 언짢은 듯 말했다.

"누군가 그 신참에게 밥 짓는 법 좀 가르쳐줘."

"어쩌면 그게 가장 급무일지 모르겠군."

"신참은 지금 어딨지?"

"일단 일은 하고 있어. 잘할지 어떨지는 알 수 없지만…."

그 이상으로 본인에게 있어서는 내키지 않는 일일 것이다.

그래도 우리에게는 필요한 일이다. 징벌용사 부대만으로 수천 마리의 적을 상대하는 것은 아무리 생각해도 불가능했다. 견제를 위한 전력은 필요했고, 적 주위를 이동해서 경계하게 만드는 것만으로도 도움이 되고, 최소한 움직이지 않고 가만히만 있어도 좋다.

조건에 따라선 호응해줄 상대가 있을지도 모른다.

가장 가능성이 높은 것은, 지금은 해체된 제13성기사단.

◆

일찍이 제13성기사단에서 조프레크 오스트비주라는 남자는 우수한 기병이었다.

판단이 빠르고 끈기도 있다. 파트셰가 알기로 원래는 북부방면군의 일원으로 전전하며 주로 개척집락의 구출에서 공을 올렸다고 한다. 그것을 성기사단에 스카웃한 형태였다.

새로 성기사단을 조직함에 있어 우수한 인재는 많을수록 좋다. 그렇게 말하며 최대한으로 손을 써준 것은 파트셰의 백부였다. 지금은 없다. 자신이 죽였다. 그것은 파트셰 자신뿐 아니라 성기사단 인원 모두의 미래를 파괴한 거나 다름없다.

그래서 이것은 처음부터 내키지 않는 일이었다. 조프레크의 대답도 상상은 되었고, 실제로 예상했던 대답이 돌아왔다.

"─그건 너무 **뻔뻔한** 요구 아닙니까. 전 단장."

어딘지 비꼬는 듯한 말투. 입에는 억지 웃음을 떠올리며 조프레크는 고개를 저었다.

"이런 상황이 됐는데도 당신 말을 들어줄 병사가 있다고 생각하십니까?"

"그렇겠지."

자신도 그렇게 생각한다.

'무리한 요구야.'

전 단원들에게는 어떤 변명도 할 수 없다. 그래도 파트셰는 정면을 응시할 뿐 시선을 떨구지 않았다.

조프레크뿐 아니라 주위의 시선이 따가운 걸 알 수 있다. 적개심에 가깝다고 파트셰는 생각한다. 혹은 경악이려나? 설마 자신이 찾아올 줄은 몰랐던 것이리라. 그리 넓지 않은 천막에 제13성기사단 출신의 주요 장교들이 모여 있었다.

"알고 싶군요. 어째서 우리가 따라야 하죠? 징벌용사들의 처형이나 다름없는 작전을 도우라고요? 원래는 당신과 이야기하는 것마

저도 금지되어 있는데.”

그럴 거라고는 생각하고 있었다. 그래서 몰래 방문한 것이다. ― 서툰 분야였지만 도터의 신호로 순찰의 빈틈을 찔러 이렇게 그들의 천막을 찾았다.

목적은 하나.

“이기기 위해서야.”

파트세는 그렇게 단언했다. 주위의 시선이 더 날카로워진다. 아연실색한 표정을 떠올리고 있는 사람도 있었다.

“우리는 이 구릉지대에 쐐기를 박고 적 전력을 유인할 예정이야. 성공하면 아주 유리한 조건에서 본대가 전투를 시작할 수 있겠지.”

“성공할 리 없잖아요.”

조프레크는 어이가 없는 듯했다. 천막 안쪽 판자에 붙은 지도를 가리킨다.

“적이 몇천 마리나 될 거라 생각합니까? 징벌용사는 고작 아홉 명. 거기에 드래곤과 《여신》 님이 있다고 해도 금방 유린당할 겁니다.”

“유린당하지 않으면 돼.”

파트세는 지도로 다가갔다. 손가락으로 징벌용사가 포진할 예정인 언덕을 가리킨다.

“제9성기사단 본대와 협격할 수 있어. 그것도 야전 진지에서 적을 협격하는 형태로.”

“고작 아홉 명이서 무슨 협격입니까. 드래곤과 용기병이 있는 것은 알고 있습니다. 그 파치락트 가문의 제이스. 반란을 일으켜서 왕도를 함락시킬 뻔했다는…. 하지만 그것만으로는 무리겠죠.”

고개를 젓는 조프레크의 말은 상식적이다. 자신도 그렇게 판단했을 게 분명하다.

하지만 지금의 파트셰는 다르게 생각한다. 자신의 그 감옥에서 징벌용사의 의미를 들었다. 그리고 무엇보다 자이로 일행…, 징벌용사들이 얼마나 기적적이고 바보 같은 작전을 성공시켜 왔는지 알아버렸다.

그래서 지금이라면 자신 있게 말할 수 있다.

"우리라면 가능해."

파트셰는 주위를 돌아보았다. 명백히 당황하고 있는 사람도 있었다.

"제군들도 눈치채고 있을 거야. 징벌용사의 전력적 가치는 믿기 힘들 만큼 높아. 뮬리드 요새를 지켜내고 요프시의 마왕현상을 토벌했어. 적절한 지원이 있으면 확실히 협격은 성립할 거야."

"그런 이야기를 믿으라는 겁니까? 이제 와서 당신을 믿으라고 …."

조프레크의 말은 후반에 한숨으로 변했다.

"그건 무리입니다, 전 단장."

"…그렇습니다. 전혀 말이 안 돼요."

천막 구석에서 목소리가 들렸다. 흰색 관두의 남자. 기병이 아니다. 사제의 증거인 철제 대성인을 목에 걸고 있다. ―종군신관인가.

그는 파트셰를 어두운 눈으로 올려다보고 있었다.

"당신의 반역행위에 의해 이곳에 있는 모두는 미래가 막힌 거나 마찬가지입니다. 친족과 부하를 죽인 사람의 발언을 대체 어떻게

믿을 수 있다는 거죠?"

파트세는 아무 말도 하지 않았다. 다만 표정이 움직이지 않도록 노력했다. 얼음장처럼 마음을 굳히며 동요를 일절 드러내지 않는다. 애당초 자신이 잘못된 행위를 했다고는 도저히 생각되지 않는다.

후회되는 게 있다면 부하들에 대한 것뿐이다.

좀 더 무언가 잘 처신할 수 있었을지도 몰랐지만 자신은 그러지 못했다.

그 결과가 이것이다. 이 종군신관도 그 책임을 진 것이리라. 해체되어 감시하에 놓인 제13성기사단에 아직 수반하고 있다는 건 그런 뜻이다.

"부끄러운 줄 아세요. 파트세 키비아."

종군신관은 혼잣말처럼 질책했다. 그 목소리에서는 증오조차 느껴졌다.

"여기서 나가십시오. 지금 당장."

"전투행위를 해달라고는 말 안 해."

파트세는 그래도 매달리려 했다.

"위협만으로 충분해. 아니, 측면지원 태세를 보이는 것만으로도 좋아. 혹은…."

"나가라고 했습니다."

명백히 종군신관은 짜증을 내고 있었다. 언성이 높아진다.

"이곳에 있는 사람들이 이제 와서 당신의 말에 귀를 기울여줄 리 없잖아요! 이제 당신의 명령을 따를 의무도 없고."

"—그렇다면 징벌용사인 우리를 구할 필요는 없어. 살아남을 생각도 안 해. 다만 《여신》 테오리타만은 별개야. 우리가 전멸하더라도 그녀만은 구해냈으면 해."

이 싸움에서는 최소한 그것만이 자신들이 져야 할 책무일 것이다. 허나 종군신관은 분명히 고개를 저었다.

"저는 그 《여신》을 《여신》으로 인정하지 않습니다."

신전 내에 그런 파벌이 있다는 건 알고 있다. 징벌용사와 함께 전전하는 《여신》. 그 평가는 양분되어 있는데 이것을 칭찬하며 진정한 《여신》으로 인정하는 파벌과 아직 판단을 보류하고 있는 파벌. 그리고 죄인 편을 드는 가짜 《여신》이라고 주장하는 파벌도 대두하기 시작했다.

이 종군신관이 지금은 어느 파벌에 속해 있는지는 확인할 것까지도 없었다.

그래도 파트세는 고개를 숙였다.

"…부탁할게. 우리와 달리 테오리타 님에게 죄는 없잖아."

침묵. 아무도 대답하지 않았다. 아니, 단 한 사람.

"다시 한번 말합니다. 여기서 나가십시오."

마지막으로 종군신관은 억누른 듯한 목소리로 말했다.

"추접하기는."

◆

천막을 나서자 도터와 베네팀이 기다리고 있었다.

둘 다 불안해 보이는 눈을 하고 있다. 파트세가 일별하자 겁먹은 기색이 추가되었다. 그래도 잠자코 있을 수 없는 성격의 남자가 있었다.

"저기… 죄송한데 어떻게 되었나요?"

베네팀이 우선 입을 열었다.

"별로 좋은 예감은 안 들지만 일단 들어보죠. …그들을 움직일 수 있겠습니까?"

"불가능해."

파트셰는 정직하게 대답했다.

"제13성기사단 출신이 움직일 일은 없어. 우리 힘만으로 싸울 필요가 있다는 거지."

"그래선 죽을 뿐이잖아요. 그런 건 싫은데. 하지만 그렇다면…."

베네팀은 우울함에 잠긴 표정으로 무언가 생각하듯 입가에 손가락을 댔다.

"…알겠습니다. 제가 설득해보죠. 파트셰 씨, 각 부대 대장 가족의 정보를 가르쳐주십시오. 어디에 살고 있는지, 결혼은 했는지, 어린 아이가 있다면…."

"무슨 생각을 하고 있는 거야? 바보 녀석. 그만둬."

파트셰는 베네팀의 멱살을 잡았다. 작은 비명.

"애초에 그들을 끌어들이려는 게 잘못이었어. 윗선의 심증만 더 나빠질 뿐이잖아. 여기선 우리의 힘만으로 한다."

"그런! 그럼… 그럼 어떡할 겁니까? 이번에야말로 용병을 고용한다든지… 하지만 돈이."

"저기, 뭐든 좋은데 말야."

도터가 끼어들었다. 소심하게 파트셰의 팔을 두드린다.

"얼른 철수하자고. 다음 순찰이 오면 성가셔져. 언제까지고 놀고 있을 때가 아니라고."

파트셰는 얼굴을 찡그렸다.

놀고 있다는 말은 못마땅했지만 그의 말은 옳았다. 예전 제13성
기사단의 설득에는 실패했으니 철수해야 할 것이다.

"알았어. 가자."

그렇게 베네팀을 질질 끌고 돌아가려고 했을 때였다.

"—파트셰 키비아, 성기사단 전 단장."

천막에서 조프레크가 얼굴을 내밀고 있었다. 난처한 듯 웃는 얼
굴.

이 얼굴을 파트셰는 잘 알고 있었다. 보병대장 라지트와 저격병
장 셰나가 기병대에 무리한 요구를 했을 때, 혹은 자신이 힘든 조건
의 전투를 부탁했을 때.

"저는 반대했습니다만, …다른 녀석들과 셰나 녀석이 말이죠."

조프레크는 얄궂은 미소를 눈가에 떠올렸다.

"딱 한 번만 더 믿어보자고 하더군요. 뭐… 잘하면 큰 공적을 세
워 부활할 수 있을지 모르고 말이죠. 종군신관에겐 비밀입니다."

"할 생각인가. 조프레크 기병대장."

"기사단 전원이 이런 작전에 참가하는 것은 아니니까 오해하지
마시길. 기껏해야 2백이나, 많이 봐줘도 3백 정도겠죠. 그리고 이것
은 개인적인 문제인데요…."

약간 우물거리다 조프레크는 능숙하게 한쪽 눈을 감았다.

"그 자이로라는 녀석하고만은 친해질 수 있을 것 같지 않군요."

"그렇겠지."

파트셰는 크게 고개를 끄덕였다. 역시 그 남자의 서툰 대인관계

는 심상치 않다.

◆

제2왕도의 새로운 운영은 일단 이것으로 일단락되었다.

렌트비 키스코는 집무실 책상에 펼쳐져 있는 서류 다발을 보고 크게 한숨을 쉬었다.

처벌 보고가 그 안에 있다. 어젯밤은 네 명의 인간이 도망치려고 했다. 아이를 두 명 데리고 있는 가족이었다.

이것은 최대한 잔인한 방법으로 전원 죽일 수밖에 없다. 그의 '상사'에게 그렇게 명령받았다. 주위에 대한 본보기를 위해서다. 탈주자가 어떻게 되는지 철저히 가르쳐줄 필요가 있다. 렌트비도 어쩔 수 없다고 생각한다. —결과적으로 그것이 왕도에 살고 있는 사람들의 안전으로 이어진다.

그 활동의 성과는 나오고 있고 처음 열흘에 비해 탈주를 꾀하는 사람이 대폭 줄어들었다.

새로운 인원 배치도 할 수 있었다. —이런 '관리' 일을 담당하는 직책의 사람은 그리 많지 않다. 제2왕도에 있었던 관리들은 대부분 전원이 단순한 '피관리인'이라는 분류로 강등되었다. '관리인' 입장에 머무를 수 있었던 자신은 운이 좋은 부류에 들어갈 것이다.

도시 경비병의 1군을 장악하고 있었던 것, 신속히 배신해서 시가 점령의 엄호를 했던 것이 그 평가로 이어졌다.

그래도 완전히 안전하다고는 할 수 없다. 공생파로 인식된 것은 아주 최근이라 자신의 지위 기반이 약하다는 것은 잘 알고 있다.

성과를 계속 올려 그것을 증명할 수밖에 없다. 이 마왕현상 상대로.

"―그럼 렌트비 키스코. 보고는 그게 다인가?"

그 그림자… 마왕현상 '아바돈'은 말했다.

눈앞에 두면 압도될 것 같다. 이 마왕현상은 언뜻 보면 온화한 표정을 한 인간 남성의 모습을 하고는 있다. 아무것도 모르는 사람이라면 지방 문관 같은 인상을 받을 것이다. 허나 그 가느다란 눈에는 끝을 알 수 없는 무언가가 있다.

렌트비로선 이해할 수 없는, 곤충을 연상시키는 무기질한 눈동자.

"인간의 치안은 안정되어 있는 것 같군. 탈주자의 숫자는?"

"예. 하룻밤이 지나자 격감했습니다. 경비에 할애할 사람은 줄여도 문제가 없겠죠."

"다행이로군. 조금 요란했지만 손가락끝부터 난도질하는 방식으로 아이부터 죽인 것이 효과가 있었던 것 같아. 네 수완에는 만족하고 있어."

어린애를 어르는 듯한 목소리로 '아바돈'은 말했다.

그래도 역시 렌트비는 전혀 진정되지 않았다. 이런 목소리로 말하면서 다음 순간에는 한손으로 인간을 산산조각 내는 광경을 보고 말았다.

"그렇게 긴장하지 않아도 되잖아."

렌트비의 내심을 간파했는지 '아바돈'은 쓴웃음 같은 표정을 떠올렸다.

"내 얼굴이 그렇게 무서운 건가? 자주 그런 말을 듣는데 좀 더 친근감 있는 얼굴로 바꾸는 게 좋으려나? 네가 생각하는 그런 얼굴의

인간을 데려와볼래? 머리만 가져와도 돼.”

“음….”

어떻게 대답해야 될지 몰라 당혹스러워하고 있자니 ‘아바돈’은 양 손을 짝 마주쳤다.

“농담이야! 알기 힘들었으려나? 이런 감각은 정말 어렵다니까.”

그들은 인간처럼 보여도 완전히 다르다. 그 정신구조는 이해할 수 없다. 렌트비는 새삼 그것을 인식했다.

“도시의 치안은 향상됐어. 대충 관리는 잘 되고 있지. 하지만….”

‘아바돈’은 목소리를 조금 낮추었다.

“아직 인간이 좀 많은 것 같아. 이런 도심부에서는 필요한 인간의 비율이 적어.”

그들이 말하는 필요한 인간이란 주로 농업종사자를 말한다. 그것 이외엔 농업종사자의 보조나 단순한 노동력, 혹은 식량으로 생각되 고 있다.

그렇다. —식량 그 자체나 그 생산자. 그것이 마왕현상에게 있어 서 인간의 가치인 듯했다. 문명이나 문화따위는 거의 인정하고 있 지 않은 것으로 보인다.

그들을 관찰하고 렌트비가 새삼 알게 된 것이 있다. —마왕현상 과 페어리도 식사를 한다. 허나 동족을 잡아먹지는 않는다. 굶주리 면 가사 상태에 빠지고 그 상태로 수십 일도 버틸 수 있다고 한다.

그리고 마왕현상과 페어리가 가장 선호하는 것은 인간의 피와 고 기였다.

아무래도 그들은 인간에게서 무언가의 영양… 이라고 해야 할지 모르겠지만 아무튼 그런 힘 같은 것을 보급하고 있는 듯했다. 인간을 잡아먹은 후의 그들은 명백히 활력에 넘치는 것처럼 보였다. 소나 돼지, 식용 식물로는 그렇지 되지 않는다고 한다.

"인간의 감시에 필요한 노력을 더 줄이고 싶군."

그래서 '아바돈'은 분명히 그 의향을 전해온다.

"싸움이 있어. 갈투일과… 요프, 그리고 북방 영토가 조금. 어쨌든 다방면의 적을 상대해야 하니 병력은 많은 편이 좋을 거야."

"그렇다는 건."

렌트비는 자신의 목소리가 남의 것처럼 들렸다.

"솎아내야 한다는?"

"그래. 20대에서 30대의 인간을 무작위로 선택해서 열 번 정도 쇠몽둥이로 두들겨 패보도록 해."

'아바돈'은 무언가의 공산품을 테스트하듯 말했다.

"그것을 견뎌내고 살아남은 튼튼한 개체는 페어리로서 병사로 승격시키도록 하지. 죽은 허약한 개체는 식량으로 쓰기로 하고. 흠…, 합쳐서 1할 정도를 줄였으면 좋겠군."

너무도 간단한 지시였다. 거부할 수 있을 리 없다. 렌트비는 자신을 잔인하고 이기적이라고 강하게 생각하기로 했다. 다른 사람따윈 알 바 아니라고 스스로를 타이른다. 지금은 자신이 살아남기에도 벅차니까 어쩔 수 없다.

'지금뿐이야.'

렌트비는 생각했다.

'지금은 견뎌야 돼. 언젠가 인류의 취급이 좋아질지 몰라. 관리가 안정되면 이런 일도 사라질지 몰라.'

그래서 지금은 자신을 위장해야 한다. 위장하고 있다고 생각하는 마음만 있다면 괜찮다…. 렌트비는 자기 자신을 그렇게 타일렀다.

"안색이 안 좋군."

정신을 차려보니 '아바돈'은 렌트비의 얼굴을 응시하고 있었다.

그 눈동자. 렌트비는 무슨 까닭인지 현기증을 느꼈다. 머릿속을 들여다보는 듯한 시선이었다.

"잠은 잘 자고 있어? 인간의 행복은 건강과 양질의 수면에 의해 유지된다고 하니까 잘 잘 수 있도록 내가 자장가를 불러줄 수도 있어."

"저기, 그것은…."

"농담이야. 방근 것은 알기 쉬웠지?"

'아바돈'은 양손을 마주치며 우호적인… 적어도 그렇게 보이는 미소를 떠올렸다.

"그렇게 긴장하지 마, 렌트비 키스코. 우리는 네 가치를 인정하고 있어. 인간의 운영, 경비태세, 병참 관리까지 말이지."

침착하라는 듯 '아바돈'은 손바닥을 아래로 향했다.

"상당한 수완이라고 생각해. 그러니까 요프시 방면의 싸움에서도 병사를 이끌어주길 바래."

좀 봐주라고 말하고 싶어졌다. 인간의 군대와 또 싸우는 건가.

"트리실 양의 보좌를 해줬으면 해. 네가 부관이야. 좋은 조합이 되겠지."

렌트비는 암담한 기분이 되었다.

트리실은 이 도시를 침략한 인간 부대의 장이었다. 원래는 용병이었다고 들었다. 터무니없게도 마왕현상에게 돈으로 고용되어 약탈을 용인받고 서방을 전전했던 여자. 그녀의 싸움을 떠올려본다.

―희희낙락한 얼굴로 시가지로 쳐들어왔다.

그 싸움을 보고 자신은 배신할 결의를 굳혔던 것이다.

"왜 그렇게 겁을 먹고 있지? 우리의 존재가 무서운 건가?"

내심을 꿰뚫어본 것처럼 아바돈은 물었다. 말 그대로 아이를 어르는 듯한 말투로,

"믿어주길 바라고 있어. 우리는 너를 죽일 생각이 없어. 오히려 보호하고 있잖아. 그래…, 트리실 양처럼 너도 운명이라 생각하고 악당이 되면 돼."

아바돈은 다시 미소처럼 보이는 표정을 떠올렸다.

"함께 인류를 유린하자고. 그것을 즐겨야 돼. 너는 살아남는 쪽으로 선택받았으니까 맘껏 그 인생을 구가하는 거야. 사람은 행복해지기 위해 살고 있잖아? 안 그래?"

"―그렇습니다."

렌트비는 그렇게 대답할 수밖에 없었다. 아바돈은 만족스럽게 고개를 끄덕였다.

"그럼 임무를 하도록 하지. 투진·투가 구릉지대에 마왕을 4기 정도 파견하기로 했어. 《여신》과 성기사는 버거우니 말야. 창밖을 봐. 그들이야. 소개해두지."

'아바돈'은 등 뒤에 있는 창을 손으로 가리켰다.

말하지 않아도 아까부터 싫어도 눈에 들어오고 있다. 4기. 눈앞의 광장에 이미 대기하고 있었다.

"일단 '아메미트'. 식욕이 너무 왕성한 게 단점이지만 헌신적이고 용감하지."

검게 꿈틀거리는 애벌레 같은 형상의 거대한 몸. 거리를 느릿하

게 기어가면서 식사 중인 듯 거대한 입을 벌려 무언가를 먹고 있다. 무엇을 먹고 있는지는 확인하고 싶지도 않다.

'인간이야. 언뜻 보였지만 틀림없어….'

헌신적이고 용감하다는 소개는 아무런 도움도 될 것 같지 않았다.

"다음으로 '카론'. 온화한 신사야. 다만 조금 예민하니까 부주의하게 다가가면 안 돼."

광장 한쪽 구석. 그곳에 웅크린 희고 이상한 형태. 여러가지 동물의 뼈로 만들어진 거미나 게 같은 모습이었다. 이쪽은 '아메미트'보다도 거대해서 저택 정도로 컸고, 게다가 거의 움직이고 있지 않다. 소개받지 않았다면 그런 건조물이라고 생각했을지 모른다.

이 또한 어디가 온화한 신사라는 건지… 질 나쁜 농담으로밖에 생각되지 않는다.

"그리고 그녀가 '프리아에'. 의사 소통이 필요하다면 그녀와 교신하도록 해."

그리고 3기째. 인간으로밖에 보이지 않는다.

흰 머리카락을 나부끼며 하늘을 올려다보고 있는 여성. 그 얼굴은 미녀라고 해도 좋을 것이다. 어딘지 섬세하고 반듯한 얼굴이 창문 너머로 렌트비를 힐끗 보고는 미소지었다. ―허나 그 눈동자는 '아바돈'과 마찬가지로 전혀 감정이 보이지 않는다.

"마지막으로 '라이넥'… 은 소개하는 게 어렵군. 생략할게. 그들과 연계를 취하면서 인간의 군대를 섬멸해주길 바라. 한 사람도 살려둘 필요는 없어. 잘 부탁해, 렌트비."

마왕현상 '아바돈'은 차갑고 온화한 목소리로 그의 이름을 다시 불렀다.

"너희들에게는 기대하고 있어."

그 기대를 결코 배신하지 말라는 의미였다.

'…살아남으려면 할 수밖에 없어.'

렌트비는 자신이 다시 잔혹한 일을 하려고 한다고 생각했다.

'하지만 지금의 나는 가짜야.'

진짜 자신은 좀 더 선량하고 인간의 행복을 위해 살 수 있다. 그럴 수 있는 상황이 될 때까지 지금은 견딜 수밖에 없다.

"흠… 나는 이런 지식에 별로 해박하지 않지만 인간의 싸움이라면 출정식이 필요하려나? 그렇다면 제물을 몇 명 준비하게 하지. 그들의 피로 전의를 크게 향상시키도록 해."

"네? 저기….."

망설인 끝에 렌트비는 물었다.

"그것도 농담, 입니까?"

"아니. 이건 진담이었는데… 뭐 잘못된 거라도?"

말을 태워서 미리 보냈던 도터가 저편에서 뇌장을 휘두르고 있었다.

별로 좋은 보고가 아니라는 것은 그 끝부분에서 튀는 불꽃으로 알 수 있다. 붉은색이다. —위험하니 경계가 필요함.

뇌장은 사격 외에도 쓸 수 있다. 단순히 요란한 소리를 낼 수도 있고 지금처럼 몇 개의 불꽃 색깔로 나누어 쓸 수도 있다.

"무슨 일이 있었던 걸까요?"

내 등에 매달린 채 테오리타가 말했다.

"꽤 당황하고 있는 것 같아요. 굉장한 기세로 휘두르고 있네요! 저래선 말도 곤혹스러울 것 같은데."

기승해 있는 것은 미리 보낸 도터를 제외하면 나와 파트셰다. 테오리타는 내 등 뒤에 태울 수밖에 없었다.

"녀석은 대개 저런 느낌이야. 베네팀 다음 정도로 전장에는 적합치 않은 부류거든."

"과연 그게 병사로서 올바른 자세인가? 아슬아슬해서 봐줄 수 없는데."

파트셰의 말에 나는 고개를 저을 수밖에 없다.

"올바르진 않아. 정찰능력이 높다는 건 알지? 그런 녀석이 경계하라고 하고 있어…. 그러니까 파트셰, 성인을 기동해. 통신을 해봐야겠어."

나는 목에 있는 성인에 손가락을 댔다. 파트셰도 따라 한다.

『자이로! 난처하게 됐어!』

그러자 일단 도터의 귀에 익은 대사가 들렸다.

『생각했던 것보다 페어리들이 가까워. 너무 전진해 있어. 이미 발견되었을지 몰라.』

도터는 머리 위를 신경 쓰는 듯했다. 이미 하늘은 어둡다. 눈구름 틈새로 보라색 달이 엿보이고 있었다. ―그 어딘지 불길한 달빛이 하늘을 나는 날개를 비추고 있는 듯한 느낌이 든다.

비행하는 종류의 페어리가 있다.

그렘린이라 불리고 있다. 피막형 날개가 달린 소형종은 모두 여기에 속한다. 힘도 약하고 개체수도 적은 듯하지만 하늘을 날 수 있다는 것만으로도 성가시다. 이미 발견되었다 생각하고 움직이는 게 좋을 것이다.

"적의 숫자와 종류는?"

나는 물었다.

『30, 정도 아니려나? 대부분 푸어와 보기야!』

둘 다 특히 이동속도가 뛰어난 페어리였다.

상대도 정찰부대를 움직이고 있는 건가? 다만 소부대다. 우리는 녀석들이 뻗은 색적망 중 하나에 걸려든 셈이다.

"…그게 사실이라면 녀석들의 진군속도는 상상 이상 아냐?"

파트세는 얼굴을 찡그리며 도터에게 말했다.

"확실한 정보가 맞아? 도터. 어째서 이런… 맞닥뜨릴 만한 움직임으로 전진해 있는 거지?"

『모, 몰라! 내가 그런 걸 알 리가.』

파트세가 의심하는 것도 이해는 간다.

당초 계획으로는 지금 눈앞에 보이고 있는 언덕을 빼앗은 후 진지구축을 시작해서 적의 주의를 끌 예정이었다. 느닷없이 불리한 전개가 되었다고 할 수 있을 것이다.

"자이로. 후방을 재촉해야 한다 생각해?"

후방에는 말에 썰매를 끌게 하는 형태로 물자를 운반하는 라이노, 차브, 타츠야. 그리고 헥헥거리며 최소한의 식량만을 든 베네팀이 뒤따르고 있다. 제이스는 나중에 하늘을 날아서 쫓아올 것이다.

노르가유는 썰매에 타고 있었다. 도착 직전까지 성인 가공에 전념하길 바랐고 무엇보다 이번 작전에서는 조금이라도 폐하의 고귀한 체력을 쓰게 하고 싶지 않았기 때문이다.

이번에 노르가유 폐하는 '획기적인 신병기'를 준비하고 있다고 한다.

"역시 나는 후방 부대와 합류한 후 전진하는 게 견실한 방법이라고 생각해. 여기는 중요한…."

『자, 잠깐만, 싫어!』

도터의 비명 같은 목소리.

『나 혼자서 녀석들 앞에 있으라는 거야? 엄청 무서워. 무리라고. 지금 당장 와! 죽을 것 같아!』

"무슨 소리를 하고 있어. 이건 무섭다든지 무리라든지 그런 차원의 이야기가 아니야. 승리를 위한 방책이라고."

"아니, 확실히 합류하고나서는 너무 늦긴 하군."

딱히 도터 편을 드는 것은 아니지만 나는 옆에서 끼어들었다.

"선수를 쳐서 예정대로 하자고. 그게 가장 유리한 방법이야. 뒤에 있는 녀석들을 재촉하는 것은 찬성이지만 우리는 좀더 서둘러야 돼.”

“…다시 말해 정찰부대를 섬멸하자는 건가? 우리 둘만으로?”

파트세의 머릿속에서 도터는 전력으로 계산되고 있지 않는 듯하다. 그런 면에선 나와 같은 생각이다.

“자신이 없나 보지? 파트세 키비아.”

“아니.”

파트세는 복잡한 얼굴을 했다.

“…나쁘진 않아. 네가 따라올 수 있다면.”

“결정됐군. 테오리타!”

“좋아요. 당신들의 싸움을《여신》인 제가 축복….”

“그게 아냐. 꽉 붙잡고 있고 말은 하지 마. 혀를 깨물 수도 있으니까!”

“테오리타 님. 부디 가호를!”

“아, 그런 거라면….”

그런 테오리타의 말은 듣지 않는다.

나와 파트세는 말을 질주시켰다. 목적지인 언덕까지는 눈 깜짝할 사이다. —별 특별할 것 없는, 얇게 눈이 쌓인 구릉. 우리는 이곳에 야전기지를 짓고 사수해야 한다.

“들었지? 베네팀! 좀더 서둘러서 따라와!”

『그, 그렇게 말씀하셔도 저는 지금도 이미 한계까지….』

『알겠습니다! 라이노 씨, 좀 더 속도를 낼 수 있나요?』

『물론 가능하지. 동지 베네팀은 밧줄로 묶은 채 끌고 가면 되려나?』

『아! 과연 라이노 씨입니다. 자상함이라곤 요만큼도 없는 명안!

베네팀 씨, 어떤가요? 끌고 가는 편이 좋을까요?』

『다, 달리겠습니다! 달릴 수 있으니까 두 사람은 저를 보지 마세요! 눈빛이 무섭다고요!』

차브와 라이노는 본능적으로 베네팀을 움직이는 방법을 알고 있다. 그것을 구사하게 하기로 하자. 후방에 있는 녀석들을 의식에서 몰아내고 시선을 전방으로 향한다.

앞에는 페어리의 군세. 작은 정찰부대라는 느낌이다. 도터의 관측은 정확했다. ―30에 조금 못 미치는 정도.

"자이로, 자이로, 거의 눈앞까지 왔어! 어떡하지?"

겁먹은 도터를 지나친다. 분명히 말해 이 국면에서 도터가 할 수 있는 일은 거의 없다.

"오사만은 하지 마. 하면 죽일 거야. 나와 파트셰가 어떻게든 할게."

"그거, 내가 전력외라는 의미야? 그렇다면 기쁘겠지만 얼른 어떻게든 해봐!"

그런 도터의 호소는 흘려들었다. 눈앞에서 페어리들이 움직이기 시작했다. 우리의 존재는 이미 눈치챈 상태다. 불과 세 명이라는 것도 알고 있다.

그래서 녀석들이 취한 행동은 좌우에서 포위한다는 단순한 것이었다. 중앙에 대략 10, 좌우에 10씩 무리를 펼쳐서 감싸려고 한다.

"파트셰. 기병의 본령이 무엇인지 알아?"

"지금 이 상황에서 무엇을 시도하려는 건지 모르겠지만 단순해. 기동력이 전부야."

내가 생각했던 대로 파트셰는 우수한 기병이다.

기동력. 그것만 알고 있으면 충분하다. 개중에는 돌파력이니 공격력이니 하는 녀석도 있지만 그런 것은 부수적인 거라고 나는 배웠다.

"정면에서 봤을 때 오른쪽부터 무너뜨리겠어. 배면전개는 너한테 맡길게."

"알았어."

파트세가 말을 더욱 가속시켰다. 동시에 마상창을 겨눈다.

"가자. 테오리타."

나는 테오리타에게 싸울 의지와 작전을 전달했다. —매달려 있는 이 형태라면 간단히 그럴 수 있다.

"일단은 정면에 구멍을 뚫는다!"

"예."

테오리타는 신속하게 대응했다. 허공을 훑자 정면에 있는 페어리들에게 검의 비가 쏟아진다. 공격은 더할 나위 없이 정확했다. 그것만으로 중앙에 있는 무리들에게 큰 피해를 입히고 있었다. 커다란 틈새가 생겨난다. 그곳을 파트세가 아무런 장애도 없이 돌파했다.

"우와아."

그런 소리를 내며 도터가 마구잡이로 사격을 하고 있다.

전혀 맞지 않는다. —하지만 주의를 끄는 것에는 어느 정도 도움이 되었는지 적어도 내가 오른쪽 페어리 무리에게 돌진할 시간은 벌었다. 나이프를 뽑아 그 무리에게 집어던진다.

섬광, 폭파. 그것을 두 번.

그리고 등 뒤에서 파트세가 달려들었다. 갑주에 새겨진 엄격인군(掩擊印群)이 기동한다. —빛의 사슬로 짠 듯한 장벽이 그녀가 휘두르는 창 끝에 전개된다.

그것에 닿은 페어리들이 불타거나 경련하며 튕겨나갔다. 우익에 있는 페어리들이 전멸하는데 그리 많은 시간은 걸리지 않을 것 같다. 일축이라는 말이 어울린다. 창은 정확하게 적을 꿰뚫은 후 그대로 휘둘러져서 죽기살기로 덤벼온 다른 한 마리를 때려눕혔다.

눈 깜짝할 사이에 우익은 괴멸했다.

이것이야말로 기병의 본령. 어딘가의 교과서에 실려 있을 법한 중앙돌파, 그리고 배면전개였다. ―파트셰는 이런 전투에서 특별히 진가를 발휘하는 것처럼 보였다.

"자이로."

녀석은 나에게 지시까지 내리는 모습을 보였다. 성인이 새겨진 창을 치켜들고 다시 질주를 시작하고 있다.

"나머지를 처리한다. 섬멸이야. 이 이상의 정보는 가지고 돌아갈 수 없게!"

"알고 있어."

이렇게 징벌용사 부대에 기병이 추가되었다.

그 의미는 결코 작지 않다.

◆

"…돌아오지 않는 정찰부대가 있네?"

트리실이 말했다.

그녀는 흥미로운 눈으로 하늘을 날아 귀환하는 페어리들을 바라보고 있었다. 탁한 붉은 머리카락에 두꺼운 모피 코트를 걸친 여자였다. 조금 난폭한 인상은 있지만 렌트비가 보기에도 미인이다. 보라색 달에 비친 옆 모습에는 어딘지 야성적인 아름다움이 있었다.

하지만 별안간 그 얼굴이 이쪽을 향했다.

“그렘린의 보고에 따르면 불과 세 기의 기병과 조우한 후 일체의 연락이 끊겼다는군. 어떻게 생각해? 렌트비. 부관답게 속시원한 의견을 들려줘.”

“예.”

렌트비 키스코는 최대한 간결하고 명쾌한 대답을 하는 것에 유의했다. 그것이 트리실이 바라는 거라는 걸 알고 있다. 지금은 이 ‘냉정한 부관’이라는 입장을 연기해내야 한다.

“세 기 중 두 기가 활발하게 움직여 페어리들을 격파한 듯합니다. 중앙에 있는 한 기는 움직이지 않고 뇌장으로 신호를 보내기만 한 걸 보면… 아마 지휘관이겠죠.”

“나도 동감이로군. 그게 무엇을 의미하지?”

“적 부대는 정예를 크게 전진시켰습니다. 이런 상황에서 목적은 최악의 상황… 다시 말해 제3왕녀와 제3왕자의 보호로 가정해야 할 거라고 생각합니다. 그 세 기는 정예 중의 정예겠죠.”

언제나 최악의 전개를 상정하고 최대로 경계한다. 그것이 바로 이 트리실이라는 용병장이 선호하는 방식이라는 걸 이미 알고 있다.

“무언가의 방법으로 두 사람이 탈주한 것을 알았다고 말하고 싶은 건가?”

떠보는 듯한 트리실의 말에 렌트비는 빈틈없이 대응했다.

“예. 적어도 그렇게 생각하고 싸워야 한다고 진언합니다.”

“적을 과대평가하는 것은 병력집중의 원칙에 위반되지 않나? 양동일지도 몰라.”

“그래도 상대는 왕자와 왕녀입니다. 인류에 있어서의 희망이죠. 이쪽이 최우선 목표로 하기에 충분하다고 생각합니다만.”

이게 인류의 적대자로서 자연스럽게 처신하는 모습이겠지?

렌트비는 자문하면서 다시 자신을 꾸짖었다. 이것은 어디까지나 위장하고 있을 뿐이다. ―자신의 본모습은 다르다. 이럴 때 렌트비는 희고 청결한 상자를 상상한다. 그곳에 자신이 있다. 그 진정한 자신만 지켜내면 된다.

그렇게 생각할 수 있다면 얼마든지 자신을 위장할 수 있다. 인류의 적인 척할 수 있다.

“알았어. 진언은 염두에 두도록 하지. 재밌게 됐군.”

트리실은 엷게 미소 지었다. 그 미소는 싸움의 예감에 굶주린 칼날을 연상시켰다.

“상대는《여신》을 수반한 독술사 성기사단일지, 아니면… 소문으로 듣던 ‘용사’ 부대일지.”

트리실은 명백히 고양되어 있다.

렌트비로선 이해할 수 없는 정신구조다. ―아무래도 싸움 자체를 좋아하는 듯하다. 아니면 싸움에 의한 승리를 좋아하는 건가? 이긴 상대를 완전히 유린하는 것이 무엇보다 좋다고 말한 것을 들은 적 있다.

그때 상대가 강하면 강할수록 좋다고.

“그 지휘관을 붙잡고 싶군. 제발로 최전선에 나오다니 재밌는 녀석이야. 정말로.”

그 입술이 이상하리만치 붉어 보인 것은 달빛때문일지 모른다.

"지금 당장 출격하기로 하지. 내 갑주도 준비시켜놔. 기병이 상대라면 디그라프 타격인군으로 상대한다."

눈이 간헐적으로 내리고 있다.

어느 틈엔가 밤이 된 모양인지 시야를 거의 확보할 수 없다.

게다가 몹시 추워서 슬슬 손의 감각이 사라질 것 같았다. 그래도 라이퀠은 누나의 손을 놓지 않기 위해 왼손에 힘을 주었다.

"누님, 무사하신가요?"

그 질문에는 대답이 없었다.

'그건 안 돼.'

잡고 있는 손에는 누나가 있어야 했다. —그래야 한다.

"누님! 부디 대답을."

"…조용히 해. 라이퀠."

누나의 속삭이는 듯한 목소리.

"너무 큰 소리를 내면 안 돼. 추격자는 분명 우리를 포기하지 않았어."

라이퀠은 약간 안도했다.

아직 그녀의 목소리에 힘이 있다. 살아 있다. 등에 있는 짐과 누나의 존재만이 라이퀠의 다리를 앞으로 움직이게 하는 희망 그 자체였다.

"죄송합니다, 누님. 하지만 우리는 지금 어디까지 와 있는 걸까요. …요프시는 아직 멀었을까요?"

시야 가득 펼쳐진 완만한 구릉지대. 게다가 눈으로 덮여 있다. 라이퀠은 그 너머가 어떻게 되어 있는지 전혀 짐작이 되지 않는다. 상상도 되지 않았다.

그저 남쪽으로 향하고 있을 터였다. 성인이 새겨진 방위띠가 잘못되어 있지 않다면.

"분명 이곳은 이미… 투진·투가 구릉지대. 어딘가에 인간의 마을이 있을 거야. 혹은 요프에서 파견된 요격 부대가…."

누나는 다시 속삭이듯 말하고 라이퀠에게 얼굴을 붙였다.

"그러니까 조용히 해. 우리의 추격자도… 분명 있을 거야. 이제 어디서 조우해도 이상하지 않아…."

제2왕도를 빠져나온 후로 호위병들은 적의 추격을 막기 위해 차례로 탈락해갔다.

마지막으로 병장과 그 부관과 헤어진 지 벌써 꼬박 이틀이다. 그후 명백히 자신들이 이동하는 속도는 떨어져 있다고 라이퀠은 생각했다. 누나는 의젓하게 행동하고 있지만 체력의 한계가 가깝다는 것은 알고 있었다.

아니면 이미 힘이 다 소진되어 있지만 생명력을 소모해서 걷고 있는 건가.

제대로 수명도 취하지 못했고 취할 수도 없었다. 어제부터는 소금을 핥고 물을 마시고 치즈를 한 조각 입에 넣었을 뿐이다. 눈을 물 대신 입에 넣어선 안 된다고 엄격하게 주의를 받았다. 체온이 떨어져 결과적으로 더 쇠약해진다고 한다.

"어둠과 눈이 지금은 우리를 지켜주고 있어. 하지만 지금뿐이야."

누나의 목소리는 눈과 바람에 꺼져 버릴 것처럼 미약했다.

"그러니까 라이퀠."

누나는 라이퀠의 손을 고쳐잡았다.

"…불꽃과 외침소리를 찾도록 해. 싸움의 낌새를 찾아. 그곳에는 적뿐만이 아니라 반드시 아군이 있을 테니까. 내가 쓰러지면 너는 혼자서 나아가야 해."

"괜찮습니다, 누님."

라이퀠은 그것말고 어떤 위로를 해야 할지 몰랐다.

누나가 쓰러져도 자신은 혼자 걸을 수 있을까? 무리일 것 같다는 생각이 든다. 그래도 지금은 누나에게 용기를 주어야 한다고 생각했다.

"제가 함께 있습니다. 제가 누님을 반드시 안전한 장소로 데려가 겠습니다."

그것은 이틀전에 헤어진 호위대장의 말과 똑같은 것이었지만 라이퀠은 아무튼 그렇게 말해야 한다고 생각했다.

"믿음직하구나. 하지만 잊지 마. 나보다 중요한 것은 케일 보크. 그것을 전해야 돼."

"알고 있습니다."

'말한 이상은….'

라이퀠은 앞을 보았다. 눈과 귀를 그쪽에 집중시킨다.

'해내야 돼.'

라이퀠은 지금 왕족으로서의 가르침을 미약한 버팀목으로 떠올 렸다.

왕은 자신이 말한 것을 반드시 실현시켜야 한다. 허언은 왕의 지 배력을 약화시킨다. 행동과 결과가 전부다. 특히 왕의 경우는 누구 에게도 주목받는 입장에 있다. 그저 결과를 보여라. 노력은 해봤다 든지 하는 것은 아무런 변명도 되지 않는다.

지금은 그저 살아서 아군에게 도달해야 한다. 그러지 못하면 자신들은 여기서 죽고 아무런 결과도 남기지 못한다.

'…해내야 돼.'

라이퀠은 밤의 어둠과 눈 너머로 누나가 말한 것을 찾기로 했다.

불꽃과 외침소리.

소년은 필사적으로 그것을 찾으며 계속 걸었고, 이윽고….

◆

"서둘러라!"

노르가유 폐하가 호통쳤다.

썰매에서 뛰어내리더니 녀석은 가느다란 금속다발 같은 것을 집어던졌다.

"일단 여섯 묶음 정도 준비했다. 정면과 양쪽 측면에 펼치도록 해."

그것은 바늘다발처럼 보였다.

끝부분이 비스듬하게 절단된 굵은 철사다. 그것을 여러 개 묶어서 일직선으로 연결해 놓았다. 잘 보니 무수한 이음새에서 가시가 튀어나와 있는 것처럼 보였다.

노르가유에 따르면 이것이 '획기적인 신병기'라고 한다.

"이것을 말뚝에 묶어서 같은 간격으로 펼쳐놓은 후에 성인을 기동하도록 해."

노르가유는 실제로 그것을 해보였다. 말뚝을 감고 있던 철사는 성인의 힘으로 홀로 원을 그리는 듯 움직여서, 최종적으로는 가시

돋친 철사 세공… 같은 방벽이 만들어졌다.

이런 것을 최근에 본 적이 있다.

"그 시지 바우라는 모험자의 장비에서 착안했다. 버클사의 시작품이라고 했던가."

노르가유는 만들어진 철사 세공을 보고 일단 만족한 듯 고개를 끄덕였다.

"자유자재로 변형하게 하는 것은 어렵지만 이렇게 단순하고 획일적인 형상 하나만이라면 그리 어렵진 않지."

"음."

베네팀은 회의적인 눈으로 노르가유가 '획기적인 신병기'라고 한 울타리를 쳐다보았다.

꽤 불안한 표정이다. 빈틈이 많은 철사 울타리로, 가시는 돋쳐 있지만 크기는 작기에 그런 반응을 보이는 것도 이해가 안 가는 것은 아니다.

"이거 어느 정도의 효과가 있습니까? 양 같은 것을 가두어두는 울타리 같은 거죠?"

"아니. 나는 이 철사가 상당히 획기적이라 생각해."

나는 철사 울타리 하나를 응시하며 고개를 끄덕였다.

일단 철사와 그 가시는 물리적인 장벽으로 기능한다. 절단하는 것도 어렵다. 상당히 강한 이빨이나 발톱, 가위 모양의 기관을 가진 페어리가 아니라면 무리일 것이다.

그리고 철사에는 부분적으로 성인이 새겨져 있다는 것도 알았다. 간이적인 방어인이다. 이런 섬세한 작업은 노르가유가 아니면 할 수 없다.

"이 철사 울타리에 걸리면 좋은 표적이 될 것 같네요. 도터 씨라도 맞출 수 있을 겁니다."

차브는 철사로 된 날카로운 가시를 손가락으로 더듬으며 말했다.

"우아… 우우, 카….."

타츠야도 무슨 까닭인지 탁한 눈으로 그 철사 울타리를 응시하고 있다. 그 목에서 불명료한 신음소리가 흘러나왔다. 자아도, 의지도 없는 이 남자가 작전 목표 이외의 무언가를 주시하는 것은 상당히 드문 일이다.

"…철조망? 그렇군. 그렇게 불리는 건가."

제이스는 타츠야를 곁눈으로 보며 중얼거렸다. 이 녀석은 아까 하늘을 나는 페어리…, 그렘린들을 몰아내면서 이곳에 도착했다. 뜨겁고 흰 입김을 내뿜는 니리 옆에서 고개를 끄덕인다.

"확실히 그런 느낌의 장애물이로군. 쓸만할 것 같아. 너희들 육지는 이걸로 버티도록 해."

그리고 제이스는 니리의 등자에 발을 올렸다. 그녀는 그것을 거들듯 몸을 낮추고나서 하늘을 올려다보며 포효했다.

"또 그렘린이 얼씬거리고 있으니까 청소하고 올게."

"좋아. —다른 사람들도 잡담을 하고 있을 틈은 없다! 짐은 분명 서두르라고 했다!"

노르가유 폐하는 다음 말뚝을 눈 덮인 대지에 박았다. 그러면서 삽을 내던진 후 베네팀에게 나무조각을 걷어찼다.

"파트셰, 타츠야! 손재주가 없는 녀석들은 구멍을 파라! 이 철사 울타리 안쪽에 말이다! 그것도 못 하는 사람은 불을 붙여라. 재상, 이런 상황이니 너도 힘을 좀 써야겠다."

이 추위 속에서도 그 호통소리가 숨이 막힐 만큼 뜨거운 남자였다.

"좀더 모닥불을 지피고 깃발을 세워라! 이 언덕이 짐이 있는 최전선이라는 것을 알리는 거다!"

"전술적으로는 미묘한 대목이지만 알았어."

나는 말뚝과 철사 다발을 들고 바로 움직이기로 했다.

"양동이 목적이기도 하고, 그 방법을 쓰려면 표식도 필요할 거야. 시작하자고."

"그보다 잠깐만…. 나는 타츠야와 동격인 거냐? 납득이 안 돼…!"

파트셰가 분개한 표정으로, 그러면서도 거의 조건반사로 삽을 집어들었다. 원래부터 성실한 성격인데다 군인의 습성이 몸에 배어 있다. 이런 식으로 명령받으면 반응하고 만다.

나는 무심코 웃고 말았다.

"아마 노르가유 폐하는 네 요리 실력을 보고 손재주가 없다고 판단한 걸 거야. 포기하고 얼른 구멍이나 파. 요리 실력에 대해선 향후의 과제로군."

"뭐라고! 내 요리가 그렇게 불만이라는 거냐!"

"아니… 실제로 상당히 위험했어. 성기사 단장이라고 해서 자이로 수준을 기대했는데 말야…."

"예. 저기, 제가 말하는 것도 외람되지만 뿌리 채소는 일단 다 익었는지 확인하는 게 좋습니다. 나무 꼬챙이를 꽂아본다든지…."

"아, 역시 다들 그렇게 생각하는 겁니까? 평가가 엄격하네요. 저는 뭐 딱히 그렇게까지 나쁘다고 생각하지 않았는데…. 아! 아니면 이건 혹시! 제가 어떤 것이든 먹을 수 있는 훈련을 한 덕분이려나요?”

“딱히 신경 쓸 필요 없어. 동지 파트셰, 네 요리는 인간적인 개성의 표현 중 하나야. 모두가 다르기에 모두 훌륭한 거지.”

노도와 같이 몰아치는 말들에 파트셰는 침묵했다.

그리고 그녀의 어깨를 두드린 테오리타의 말이 결정타가 되었다.

“걱정 마세요. 파트셰. 다음은 제가 특별히 지도역을 맡도록 하죠.”

테오리타도 요리를 거들고 있다. 칼 다루는 법도 배우고 있는 도중이다.

“당신의 진지한 마음가짐이 있다면 반드시 실력이 늘 거예요. 보증할게요!”

“…고맙습니다. 테오리타 님.”

파트셰는 억양이 없는 목소리로 감사를 표하고 삽을 땅에 박기 시작했다. 혼신의 힘이 담겨 있는 것처럼 보였다.

“꾸물대지 마!”

그러고 있는 사이에도 노르가유는 큰 소리로 계속 호통치고 있다.

“아직 정찰부대를 물리친 것에 불과하다! 자이로 총수, 적 전력의 규모는 얼마나 될 거라 생각하나?”

“글쎄? 1만 정도는 나오지 않을까? 사전에 들은 이야기로는 5천 이하는 아닐 거야.”

“들었지! 즉, 절대 방심할 수 없는 상황이라는 거다!”

폐하는 깃발… 로 보이는 것을 모닥불 옆에 꽂았다.

연합 왕가를 의미하는 다섯 개의 검과 문을 본뜬 문장. 실물과는 상당히 다르지만 이런 깃발을 멋대로 만들어서 소지하고 있다는 게 알려진다면 얼마나 많은 질책을 받을지 알 수 없다.

"빈틈 없이 작전을 세워라! 짐은 너희들의 분전에 기대하겠다. 왕국의 흥망은 이번 일전에 달려 있다고 생각하도록!"

과연 노르가유의 연설이다. 기세 하나는 좋다.

"진지 구축이 끝나면 휴식을 취하기로 한다. 전투가 벌어질 때까지 잠시 체력을 온존하도록!"

그런 지휘관다운 말은 본래라면 베네팀이 해야 했다. 그래서 나는 베네팀을 보았지만 녀석은 이미 죽을 것 같은 호흡소리를 내면서 목재를 운반하고 있는 중이었다.

◆

언덕을 빙 둘러싼 철조망은 말보다 조금 높은 기괴한 건조물로 군림했다.

노르가유의 "좋아" 라는 말을 들을 때까지 진절머리가 날 만큼 위치조정을 해야 했다. 언덕 위는 이제 철사 울타리로 보호되는 요새와 같은 것이 되었다. 남은 건 간단한 천막을 치고 자재를 쌓는 것뿐.

그게 끝나자 우리는 대부분 말없이 휴식을 취하기 시작했다.

계속 입을 놀리고 있는 것은 차브 정도였다. 제2왕도 탈환 후에 받을 수 있는 보상에 대해 상상의 나래를 펼치고 있는데, 이상한 콘셉트의 찻집을 경영하고 싶은 모양이지만 베네팀도 대답할 기운은 없는 듯했다. 죽을 것 같은 얼굴로 거친 숨을 내쉬고 있다.

나는 그쪽에서 의식을 돌리기 위해 하늘을 올려다보았다.

'눈은 그쳤군.'

천막 덕분에 바람도 피할 수 있다.

'하지만 추워. 아직 본격적인 겨울도 아닌데 말야.'

조리용 성인 기구로 눈을 녹인 후 말린 고기를 불린다. 주먹 절반 정도 크기였던 고기가 이것으로 상당히 먹을만 해진다.

그것을 씹고 있자니 차브가 희희낙락한 얼굴로 말을 걸어왔다.

"그러니까 말이죠… 형님! 저는 특수 찻집을 시작하고 싶다고요! 알고 있어요? 최근 제1왕도에서 유행 중인 거!"

"몰라."

나는 나이프로 고기를 썰어서 그대로 입에 넣었다.

"제1왕도따윈 오랫동안 안 갔으니까. 특수 찻집이라면 설마 도박장이라도 열 생각이야?"

"그럴 리가요! 뭐, 그것도 나쁘지는 않지만, 제가 말하는 건 여자아이가 여러가지 차림으로 응대해주는 그런 가게예요!"

"—특수 찻집? 확실히 최근 유행이긴 하군."

예상외의 곳에서 대답이 들렸다. 파트세였다. 예절 바르게 작은 빵 덩어리를 입에 넣으면서 차브를 힐끔 보고 고개를 끄덕인다.

"제2왕도에도 그런 가게는 생겼다고 들었어. 여러 가지 의상을 입을 수 있어서 아르바이트하는 곳으로 여성들의 인기가 높지. 제복 디자인은 확실히 귀여우니 말야."

"…특별한 의상을 입고 접객하는 것만으로 돈벌이가 되는 거야? 어떤 옷이길래."

"고양이나 개의 귀를 단 메이드라든지, 고양이나 개의 귀를 단 신전 학원 학생복 등이야. 일반적으로는 쉽게 입을 수 없는 특별한 의상이지."

확실히 대귀족이 고용하는 메이드라고 하면 전문직 중 전문직이고, 상응하는 기술과 가격이 없으면 취직할 수 없다. 신전 학생도 마찬가지다. 게다가 고양이나 개의 귀라니…. 그 요소는 무엇이 목적인지 알 수 없다.

하지만 무슨 까닭인지 테오리타가 일어나서 반응했다.

"아, 그거 훌륭하네요!"

눈을 불꽃색으로 빛내며 파트셰에게 박수를 보낸다.

"부디 저도 방문하고 싶네요. 여러 가지 의상을 직접 보고 싶기도 하고 가능하면 입어보고도 싶어요!"

"맡겨주시길. 테오리타 님이 희망하신다면 반드시 안내해드리겠습니다."

"아니… 잠깐만요. 그전에 지금 저 굉장히 놀라고 있는데요."

차브는 냉큼 자신의 말린 고기를 해치우더니 이번엔 지참한 듯한 무언가의 씨앗 같은 것을 씹기 시작했다. 이 녀석은 묘하게 요령이 좋아서 언제나 그런 휴대 식량을 지참하고 있다.

"정말인가요? 파트셰 누님, 그런 가게에 대해 잘 압니까?"

"누님은 그만둬. 나는 최근까지 제1왕도에서 생활하고 있었으니 당연히 잘 알고 있지. 사회 경험을 위해…, 알았지? 어디까지나 사회 경험을 위해 근무를 검토한 적도 있어."

파트셰가 그런 의상을 입고 접객하는 모습을 나는 상상해 보려고 했다. 덤으로 테오리타도. 하지만 멀쩡한 광경은 떠오르지 않았다. 파트셰의 성격상 살인적인 눈초리로 손님을 노려볼 테고, 테오리타는 헛발질만 할 것 같은 생각이 든다. 애당초 급사따윈 할 수 있을 것 같다는 생각이 들지 않는다.

하지만 나는 똑똑하기에 침묵했다. 쓸데없는 소리를 하기 위해 입을 연 얼간이는 차브였다.

"우오오오! 굉장해, 파트세 누님이 메이드나 학생복을 입고 아르바이트? 그거야말로 믿기지 않아. 천재지변의 징조가 아닐까 하는 수준의… 우왓! 위험해!"

차브가 몸을 뒤로 젖혔다. 그 목에 파트세의 검이 겨누어져 있다. 엄청난 속도의 발검이었다. 파트세는 얼음장 같은 눈으로 차브를 보고 있었다.

"뭐가 믿기지 않는다는 거지?"

"…제가 이 거리에서 반응을 못 하다니 엄청 쫄았는데요…. 저기, 아무것도 아닙니다."

"정확히 말해. 지금 뭐가 믿기지 않는다고 한 거냐!"

"그만둬, 바보."

나는 어쩔 수 없이 끼어들기로 했다.

"이런 허접한 집단에서 내분까지 일어난다면 적도 기가 찰 거라고."

"…동감이야. 정말 시끄럽네."

무슨 바람이 불었는지 웬일로 제이스도 동조했다. 옆에 있는 니리의 목에 등을 기댄 채 소금을 넣어 끓인 물을 홀짝이며 이쪽을 노려보고 있다.

"니리가, 너희들 하는 짓이 재밌어서 좀 더 보고 싶지만 눈앞에서 죽으면 난처하니까 슬슬 조용히 시키라고 말하고 있어. 또 시넙

잖은 소리를 하는 녀석은 때려죽일 거야.”

그것을 긍정하듯 니리는 가볍게 콧방귀를 뀌었다. 웃은 것처럼도 보인다.

이것에는 차브조차 침묵했다. 니리가 그렇게 말한 이상, 어쩔 수 없다. 아마 우리 중에서 가장 발언력이 강한 것은 니리고, 그 다음이 테오리타일 것이다.

“저기… 그러니까, 그 말인즉!”

그 테오리타는 당혹스러워 하면서도 일어나서 양손을 펼치고 흔들었다. 수수께끼의 동작이지만 고무라도 할 생각인지 모른다.

“우리끼리 힘을 합쳐 노력하자는 말이에요! 내분을 일으키고 있을 때가 아니라고요. 그렇죠?”

“뭐 그렇지.”

고개를 돌려 내 얼굴을 쳐다보았기에 나는 어쩔 수 없이 수긍했다. 솔직히 파트세와 차브라는 최악의 말다툼에 개입하고 싶은 마음은 요만큼도 없다. 요만큼도 없지만 어쩔 수 없다.

“언제 적이 올지 알 수 없으니까 놀고 있을 때가 아니야. —도터.”

나는 홀로 경계를 담당하고 있는 도터에게 물었다.

“상황은 어때? 다음 부대는 접근하고 있어?”

제이스와 차브가 도착한 이상 이제 1, 2백 정도의 적은 우리의 상대가 아니다. 적은 수천, 수만이라는 군세로 유린해올 것으로 생각되었다.

“페어리들이 아직 낌새를 살피고 있는 거야? 접근하고는 있지?”

“으, 응. 하지만… 녀석들 이미 상당히 가까이 있어.”

이미 도터는 성인으로 강화된 렌즈를 손에 들고 전방을 주시하고 있었다.

"움직이고 있어. 상당한 대군이야. 1천 정도는… 되지 않을까…? 상당히 떨어져 있지만 어쩌면 그 뒤에도 있는 것 같아. 또 1천 마리 …?"

"음? …뭔가 어중간하네."

급하게 당장 동원할 수 있는 부대를 보낸 듯한 낌새다. 보통은 한꺼번에 투입한다. 어지간히 우리를 박살내고 싶은 건가? 그것도 서둘러서?

우리의 움직임이 너무 뜻밖이라서 잘 대응하지 못하고 있나…? 진지를 구축했다고는 해도 부대 규모가 너무 작으니 무시한다는 것도 충분히 있을 수 있었다. 아니면 지금은 다른 요인이라도 있는 건가?

여하튼 이제 곧 오겠군. 이 식사가 끝나면 본격적인 교전이 벌어질지 모른다.

"테오리타, 이틈에 꿀이 든 차라도 마셔둬. 상당히 힘든 싸움이 될 거야."

"예! 자이로도 마실 거죠? 여러분도!"

테오리타는 사람 수에 맞게 준비할 생각인 듯 서둘러 물을 끓이려 했다. 이게 마지막 휴식이 되려나. 나는 천천히 몸을 풀면서 테오리타를 거들기로 했다.

하지만 그전에 도터가 묘한 목소리를 냈다.

"아, 잠깐만."

손을 들어 저편을 가리킨다.

“무언가 있어.”

“그야 있겠지. 토끼라도 발견한 거야?”

“그게 아냐. 인간… 어린애가 두 명. 정말로 어린애야! 어, 어째서 이런 곳에 있는 거지?”

도터가 영문 모를 소리를 했다. 어린애가 두 명. 부근 마을에 사는 애들인가? 이런 곳에 어째서? 길을 잃을 만한 지형도 아닌데.

그렇다고 하면 왕도에서 도망쳐온 건가?

“이쪽으로 오고 있어. 도망쳐온 거 아닐까? 어, 어떡할까? 자이로.”

“어떡하냐니, 너 말야….”

“저기.”

그리고 도터는 평소의 이 녀석 성격을 감안하면 믿기지 않는 말을 했다.

“…구, 구해주면 안 될까?”

진심으로 하는 소리냐? 나는 생각했다.

도터가 그 말을 했을 때 나는 귀를 의심했다.

하지만 그 내용을 음미하기 전에 너무도 극단적인 두 사람의 의견이 날아왔다.

"네? 절대 싫은데요."

라고 말한 것은 차브로, 진심으로 싫은 듯한 얼굴을 하고 있었다. 생판 남인데 구할 필요 있겠냐는 말이겠지. 이 녀석은 그런 녀석이다.

"나는 찬성이야! 훌륭해, 동지 도터. 어떻게든 그들을 구하자!"

이쪽은 라이노. 수상쩍은 만면의 미소로 도터를 껴안을 것처럼 양손을 펼쳤다.

당연히 이 두 사람은 서로 얼굴을 마주보았다. 차브는 경악해서, 라이노는 조금 의아한 얼굴로.

"진심으로 하는 소리인가요? 라이노 씨! 자살 행위가 취미입니까? 아니 전부터 그런 낌새는 있었나? 용사형을 자원할 만한 사람이니 그렇지 않을까 생각은 했습니다만!"

"터무니 없어! 나는 모두 다 살아남는 게 가장 효율적이라고 생각하고 있을 뿐이야. 괴로움과 고통은 되도록 종족 전체가 나누어야 하지 않겠어? 그렇지 않으면 결과적으로 불균형에서 오는 취약성을 낳게 돼. 그렇지? 동지 도터!"

"내, 내가 말하고 싶은 것은… 뭐랄까… 그런 거창한 이야기가 아니고."

도터는 차브와 라이노 앞에서 무언가 말을 쥐어짜내려 하고 있었다.

"저기… 도망치고 있는 것은 아마 굉장히 신분이 높은 사람 아닐까 생각해서인데?"

"뭐?"

이번엔 연쇄하듯 베네팀까지 놀랐다. 이제야 목소리를 낼 수 있을 만큼 회복한 건가.

"도터, 당신은 절도뿐 아니라 강도질까지 하는 사람이었습니까? 이제 와서 알게 된 새로운 일면이 무섭습니다만."

"그게 아냐! 뭐랄까, 저기, 뭔가… 뭐라 설명은 못 하겠고, 잘 떠오르지도 않지만."

도터는 머리를 쥐어뜯더니 비명처럼 말했다.

"구, 구하는 게 좋아. 구하지 않으면 좋지 않다고. 뭐냐, 이, 인간적으로!"

"음!"

이에 대해 무거운 목소리를 낸 남자가 있었다. 노르가유다. 분명 그런 반응을 할 거라 생각했다. 폐하는 양손을 마주치며 일어섰다.

"잘 말했다! 네놈치곤 드물게 올바른 판단이로군. 가라! 다들 우리 왕국의 백성을 구출하는 거다! 《여신》이여 우리에게 축복을!"

"—예! 그래야 우리 용사들입니다. 도터를 다시 봤군요."

조금 흥분한 기미의 테오리타가 내 팔을 강하게 붙잡았다.

"방황하는 백성, 힘 없는 백성을 구하는 것이 바로 우리의 역할! 그렇죠? 자이로!"

"제기랄."

도터 녀석, 갑자기 이상한 곳에서 정의감 같은 것을 발휘하고 자빠졌다. 그건 좋지만 이런 곳에서 발휘할 건 없잖아. 절박한 전장 한복판이 아니라 평화로울 때 연설 같은 걸로 풀라는 생각이 들었다.

굉장히 싫다. 엄청난 위험을 수반하는 임무다. …게다가 임무 범위 밖. 아무런 이득도 없을 것처럼 보인다. 생판 모르는 어린애 두 명.

그 녀석들을 구해봤자 뭐가 달라지는 거지? 기껏해야 감사 인사와 자기만족뿐이잖아.

하지만,

'도터에게조차 인간성 면에서 떨어지는 걸로 여겨진다면 끝장이겠지.'

그것만은 견딜 수 없다.

"…나는 테오리타를 태우고 말을 달려야 해."

나는 테오리타의 머리에 손을 얹었다. 흠 하고 테오리타가 거만하게 코웃음쳤다.

"구할 상대는 어린애라고 해도 두 명이잖아?"

"그, 그래…. 여자아이와 좀더 작은 남자아이로 보여."

"그렇다면 남자 아이 쪽은 도터, 네가 태워. 파트셰는 여자 쪽."

나는 굳이 내뱉듯 말했다. 휴식은 끝이다. ―말을 끌고와서 등자에 발을 올린다.

"아."

도터는 한 번 침을 삼키고나서 고개를 끄덕였다.

"…아, 아, 알았어. 하지만 저기, 나는 안 싸울 거라고."

이건 정말 드문 일이다. 도터가 도둑질 외에 이런 위험을 무릅쓰는 일은 거의 없다.

"이상이야! 파트세. 무언가 불만이 있으면 들을게."

"본래라면 언어도단. 명령에 없는 행동이야. 작전 중에 상정 외의 사태를 일으켜 군 전체를 위험에 빠뜨릴 가능성이 있으니까…."

투덜투덜 중얼거리면서도 그녀는 이미 말에 타고 있었다. 성인이 새겨진 창을 들고.

"그런 어리석인 행위를 저지를 수 있다는 것은, 흠, 징벌부대의 뛰어난 점일지도 모르겠군."

"어디가 뛰어나다는 거야. 내가 총사령관이었다면 전원 생매장했다고."

"내가 총사령관이라도 즉각 제대시켰겠지. 군사재판감이야. 하지만."

파트세는 등이 근질거리는 듯한 얼굴을 했다. 제딴엔 농담하고 웃었다고 생각한 것인지 모른다. 이런 추위니 얼굴도 경직될 만 하지만 그렇다고 해도 너무 어색하다.

"너희들이 움직이지 않았다면 나 혼자서라도 가려고 생각했던 참이야. 의욕이 있다면 따라와. 늦지 말고."

말이 끝나기 무섭게 말을 달리기 시작했다. 이렇게 되면 뒤쫓을 수밖에 없다.

"들었지? 도터."

나도 그것을 뒤쫓는 형태로 테오리타를 태우고 말에 신호를 보냈다.

"죽더라도 불평하지 마. 이건 네가 제안한 쓸데없는 임무니까 말야!”

“아, 알고 있다니까!”

“라이노! 포격으로 엄호해, 곡사야!”

“물론이지. 우리 동지 제군, 응원하고 있어.”

부아가 치밀 만큼 쾌활한 라이노의 격려.

어째서 이렇게 공허하게 들리는 건지 그 이유는 전혀 알 수 없다. 다만 달려나간 내 귀… 가 아니라 목의 성인 너머로 차브와 라이노의 대화가 들려왔다.

『이야, 저 사람들 굉장하네요. 아이를 주워와서 먹이로 쓸 생각이려나요?』

『음? 내 먹이로? 안됐지만 그렇게 배가 고프지 않고, 직전까지 살아 있었던 인간은 윤리적으로 좀 그렇지 않아? 전장에서는 시체가 잔뜩 널브러져 있으니 말야. 굳이 잡아먹을 필요는 없지 않을까?』

『어째서 라이노 씨가 먹을 전제로 이야기하는 건가요? 아까우니까 페어리를 유인하는 먹이로 쓰면 어떨까 하는 이야기였는데.』

『…괜찮아. 농담이었어. 애당초 산 사람을 잡아먹는 것은 좋지 않아. 안 그래?』

『어? 그런가요? 개인적으로 저는 살아 있더라도 서로의 동의만 있다면….』

거기까지 듣고 나는 성인에서 손가락을 뗐다. 녀석들의 윤리라든지 인간성 같은 이야기는 들어봤자 소용없다.

나는 전방에 집중했다. 도터가 목격했다는 두 명의 아이가 어둠 너머로 보이고 있을 터이다. 파트셰가 창을 치켜들자 그 끝부분에서 강한 빛이 투사되었다. 좋은 조명이다. —하지만 도터가 그것을 포착하는 것이 더 빨랐다.

"찾았어!"

녀석이 손가락으로 가리켰다. 흠, 진짜 어린애다. 두꺼운 방한복에 아장아장 위태로운 걸음걸이로 걷고 있다.

소녀와, 그보다 어린 소년.

소녀 쪽을 소년은 거의 업고 있는 듯한 형상이었다. 다만 바로 등 뒤에 페어리의 무리. 아무래도 그들은 쫓기고 있는 듯하다. 조금 위화감을 느낀다. —어째서 이런 대군에게?

먹이로 삼기보다는 무언가 다른 이유가 있는 것처럼 생각되었다. 대략 1천 마리 정도 발이 빠른 페어리부터 차례로 급하게 진군해온 듯한 그쪽 군의 움직임도 마음에 걸린다.

그만큼 중요한 인물이라는 건가?

"살려줘요!"

소년 쪽이 소리쳤다.

"살려주세요! —누님을, 부디."

누님이라는 상류층스러운 호칭은 둘째치고, 그 발언 자체는 맘에 들었다. 나는 그렇게 생각하기로 했다. 성인에 손가락을 대고 소리친다.

"라이노, 제이스, 시작해!"

포격지원과 항공지원 요청이었다. 그것은 신속히 실행되었다.

일단 우리의 야전진지에서 빛의 포탄이 날아왔다. 맑은 날 볼 수 있는 하얀 달 같은 눈부신 빛. 그것은 추격하던 페어리들 한복판에 착탄해서 폭발했다.

몇 마리인가의 푸어와 보기들이 터져나간다. 곡사포격. 시가전에서 쓰는 직사포와는 별개의 것으로, 아군의 머리 너머로 포격을 할 때는 이것을 쓴다. 이 이상하리만치 정확한 포격은 라이노의 특수한 기술이라고 할 수 있을 것이다.

어떤 뇌 구조를 가지고 있는지 한 번 뜯어보고 싶은 대목이지만 라이노는 이 포탄의 궤적과 그 착탄 지점을 정확히 계산할 수 있다고 한다. 군대 학교에서 포격은 숫자라고 했던 교관은 누구였더라? 머리가 너무 좋은 녀석이 이것을 하면 그 계산의 재미 쪽에 마음이 끌려 대부분 학자가 되어버린다고 탄식했다.

『…니리가 하라고 해서 하는 거야. 이번뿐이라고.』

제이스의 어이가 없다는 듯한 목소리.

『얼른 꼬맹이들을 구해서 돌아와, 얼간이들.』

머리 위를 파란 날개가 가로질렀다. 그 직후에 불꽃. ─설원을 불태우고 지옥과 같은 열이 증기를 만들어낸다. 이것도 페어리들 무리에 강렬한 피해를 입혔다. 순식간에 추격자들의 숫자가 줄어간다.

이것이 바로 드래곤의 올바른 운용법이었다. 차단한 것이 없는 야외에서 적들뿐인 상황. 불꽃 브레스라는 파괴병기를 운용함에 있어서 거리낄 게 아무것도 없다. 이런 곳에서야말로 제이스와 니리는 그 진가를 발휘할 수 있다고 할 수 있었다.

하지만 그것으로도 모든 추격자를 막을 수는 없다. 수십 마리의 푸어와 보기가 여전히 쫓아오고 있다.

"테오리타. 공격은 한 번뿐이야. 바로 이탈할 거니까."

"맡겨주세요."

테오리타도 신속했다. 공중에 만들어낸 커다란 검이 추격자들을 차단하는 형태로 내리꽂혔다. 말려든 것은 몇 마리뿐이었지만 추격을 멈추는 것에는 성공했다. 추격하려면 이 검의 울타리를 우회해야 한다. ─나는 나이프를 투척해서 쫓아오는 다른 한 마리의 페어리를 폭파해서 해치웠다.

테오리타는 두 명의 아이에 대해 큰 소리로 외쳤다.

"이쪽으로 오세요! 두 사람 다 고생이 많았어요. 이《여신》테오리타가 당신들의 안전을 약속하겠습니다!"

격려하듯 힘찬 목소리였다. 요전번 요프에서는 민간인에게 속아 호된 꼴을 당했는데 아직도 용케 그런 목소리를 낼 수 있군.

"─누나 쪽은 확보했어!"

파트세가 누나로 보이는 소녀의 몸을 안아들었다.

동시에 휘두른 창이 달려들려던 푸어를 꿰뚫었다. 퍽 하는 이상한 소리. 창끝이 빛나며 페어리의 육체를 찌른 채로 장벽을 만들어내자 그 동체가 뒤틀리며 튕겨날아간다.

"도터, 서둘러."

내가 말할 것도 없이 도터는 필사적인 표정이었다. 손을 뻗어 소년 쪽을 안아들려고 한다. 그 손이 닿았다.

하지만 직전에 소년의 몸이 쓰러졌다.

보기다. 그 날카로운 뿔이 소년의 몸에 박힌다. ─도터는 그 순간 이 세상이 끝장난 듯한 외침을 지르고 있었다. 비명이었을지도 모른다.

아무튼 도터는 거의 말에서 굴러떨어질 듯한 기세로 다시 손을 뻗었다. 소년을 안아들더니 보기의 머리에 뇌장을 갖다댔다.

그리고 뇌광. 격렬한 소리. —그렇군.

아무리 사격이 서툰 도터라도 밀착한 상태라면 빗나가지 않는다. 너무도 무모하고 어리석어서 만용이라고 하기에도 망설여지지만 확실히 성과는 있었다.

"자이로, 좀 도와줘."

도터는 소년을 안아들려고 노력하고 있었다. 이상한 자세를 취한 탓에 말에서 떨어지려 하고 있다.

"바보냐."

나는 어쩔 수 없이 도터의 목덜미를 붙잡아 주었다. 말 위로 끌어 올린다.

문제는 소년 쪽이었다. 놀랍게도 그 배에는 아직 뿔이 박혀 있는 상태였다. —보기의 머리를 날려버렸을 때 그 뿌리가 깨져서 남아 있는 듯하다. 고통스런 얼굴. 목에서 신음소리가 흘러나오고 있기에 아직 죽지는 않았다.

하지만 옆구리인가. 나는 위화감을 느꼈다.

보통은 등에 박힌다. 허나 이 소년은 등에 공격을 맞는 것을 겁낸 것처럼 굳이 옆구리를 노출시켰다. 공포로 혼란한 탓인가. 아니… 그 등에 무언가를 메고 있는 건가? 외투 틈새로 흰 꾸러미가 약간 엿보인 것 같았다. 저건 뭐지?

허나 나의 의문은 도터의 외침소리에 의해 현실로 되돌아왔다.

"어떡하지? 이, 이 뿔, 박혀 있어!"

"뽑지 마. 지금 할 수 있는 일은 하나뿐이야."

페어리들이 이쪽으로 쇄도하고 있다. 아직 숫자가 많으니 대피해야 한다.

"아무튼 서둘러. 말이 다쳐도 좋으니까 진지까지 후퇴한다! —파트셰, 신호를 보내!"

"이미 하고 있어!"

파트셰는 말을 달리면서 머리 위로 창을 크게 휘두르고 있었다. 은색 빛이 그 끝부분에서 튀고 있다.

'와라.'

나는 말을 달리면서 빌었다. 등 뒤에서는 페어리들의 무리. 하나의 요소가 더 필요하다. —이대로 진지로 돌아가더라도 치료할 수 없다.

"아직이야? 파트셰, 따라잡히겠어."

"반드시 올 거야!"

"—아."

도터의 얼빠진 목소리.

뒤를 이어 눈이 내리는 어둠 저편에서 말발굽 소리와 사람 목소리에 의한 울림이 들렸다. 그게 우리를 뒤쫓는 페어리들의 측면으로 맹렬히 돌격해온다.

우군이다. —틀림없다.

파트셰가 요청했던 지원부대였다. 예전 제13성기사단의 기병부대. 전투에 참가하지 않고 전장 한구석에 있기만 해도 견제가 된다고 생각하고 있었는데 의외로 전력이었던 모양이다. 이유는 알 수 없지만.

원군의 숫자는 기병이 대략 400. 이런 상황에서는 빌고 싶어질 만큼 고맙다.

'게다가 정예야.'

400의 기병은 페어리들의 무리를 깔끔하게 돌파했다.

집단 한복판에 바람 구멍이 뚫리자 그것만으로 페어리들의 후방은 이미 도망치기 시작했다. 마왕현상과 지성이 있는 개체에 통솔되지 않는 페어리의 무리는 이 정도 사기뿐이다. 뒤따라오는 1천의 무리도 제이스와 니리에 의해 불태워져 혼란에 빠져 있었다. 대열이 무너져 퇴각할 것이다.

본대와 합류해서 전력으로 공격해오는 것은 이 다음이려나.

하지만….

"덕분에 살았어."

나는 파트셰를 돌아보았다.

"너희 기마부대도 제법이네."

"당연하지. 북방기병의 강함을 모르는 거야?"

파트셰는 무표정을 가장하며 말했다.

그렇게 이미 자신의 손을 떠난 명예의 잔재를 아쉬워하듯 페어리들에게 공격을 가하는 기병대를 힐끔 돌아보았다.

'과거의 부하들이라.'

나는 녀석들의 얼굴을 떠올려보려 했다. 이런 눈보라 속에서도 함께 싸운 적이 있었다. 그렇다. 지금도 기억하고 있다. 그래야 한다.

허나….

"자이로. 지금은 서둘러야 해요."

테오리타가 등 뒤에서 나에게 매달려왔다.

"앞을 보세요. 저 두 사람을 구해야 한다고요. 아직 늦지 않았어요. …그렇죠?"

"그래."

나는 말을 질주시켰다. 지금은 돌아보고 있을 틈이 없다.

"차브에게 보여야겠어. 두 사람 모두 이대로 가면 버티지 못할지 몰라."

아직 위험은 무엇 하나 사라지지 않았다. 페어리들의 본대가 공격해올 것이다.

아마 녀석들을 지휘하고 있는 장교 같은 존재도 있을 터였다.

투진 · 투가 북동부 제4구릉.

나중에 '가시 손바닥'이라 불리는 장소이다.

아마 징벌용사들의 이름이 역사상에 등장한 것은 이때가 처음이었을 것이다.

◆

그렘린의 보고는 단편적이긴 했지만 상황파악의 실마리는 되었다.

그들도 다소는 인간의 말을 쓸 수 있다. 앵무새 같은 것이지만 훈련에 의해 어느 정도 의사소통은 가능하다.

"선행해 있던 추적부대는 아무래도 남매를 놓친 듯합니다."

렌트비가 보고했을 때 트리실은 눈을 감고 있었다.

말을 탄 채 자고 있는 것처럼도 보였다. 하지만 실제로는 다르다.

렌트비는 그것을 알고 있다. 그래서 보고를 하고 있어도 방심은 할 수 없다. 명쾌한 보고를 하기 위해 유의한다.

"대규모 파괴병기에 차단당했습니다. 포병과 드래곤. 용기병입니다."

특히 용기병 쪽이 문제다. 렌트비는 뼈아프게 생각했다.

포병 쪽은 정보부족으로 잘 알 수 없지만 지금 명백한 위협이 되고 있는 것은 단 한 기의 용기병 쪽이었다.

돌아온 그렘린이 고작 네 마리였던 걸 보면 그 용기병의 이상함을 잘 알 수 있다. 호위용으로 가고일도 보냈는데 그것도 간단히 불태워지고 말았다.

"—그리고 기병이 3기. 아마 그 3기가 아닐지. 녀석들이 남매를 구출했습니다. 이것은 개인적인 견해입니다만 처음부터 그걸 노리고 전진한 것으로 생각됩니다."

"그렇군. …이건 상당히 재밌게 됐어. 렌트비."

트리실은 희미하게 눈을 뜨고 고개를 끄덕였다. 역시 다 듣고 있었던 모양이다.

"드래곤과 포병까지 데려오다니. 손쉽게 제공권을 빼앗은 드래곤도 위협적이지만 포병은 아마 여럿이겠지. 포격이 너무 정확해. 단독으로 조준했다고는 생각되지 않아."

"보였습니까? 트리실 님."

"좀 늦었지만 말야."

트리실은 어깨 부분을 손가락으로 더듬었다. 아마 무의식적인 동작일 것이다. 그곳에는 소문으로 듣던 '성흔'이 있을 게 분명하다.

"기병의 얼굴도 보였어. 처음 정찰부대가 조우한 녀석과 동일인물이로군. 왕자를 구출한 자가 아마 그 지휘관일 거야. 상당히 대담하고 재밌었어."

트리실은 목구멍으로 큭큭 거리는 소리를 냈다. 아무래도 웃음소리인 듯했다.

"설마 페어리의 머리에 뇌장을 쫓다대고 초근접 거리에서 날려버릴 줄이야. 그런 식으로 싸우는 바보는 본 적이 없어.”

렌트비로선 상상도 할 수 없지만 그녀에게는 그 광경이 뚜렷히 보였을 게 분명하다.

그것은 그녀가 선천적으로 가진 재능… ‘성흔’에 의한 것이었다. ‘성흔’이란 선천적으로 개인의 몸에 새겨진 성인을 말한다. 문신 같은 게 아니라 멍이 든 것처럼 되어 있고 설령 불로 지지거나 피부를 벗겨내도 지워지지 않고 이윽고 재생된다.

전설에 따르면 과거 제1차 마왕토벌때 소환된 이세계 사람이 이쪽 세계 사람과 아이를 남겼을 때 이어받은 것이라고 한다. 과거엔 ‘하늘의 선물’ 따위로 불렸다. 그 성질은 반드시 자식에게 유전되는 게 아니라 몇 세대 후에 발현되기도 한다고 한다.

―다만 현대에 있어서 그 사회적 지위는 역전되었다.

‘성흔’을 가지고 태어난 사람은 저주받은 아이로 취급되어 몰래 버려진다든지 살해당하는 일도 많다. 인간사회에 섞여 살아가기에는 너무 이질적이었던 것이리라. 적어도 10년 정도 전까지 ‘성흔’을 가진 아이는 태어난 직후에 버려지는 게 보통이었다.

그리고 트리실은 그 환경에서 살아남은 자였다.

그녀는 먼곳의 광경을 볼 수 있다. 하지만 그렇게 자유자재인 것은 아니다. 신경을 집중시키고 있으면 꿈을 꾸는 것처럼 그 광경이 눈앞에 떠오르는 일이 있다고 한다.

“생각했던 것 이상으로 강적이로군.”

트리실은 조금 흥분한 듯이 말했다.

“특히 지휘관이 엄청나. 이 전개를 예측했던 것처럼 진지를 구축하고 잠깐의 망설임도 없이 정예에 의한 구출부대를 편성, 게다가 그것을 손수 이끌었거든. 어때? 렌트비.”

“예.”

그런 대답밖에 렌트비는 할 수 없었다.

“…동감입니다. 방심할 수 없는 상대가 아닐지. 짐승 같은 직감과 판단력이로군요.”

“그래! 완전히 짐승이야. 그 교활함은 여우지. 진짜… 목 매다는 여우라는 동물을 알고 있어?”

“아뇨. 들은 적 없습니다.”

“내 고향 숲에 살고 있는 똑똑한 짐승인데, 나무 위에서 사냥감을 덮치는 형태로 사냥을 해. 그것과 똑같았어. 그 지휘관… 아아, 편의상 녀석을 ‘목 매다는 여우’라 부르기로 하지. 녀석을 상대로 대군으로 싸움을 한다는 것은…. 후후.”

트리실은 용맹하게 웃었다.

“우수한 녀석을 유린할 수 있다고 생각하니 가슴이 뛰는군. 렌트비, 전투 준비를 해.”

“예.”

공포를 느끼면서도 렌트비는 성실한 표정을 가장하고 고개를 끄덕였다.

자신은 똑똑하고 충실한 부관이어야 한다. 그렇지 않으면 이 트리실에게 무슨 짓을 당할지 알 수 없다. 그런 위험함을 가진 여자였다.

“겨우 기병이 나설 차례로군. 코슈타 바워와 조합해서 숫자를 늘린 후 중앙에 배치. 보병은 좌우에 전개한다. 진지를 양 날개로 포위하는 거야.”

트리실의 머릿속에서는 앞으로 있을 전투가 떠오르고 있는지 웃는 얼굴이었다.

"이만한 군세를 그 소수의 병력으로 어떻게 막아낼 거지? '목 매다는 여우' 녀석. 소수 기병의 원군이 있더라도 간단히 유린되고 말 거야. ―아아, 그리고 렌트비. 한 가지만은 철저히 지키게 해."

"…어떤 것을요?"

"지휘관은 산 채로 붙잡으라고 말야. 개인적으로 흥미가 있거든. 재밌잖아. 이만한 정예를 이끌고 우리 앞에서 멋지게 그 남매를 빼앗은 상대니 말야."

트리실은 고양된 눈으로 구릉 너머에 있는 지휘관을 보고 있었다.

"그런 인간을 붙잡아서 마음을 꺾는 게 얼마나 기분 좋은 일인지 알아?"

"네…."

"'목 매다는 여우'가 어떻게 나올지 기대가 되는군. 어떤 수를 쓸까? 아마 냉철한 성격으로 혼란과 공황과는 거리가 먼 지휘관이겠지만."

"…알겠습니다. 그럼 우리는 후방에서 대기하는 겁니까?"

"아니. 정예를 따로 모아두도록 해. 기병으로."

동쪽 하늘이 밝아오고 있다. 전투는 낮에 벌어질 것 같군.

"상대가 정말 그 진지를 지킬 생각이라면 어지간히 강고한 대비가 되어 있을 게 분명해. 그 경우… 우리가 배후를 쳐야 되니 그럴 만한 대비가 필요해."

“자이로! 어떡 하지?”

진지에 도착하자마자 도터는 소리쳤다.

말에서 거의 굴러떨어지듯 내린다. 팔로는 그 소년을 꽉 안고 있었다. 천막 안으로 데리고 가서 일단 바람을 피한다. 불도 지펴져 있기에 따뜻하다. 일단 여기서 한숨 돌릴 수 있다. 우리의 야영지는 원군으로 온 제13성기사단 출신 400명을 수용한 상태였다. 그에 의해 전력은 대폭 증강되었다. 그들은 지금 밖에서 구멍을 파거나 철조망을 더 둘러쳐서 요격 준비를 하고 있다.

“어떻게든 해야 돼! 이, 이 애한테 뿔이 박혀 있다고!”

“보면 알아.”

“호흡도 굉장히 약해! 어떡하지?”

“어떡할 거냐는데? 차브.”

나는 우리 부대의 저격수이자 위생병이기도 한 남자의 어깨를 두드렸다. 이 녀석은 역시 일처리가 빨라서 이미 소년의 상처를 관찰하고 있었다. 그것도 차갑고 감정 없는 눈초리로.

“어떤 느낌이야? 살아 있지?”

“그렇군요. 비교적 운이 좋은 편 아닐까요? 뿔도 뽑지 않아서 다행이라 생각해요! 형님 같으면 자신의 몸을 기준으로 생각해서 난폭하게 그런 짓을 했을 텐데.”

“너는 쓸데없는 소리를 안 하면 일을 못 하는 거야?”

“쓸데없다는 말을 하면서도 일을 할 수 있는 게 저의 천재적인 부분이라고요!”

차브는 인체를 효과적으로 파괴하는 것에 능하다. 어디를 어떻게 하면 사람이 죽는지, 인체구조가 어떻게 되어 있는지 잘 알고 있다. ―그 방법을 암살교단에서 배워왔다. 다시 말해 그것을 응용하면 인체를 치료하는 쪽에도 어느 정도는 쓸 수 있다는 말이다.

이 녀석이 실로 능숙하게 응급처치를 할 때까지 나도 그 사실이 믿기지 않았다.

"내장의 부상은… 아아, 틀렸네요. 이거. 옷이 살 안에 파묻혀 있어서…. 어쩔 수 없이 스프라이트를 써야겠습니다."

상처 부위를 보고 있던 차브가 경박하게 휘파람을 불었다.

"수리소에서 슬쩍해 온 게 있었죠? 노르가유 폐하, 조수를 부탁 드립니다!"

"좋아."

노르가유가 의연하게 고개를 끄덕이고 짐꾸러미에서 작은 병을 꺼냈다.

"백성을 구하는 것은 왕의 책무니 말야. 차브, 수고하도록 해."

노르가유는 병 뚜껑을 열었다. 바닥 쪽에 희미하게 빛나는 붉은 점액이 고여 있었다. 그 빛이 새어나오고 있는 것이다.

이것은 '스프라이트'라 불리고 있다.

제2의 《여신》 안다월라… 그 건방진 《여신》이 소환하는 아주 작은 생물 같은 거라고 한다. 눈에 보이지 않을 만큼 작아서 집합체라면 이런 액체 같은 상태로 보인다. 상처 부위를 접합하고 치료하고 복원하는 능력이 있다고 한다.

나도 쓴 적이 있다. 제2의 《여신》과 그 성기사는 솔직히 말해 좋아하지 않지만 그게 '수리소'의 근간을 이루는 기술 중 하나라고 들은 적 있다.

"관통은 되지 않았군요. 다른 상처도 없고. 좋아 좋아."

차브는 소년의 몸을 눕힌 다음 옷을 들추고 이곳저곳을 검사했다. 문득 소년의 외투가 벗겨지며 등에 메고 있던 흰 짐이 보였다. 문장을 수놓은 천꾸러미. 그것도 하나의 문을 다섯 개의 검이 봉인하고 있는 문장이다.

'왕가의 문장이로군.'

이게 이 소년 자신의 소지품이라고 한다면 귀족 정도가 아니라 자칫하면 왕족의 일원일 가능성도 있었다. 그럼에도 이런 곳을 단둘이서 도망치고 있다니, 제2왕도는 어지간히 비극적인 전개가 벌어지고 있는 건가.

"저기… 죄송한데, 여자아이 쪽은 어떤가요?"

베네팀은 소녀 쪽을 바라보며 뭘 할 수 있는 것도 아닌데도 심각한 얼굴을 하고 있었다. 어쩌면 자신이 책임져야 할지 몰라 걱정하고 있는 것일지도 모른다.

"굉장히 안색이 안 좋아요. 창백합니다."

"원래부터 피부가 흰 것도 있겠지만 체온이 좀 낮네."

라이노에 이르러선 스스럼 없이 소녀의 얼굴을 만지고 있다. 마치 길바닥에서 주운 진귀한 생물의 감촉을 확인하고 있는 듯했다.

"하지만 그게 다야. 몸을 따뜻하게 하고 영양을 섭취하게 하면 회복될 거야. 이야… 섬세해 보여도 제법 튼튼한걸?"

"라이노, 부주의하게 만지지 마. 아마도 신분이 높은 분일 거야. 왕족의 혈연일지도 몰라."

파트셰가 나무랐다. 라이노가 소녀를 만지고 있는 게 무슨 까닭인지 몹시 불길하게 느껴졌는지 그녀는 지금이라도 허리춤의 검을 뽑을 기세였다.

"오른쪽 귀걸이가 보이지 않아? 황금이라고. 왕가의 수호조를 본 뜬… 아니 잠깐만. 이건 좌우가 한 쌍인 것 아냐? 설마 도터 너 이 녀석."

"윽."

"동지 도터, 나중에 그 손바닥에 감추고 있는 것을 반납하는 게 좋아. —이크. 아아, 이건 확실히 황금이 맞네."

"그러니까 네놈은 안일하게 만지지 말라고 했잖아…!"

다시 라이노가 거침 없이 소녀의 귀로 손을 뻗어 그곳에 있는 무언가의 새를 본딴 금세공을 만졌다. 파트셰는 그것을 저지하기 위해 라이노의 손목을 잡았다.

결과적으로 소녀의 몸을 흔든 꼴이 되었다.

"아…."

그와 동시에 소녀는 눈을 떴다.

"저, 기."

파란 눈동자였다 그 눈은 파트셰도, 라이노도 보고 있지 않다.

조금 몽롱한 시선은 동생을 치료하는 노르가유 폐하에게 쏠려 있었다. 그것도 터무니 없는 경악의 시선으로.

"—노르가유 님…?"

소녀의 목에서 떨리는 목소리가 흘러나왔다.

분명히 나는 그 이름을 듣고 말았고 주위에 있는 모두도 똑같을 것이다. 뇌리에 떠오른 것은 '뭐야, 그게?' 였을 게 분명하다. 나도 그랬기 때문이다. 노르가유에게, 초면에, 아무런 협박을 받은 것도 아닌데 '님'을 붙이는 녀석이 있을 줄이야.

그 이전에 노르가유의 이름을 알고 있었다. 아마도 왕족인 소녀가. 우리는 할 말을 잃고 무심코 다 함께 노르가유를 보았다. 녀석은 미간을 좁히고 소녀를 일별한 후 잠시 경직한 것처럼 보였다.

하지만 그 몇 초 후 다시 거만하게 고개를 끄덕였다.

"메르네아티스. 용케 무사히 여기까지 왔구나."

노르가유는 드물게… 정말로 드물게 입가에 희미한 미소를 떠올렸다. 나는 다시 놀랐다. 노르가유의 미소는 제이스의 그것보다도 보기 힘들다.

"짐은 오빠로서 기쁠 따름이다."

"그런….'

소녀의 입술이 떨렸다. 무언가 말하려 하고 있다. 나도 말하고 싶었다. 다시 말해.

'—뭐야? 그 설정은.'

라는 것이었다.

"노르가유 님. 제 동생은… 제 동생과 등에 있는 짐은 무사한가요? 케일 보크….'

질문한 소녀는 눈의 촛점이 잘 맞지 않은 상태였다. 묘한 단어를 들었다. 케일 보크라고 했나? 그것은 동생이 등에 메고 있던 흰 꾸러미를 말하는 건가?

다만 그것을 듣기 전에 상황은 다시 일변했다.

『이봐, 땅에 있는 얼간이들!』

상공에서 경계를 맡고 있던 제이스에게서 통신이 들어왔다.

『적이 접근하고 있어. 전열을 짜는데 시간은 걸리겠지만 경계하

도록 해.』

"알고 있어."

결전은 새벽 무렵이 될까. 아니면 완전히 해가 떠서 그쪽도 윤택하게 성인 병기를 쓸 수 있게 된 후일까.

"적의 편성은 어떻게 되어 있어?"

『주력은 기병…. 인간 용병이겠지.』

그렇다면 낮에 싸우게 될 가능성이 크다. 물량으로 밀어붙일 생각일지도 모른다.

『특히 중앙에 잔뜩 몰려 있군. 그리고 좌우로 보병이 전개되고 있어. ―상당히 진심인 모양이네. 하늘을 날 수 있는 녀석도 제법 있어.』

제이스는 작게 혀를 찼다.

『저런 대군이라면 금방 쳐들어오진 않겠지만 기합은 잔뜩 넣어두라고. …니리. 우리도 일단 내려가서 쉬는 게 좋겠어.』

제이스와 니리가 천천히 내려왔다. 이쪽도 방어 준비를 끝마쳐야 한다. 이번에도 힘든 싸움이 될 것 같다. 나는 흰 입김을 내뿜으며 왕가의 소녀를 내려다보았다.

"살아 있지? 이제 안전하다고는 입이 찢어져도 말 못 하지만 어떻게든 해볼게. 조금 소란스러워질 거야."

"아…! 그건, 저, 저희들의, 추격자, 예요…! 죄송합니다, 저희들은."

"이미 말려든 이상 신경 써봤자 소용없어."

나는 으르렁대는 듯한 소리를 내서 무언가 말하려던 소녀의 입을 다물게 했다.

“녀석들을 요격한다. 다들 기합을 넣어 둬.”

이에 대해 가장 겁먹은 모습을 보인 녀석이 있었다. 베네팀이다.

“어, 어떻게 될까요? 상당한 대군 같은데…!”

“일단 이쪽에도 작전은 있으니 말야.”

성가시기에 나는 일부러 자신만만하게 고개를 끄덕였다.

“너무 쫄지 마, 베네팀. 명목상 네가 지휘관이잖아.”

“…그, 그렇긴 합니다만. 아니, 하지만, 확실히 그렇긴 해도. 어째서죠?”

베네팀은 마음 약하면서도 무슨 까닭인지 둑이 터진 것처럼 밝은 … 비위를 맞추는 듯한 기묘한 미소를 지었다.

“오랜만에 모두가 다 모였으니 얼마든지 어떻게 할 수 있을 것 같다는 생각이 드네요.”

“그건 분명 기분 탓이야.”

나는 어둠 저편을 노려보았다.

이윽고 날이 밝는다. 준비를 끝내둬야 한다. ―소란스런 하루가 될 것 같았다.

해야 할 일은 많지만 체력도 온존해야 한다.

막상 적이 왔을 때 녹초가 되어서 움직이지 못하게 된다면 본말전도다.

왕족으로 보이는 소년에게 최소한의 처치를 한 후 요격 준비를 대충 끝내고 나면 그후엔 교대로 휴식을 취하기로 했다. 각자 고작 일 각이나 반 각 정도이긴 하지만 고마운 것에는 변함 없다.

이럴 때 제일 먼저 놀기 시작하는 것은 차브다.

다른 정규병에게 주절주절 경박하게 말을 걸어서 언제나 관계를 악화시키고 돌아온다. 이때도 마찬가지로 과거의 제13성기사단에게 일방적으로 말을 걸고 있었다. 믿기 힘들게도 라이노는 옆에서 흥미진진하게 그 모습을 지켜보며 발언 내용을 적는다는, 기분 나쁜 행위에 몰두하는 일이 적지 않다.

"대화할 때 참고가 될까 해서 말야."

라는 이유에서라고 하는데 차브를 참고로 하는 시점에 잘못되어 있다고 생각한다.

다른 부대원의 경우, 노르가유는 타츠야에게 명령해서 꼼꼼하게 구멍을 파게 하고 있고, 제이스는 경계를 하고 있는 도터를 상대하고 있다.

"언제나 보초만 서니 힘들겠네. 다음에 하늘에서 정찰을 시험해보지 않겠어? 도터 씨라면 등에 태워도 좋다는 아이가 있는데…."

제이스는 맛없어 보이는 휴대식량을 씹으며 도터를

올려다보았다.

"카야라는 아이야. 기억나? 어제 영지에서 도터 씨를 보고 있었 잖아. 검은색 비늘에 길쭉한 뿔이 똑바로 뻗은."

"아, 아니, 나는 하늘을 나는 게 익숙치 않아서… 연습부터 해야 ….."

"그럼 다음에 연습해볼래? 카야는 조금 소심하지만 성실하고 착 한 아이라고."

마치 친척 딸이라도 소개하는 듯한 말투다. 하지만 제이스가 다 른 사람을 드래곤에 태워도 좋다고 하는 건 거의 없는 일이다. 도터 에 대한 최대한의 호의 표명인 것이리라. 녀석들의 관계는 아직도 이해가 안 된다.

징벌용사 부대의 휴식 광경은 대략 그런 것이지만 오늘만은 쉴 틈이 없는 사람도 있었다.

주로 파트셰다. 신참이라서가 아니다. 이번 전투에서 제13성기사 단과의 연계는 필수였고 연락책은 그녀밖에 없기 때문이다. 참여한 병사수는 400정도. 1만 정도의 적에 비해 너무 작은 전력일지 모르 지만 이것조차 기적적인 증원이라 할 수 있을 것이다.

이 부대에 임무를 맡겨야 한다. 그것도 꽤 맡기기 힘든 부류의 임 무를.

베네팀은 이 역할을 나와 파트셰에게 떠넘겼다.

"그녀에게 맡기는 게 제일이겠죠. 그 인망으로 사람들을 모은 거 나 마찬가지니."

그렇게 말한 베네팀 본인은 죽을 것 같은 얼굴로 웅크려 앉아 있 었다. 오랜만에 육체노동 좀 했다고 쓰러지다니 정말로 병사로는 전혀 도움이 안 되는 녀석이다.

그리고 과거의 제13성기사단. 그들이 위치해 있는 곳은 우리가 구축한 진지의 후방. 기승한 채 대기하고 있었다. 과연 통솔이 잘 되어 있다. 다들 표정은 딱딱하고 이쪽을 보는 눈은 사납다. ―그 집단 안에서 제 발로 다가온 녀석이 딱 한 명 있었다. 나도 본 기억이 있는 얼굴이었다. 기병대장. 이름은 조프레크라고 했던가.

나는 한쪽 구석에 앉은 채 별생각 없이 그 대화를 듣고 있었다. 훔쳐들을 의도는 없었고 단순히 녀석들의 목소리가 커서 들린 것이다.

"안녕하십니까. 전 단장."

소극적이긴 했지만 분명하게 선을 긋는 발언이었다. 조프레크의 얼굴은 비꼬는 듯한 미소를 떠올리고 있었다.

"어떻게 첫 공격은 잘 넘겼군요. 여전히 훌륭한 지휘입니다."

나로선 그의 감정을 상상할 수밖에 없다. 하지만 역시 화를 내고 있는 걸로 보인다.

왜냐하면 그들은 반역자를 단장으로 가졌던 부대로 살아야 하기 때문이다. 앞으로 몇 번이나 오명을 씻기 위한 싸움을 해야 할지. 파트셰도 그들에게만은 후회의 마음이 있는 듯했다.

'―하지만 살아 있는 것만으로도 다행이잖아. 내 부하는….'

나는 자신이 강하게 주먹을 쥐고 있다는 것을 깨달았다. 그만두라고 스스로를 타이른다. 그런 감상은 쓸데없는 앙심일 뿐이다. 자신이 더 불행하다고 주장해봤자 변하는 건 아무것도 없다.

불행한 사람들을 모아 불행을 자랑하는 대회라도 개최하지 않는다면 의미가 없다.

“조프레크.”

약간의 침묵 후 파트세는 대답했다.

“안됐지만 나는 이 부대의 지휘관이 아니야. 명령을 내릴 입장도 아니고.”

“알고 있어요. 지휘관은 베네팀 레이풀이죠?”

조프레크는 베네팀을 일별했다. 창백한 얼굴로 앉아 있는, 병사로 생각되지 않는 남자.

“하지만 그것은 장식 같은 거겠죠. 기껏해야 부대의 고삐를 잡고 있는 척하고 있는. 실제 작전은 이제 당신이 입안하고 있지 않습니까?”

조프레크의 발언의 처음 부분은 옳다. 틀림없이 녀석은 장식 같은 것이었다.

“징벌용사는 정규 부대에서 쫓겨난 녀석들을 모아놓은 거잖아요. 애당초 군인이 아닌 녀석도 있고 말이죠. 그러니까….”

말하면서 조프레크는 나를 엄지로 가리켰다. 뭐야. 애초에 들리도록 이야기하고 있었던 건가.

“제대로 싸우는 법을 알고 있는 건 저기 있는 ‘여신 살해범’ 정도입니다.”

“아니.”

파트세의 목소리는 딱딱했다. 의도적으로 감정을 겉으로 드러내지 않으려 하고 있다.

“…확실히 그렇긴 하지만, …징벌용사 부대가 단순한 죄인들인 것만도 아니야. 지금은 그렇게 생각해.”

“그 말을 믿어도 되는 겁니까? 단순한 죄인들이 아니라는 걸….”

조프레크는 얼굴을 일그러뜨렸다. 웃으려고 한 건지, 굳이 사나운 표정을 지어보이려고 한 건지, 어느 쪽인지는 알 수 없지만.

"당신이 징벌용사라니 무언가의 착오거나 누명이라고 생각하고 싶은 겁니다. 여기까지 따라온 사람들은 말이죠. 당신은 그런 부정과는 거리가 먼 사람이었으니까. 무언가 이유가 있어요. 그렇죠?"

"이봐, 파트세."

어느샌가 나는 일어나서 그 이름을 부르고 있었다. 끼어들고 만 형태가 된다. 쓸데없는 짓을 하고 있다고 생각했다.

"왜?"

파트세도 성가신 듯 돌아보았다.

백부를, 부하를 죽인 여자. 나는 한 가지 예상을 하고 있었다. 지금 확인해야 한다.

그래서 작은 목소리로 물었다. 조프레크에게는 들리지 않게.

"지금 들어둘게. 네 죄목은 어디까지가 진실이야?"

"…질문의 의도를 모르겠군. 나는 백부를 죽이고 부하도 죽게 했어. 그게 내 죄야."

"아니로군. 진짜로 부하를 죽인 녀석은 '죽게 했다'라는 표현을 쓰지 않아."

파트세는 법에 대해 거짓말을 하지 못하는 사람이다. 나라면 일부러 '죽였다'라고 할 것이다. 생각했던 대로 파트세는 입을 꽉 다물었다. 명백한 실패였다.

"그 대사제. 네 백부는 공생파였던 거군."

그것 외엔 생각할 수 없다고 생각하고 있었다. 파트세 같은 사람이 친족을 죽이기에 충분한 이유.

“입 조심해.”

파트세는 노기가 서린 눈으로 나를 보았다.

“내가 존경했던 백부야. 네놈이든 누구든 건드리지 말았으면 해. 닥쳐.”

“아니, 닥칠 생각 없어. 그때 나를 함정에 빠뜨린 것도 공생파였으니 말야.”

이건 남 일이 아니다. 파트세의 분노도 관계 없다. 내 말에 파트세도 의표를 찔린 듯했다.

“네가 징벌용사가 된 원인이 그거였나?”

“뭐 그렇지. 우리 부대는 공생파의 거짓 정보에 괴멸당했어. 그 때문에 나는 페어리가 될 뻔한 《여신》을 죽여야했지. 내가 ‘여신 살해범’인 것은 사실이야. —하지만 그렇게 만든 녀석들을 용서할 생각은 없어.”

머릿속이 차갑게 식었다. 입에서 나오는 말이 자신이 아닌 다른 사람의 것처럼 느껴진다.

—그도 그럴 것이다. 이것을 다른 사람에게 설명한 것은 이게 처음이라고 생각한다.

파트세는 무언가를 말하려고 입을 벌리려 했지만 침묵을 유지했다. 그 침묵에 구원받은 기분이 든다. 쓸데없는 소리를 듣고 싶진 않았다. 위로의 백만 배는 나았다.

“실제로 일어난 일을 말해, 파트세. 지금은 조금이라도 단서가 필요하니까.”

나 또한 분노에 가득한 눈으로 파트세를 노려보고 있었을 것이다. 둘 다 눈길을 돌리지 않고 1초 정도 침묵하다가 나는 입을 열었다.

"가르쳐줘. 부탁이야."

"…마렌 키비아는 공생파였어."

파트셰는 인정했다. 눈을 감고 작게 고개를 끄덕인다.

"모험자 길드의 길드장과 연락을 나누고 있었어. 마왕현상의 승리를 꾀하고 있었지. ―죽일 수밖에 없었어."

"그 사실을 부하에게는 말하지 않는 거야? 이대로는 네가 배신자인데."

"말해서 어쩔 건데? 그리고 믿어준다 해도 문제야."

파트셰는 괴로운 것을 토해내듯 말했다.

"군과 국가에 불신감을 가진 채 싸우라고 하는 꼴이 돼. 아니면 반란을 일으키라든지, 공생파들의 동향을 캐라든지… 혹은 군을 떠나라고 말할 거야? 이제 와서 다른 삶을 선택하라는 건 무리야."

그럴지도 모른다고 나는 생각했다. 사정 안 봐주고 다른 사람을 말려들게 하는 우리 부대 녀석들에게 들려주고 싶은 말이었다.

"그들의 행복을 위해서 나는 그저 단독으로 범행을 저지른 성기사가 되어야 해. 분명 네가 내 입장이었어도 그렇게 했을 거야."

"그렇군. 알았어."

나는 제13성기사단이었던 녀석들을 보았다. 그들은 우리가 작은 목소리로 나누는 대화에 불안해졌는지 서로 의견을 교환하고 있다. 잠자코 이쪽을 주시하고 있는 것은 조프레크 정도였다.

"요컨데 녀석들의 미움을 받고 싶지 않은 거지?"

"…뭐 그렇군."

"도와줄게. 내가 잘하는 분야야. 그리고 녀석들에게는 해주었으면 하는 일이 있기도 하니까."

"잠깐만. 네 방식은 불필요한 마찰을…."

"—너희들, 잡담은 그만해. 일해야 될 시간이야!"

나는 손뼉을 짝 치고 그들 앞에 나섰다. 엄지로 파트셰를 가리킨다.

"여기 있는 얼간이는 이제 제군들의 상관도 아니거니와 지휘관도 아니야. 하지만! 여기까지 태평스럽게 따라온 이상, 아직 싸울 생각이 있다면 우리의 명령을 따라줘야겠어."

"기다려. 너희 징벌용사에게 어떤 권리가 있다는 거지?"

조프레크는 비꼬는 듯한 웃음과 도전적인 눈으로 나에게 반론해 왔다.

"작전이 있다면 참고해도 좋지만 우리를 지휘할 권한이 있긴 해?"

"이건 총대장인 호드 클리비오스가 명령한 전선진지 방어 임무야. 그리고 싸움에 관해선 징벌용사에게 일임되어 있어. 너희들은 이 작전에 참가했고. 안 그래?"

"확실히 그렇긴 해. 하지만 우리는 그저…."

조프레크는 말하려다 말고 입을 다물었다. 할 수 있는 말이 아무것도 없다는 것은 알고 있었다.

"그렇다면 결론은 하나야. 이쪽 작전 구상에 따라줘야겠어. 위반하고 싶다면 돌아가."

이렇게 말하면 군인은 약하다. 명쾌한 명령계통, 명쾌한 상황. 내 말은 수백 명의 병사들을 술렁거리게 했고 반론을 봉인하는 것에 성공했다.

조프레크는 고개를 저었다.

“‘여신 살해범’. 너, 편하게 죽지 못할 거야.”

“죽을 수 있다면 말이지.”

비꼴 생각이었는지 조프레크는 얼굴을 찡그리고 웃었다. 지휘권 이야기는 이것으로 끝이었다.

“일단 절반은 말에서 내려. 전장을 헤집는 것은 200기면 돼. 남은 인원은 방어반이야.”

내 지시는 더 큰 술렁임을 낳았다. 기병에게 말에서 내리라는 것은 상당한 모욕으로 들릴지 모른다. 아무튼 상대도 과거에는 성기사단. 연합왕국이 자랑하는 최고의 지상전력이다.

하지만 그래주지 않으면 안 되고 미움을 받는 효과는 발군이다.

“기병 대장, 말에서 내리는 녀석은 네가 선별하도록 해. 저격병 출신은 모두 도보팀에 편성해주면 좋겠어. 요격을 도와주었으면 하니 말야. 승마팀은 뒤에서 대기. 언덕 뒤에 숨어 있어.”

나는 최대한 밉살스럽게 웃었다.

“서둘러. 성기사단 녀석들. 무서우면 냉큼 도망쳐도 돼. 추격할 여유는 없으니까 안심해도 좋아. 그후의 움직임은 파트세에게 듣도록 하고.”

“…자이로.”

그 말만을 하고 등을 돌린 내 팔을 파트세가 붙잡았다. 그 눈이 이야기하고 있다. ―어째서 그런 식으로 말하는 거냐고. 아니나 다를까 이어진 말은 그에 준하는 것이었다.

“세상에는 대화법이라는 게 있어.”

“그나마 배려한 거야.”

나는 그녀의 어깨를 가볍게 두드렸다.

"이것으로 우리가 미워져서 도망치는 녀석이 있으면 좋겠군. 고향에 가족이 있다면 지금 당장 그러는 편이 좋아. …그래도 자신들과 예전 대장을 위해 명예회복을 하려는 녀석이 있다면."

파트셰는 내 말을 들으면서 점점 기가 막히다는 표정으로 변해갔다. 그게 당연한 반응이다.

"구제할 수 없는 녀석들이라는 소리니까 이번 싸움을 함께 할 수밖에. 그러니까 열심히 지켜주도록 해."

"…역시 대화법이라는 게 있다고 생각해. 그러니까 네 녀석은."

파트셰는 그 뒷말을 하지 않았다. 그저 작게 한숨을 쉬고 웃은 듯 보였지만 아마 내 착각일 것이다. 예전 부하들에게 지시를 내리기 위해 내 곁을 떠난다.

―결국 파트셰의 예전 부하들은 그 전원이 남기로 한 듯했다.

'대단한 인망이로군.'

나는 그것을 곁눈으로 보면서 데워두었던 차를 한 모금 마셨다. 마비될 것처럼 매운 맛이 있는 차다.

"―나의 기사. 그건 뭐죠?"

어느 틈엔가 옆에 와 있었다. 테오리타다. 흥미로운 듯 내가 들고 있는 차를 들여다본다.

"맛있어 보이는 향기가 나네요."

"관두는 게 좋아. 이건 맵기도 하고 술도 섞여 있으니까."

나는 컵을 테오리타에게서 떼어놓았다.

"남방식이야. 몸은 따뜻해지지만 취향이 좀 갈리지."

이 섭취 방식은 '우치르'라 불리고 있다. 기억이 맞다면 '팔꿈치의 일격'이라는 의미가 있을 것이다. 분말로 만든 스리와크 열매와 과실을 찐 시럽을 진한 차에 넣어 만든다. 컵 절반 정도면 단숨에 몸이 뜨거워질 정도의 효능이 있다.

내 경우 여기에 술을 몇 방울 넣어서 마시는 걸 좋아한다.

"…그렇군요."

테오리타는 시시한 듯… 혹은 삐친 것처럼 말하고 시선을 딴데로 돌렸다. 왠지 연기 섞인 몸짓이었다. 시선을 맞추지 않는 주제에 등을 맞댄 형태로 앉는다.

그렇게까지 노골적이면 나도 그 의도를 이해한다.

"뭐야. 심기가 불편한 것 같네."

"아뇨, 딱히."

"'딱히'라는 건 그렇다고 말하는 것과 같은 의미야. 뭐 할 말이 있는 거지?"

"딱히 아무것도 아닙니다만. …그저."

테오리타는 내가 얼굴을 들여다보려고하자 피했다.

"나의 기사가 쓸쓸해 보였을 뿐이에요. 그래서 이렇게 함께 있어주는 거라고요."

"굉장하군. 《여신》이라는 건 자비심이 많구나."

나는 웃고 말았다. 웃을 수밖에 없다.

테오리타가 그렇게 느꼈다고 하면 아마 파트세와 과거의 부하들을 본 탓일 거다. 아직도 따라주는 부하들이 있다. 그것은 군인에게 있어서 무엇과도 바꿀 수 없는 명예의 하나일 것이다.

나에게는 이제 없다. 모두 죽었다.

"하지만…."

테오리타는 말을 이었다.

"제 심기가 불편한 것은 다른 원인이지만요. 나의 기사를 위로해 주려고 했는데 그럴 마음이 사라졌습니다."

"역시 심기가 불편했던 것 맞잖아."

"…당신은 이 언덕에 온 후로 파트셰와만 친하게 이야기하고 있지 않나요?"

"일때문이야."

"전직 성기사들끼리 죽이 잘 맞나 보죠? 그런 거였어요. 잘 알겠습니다."

"죽이 잘 맞는 것처럼 보였어?"

"보였어요."

그렇게 말하고 테오리타는 일어서서 나를 손가락으로 가리켰다.

"잘 들어요. 자이로. 제가 바로 《여신》, 그리고 당신은 성기사. 서로에게 있어서 유일무이의 존재! 무슨 일이 있어도 저를 소홀히 하는 것은 용납되지 않습니다! 《여신》을 칭찬하는 것을 제일로 생각하지 않으면 천벌을 수동으로 내릴 거라고요!"

"알았어."

확실히… 파트셰에게 부하들이 있다고 하면 나에게는 《여신》이 있다.

그것도 파트셰한테 도터 녀석이 슬쩍해온 《여신》이. 그것을 떠올리자 왠지 웃겨서 웃음을 터뜨리고 말았다. 그러자 테오리타에게서 더 질책을 받았다.

—새벽 하늘에 날카로운 호각 소리가 울려퍼진 것은 그때였다.

보초를 맡은 도터가 울린 전투 개시를 알리는 호각이었다.

"자이로, 서둘러! 움직였어!"

도터가 필사적인 표정으로 소리치고 있다. 필사적이기엔 아직 이르지 않나? 나는 쓰게 웃으며 남아 있는 '우치르'를 들이켰다.

지금부터가 고비다. 나는 지평선에서 얼굴을 내민 태양을 노려보았다. ―반드시 막아내고 말테다.

◆

전투는 섬광과 굉음으로 시작되었다.

라이노의 곡사포격이었다. 밀려드는 기마대의 맹위를 막기 위해선 일단 이 방법이 좋다.

정확한 포격은 선두 집단 한복판에 작렬해서 듀라한이라 불리는 몇 마리의 페어리와 인간 기병을 날려버렸다. 그렇다. ―인간 기병. 상당한 숫자가 있다. 아마 용병들일 것이다.

그 광경에 테오리타가 창백한 얼굴로 고개를 숙였다. 내 팔을 붙들고 있다.

"자이로. 어째서 인간이 마왕현상 편에? 무언가… 조종당하고 있는 걸까요?"

"그럴지도."

나는 무언가 위로의 말을 하려고 했다. 다만 아무것도 떠오르지 않았고, 테오리타에게는 그게 전해져버릴 것이다.

"이기는 쪽에 붙는 것이 용병이니 말야. 일이니까 너무 책망하지 마."

"책망할 생각은 없어요. 다만….'"

테오리타는 가슴을 부여잡았다.

“인간이 다치면, 저는, 매우 괴로워져요. 안 좋은 기분이 듭니다.”

“그건 네가….”

인간에 의해 만들어진, 인간을 기쁘게 하기 위한 《여신》이라서?

아니다. 아마 그게 아닐 것이다. 그보다 그것만이 이유는 아닐 거라 믿고 싶어졌다. 내가 생각해도 신물이 나올 것 같은 것을 생각하고 있다. 굉장한 기만이다.

그래도 말하기로 한다.

“…구제 못 할 만큼 마음이 고와서겠지.”

“내 기사는 입이 험한 게 결점이에요.”

내 말에 테오리타는 조금 웃었다. 그 옆얼굴이 새하애질 만큼 격렬한 포격이 연속으로 터진다.

네벤종 박격인군에 의한 라이노의 곡사다. 이렇게 맑은 날의 하늘 아래에서는 어딘지 태평스러운, 현실미 없는 광경처럼 보인다. 폭풍 같은 포격. 지난 며칠간 충전을 끝내둬서 오늘은 축광도 충분하고 예비 축광탄창도 있다.

그것을 장전하는 것은 노르가유 폐하의 역할이다. 한 아름 정도나 되는 통 모양의 탄창을 포갑주 뒤에서 쑤시듯 갈아끼운다. 이 녀석도 상당한 완력이다.

“너도 거들어라, 메르네아티스.”

그렇게 녀석은 회복한 지 얼마 안 되는 소녀에게까지 명령을 내리고 있었다. 정말 거만한 녀석이다.

“왕족의 책무다! 눈을 긁어모아 이것을 묻어라. 냉각한다.”

호통치면서 포갑주 허리 부분에서 막대기 같은 것을 끄집어내서 그것을 땅바닥에 내던졌다. 붉게 달아올라 있어서 눈이 조금 녹았다.

"…아, 알겠습니다!"

메르네아티스라 불린 소녀는 무슨 까닭인지 조금 당혹스러워하면서도 그에 따랐다.

덤으로 노르가유에게 무언가 묻는 목소리도 띄엄띄엄 들려온다. 아무래도 그것은 질문공세인 듯했다.

"하지만 저기… 노르가유 님. 어째서 당신이 이곳에 계신 건가요? 그리고 저기, 이 부대는 대체? 신전 학원은….."

"이 녀석들은 짐이 이끄는 용사들이다. 《여신》 테오리타도 축복하고 계시지."

"네…? 저기, 그런데 제 질문에 대해서는….."

"왕족의 책무를 수행해라. 안일하게 옥좌에 앉아 있는 것이 왕의 책무는 아니다! 우리야말로 지금 백성의 방패! 그 최전선에 서 있는 거다!"

"그 표현 좋네. 동지 노르가유."

이 포효하는 듯한 외침소리에 라이노는 기쁜 얼굴로 중얼거렸다.

"훌륭해. 굉장하다고. 존경하고 있어…. 나도 전력을 다할 수 있을 것 같아."

라이노의 곡사 포격은 처음 봤을 때 대체 이 녀석 뭐지? 하고 생각했다.

어딘지 건성으로 보일 만큼 잇달아 포를 쏘고, 다 쏘고 나면 조용히 기다린다. 내가 아는 일반적인 포병처럼 한 발 쏘고 수정하는 일을 거의 하지 않는다.

전에 포격 방법에 대해 물었을 때,

"포격은 나름 어려운 계산이니까 이 방식이 나하고 잘 맞아."

라며 무언가 복잡한 수식 같은 것을 자신의 노트에 적으면서 말하고 있었다. 라이노가 소지하고 있는 노트는 상당히 두껍고 몇 권이나 된다. 일기인 줄 알았는데 그게 아니라 공부 성과를 정리한 것이라고 한다.

"외적요인에 의한 탄도와 착탄예측이 끝나면, …그렇군. 굳이 오해를 겁내지 않고 말하자면 대입해야 할 값을 알게 된 시점에 한꺼번에 쏴야 돼. 외적요인은 시시각각 변하니 말야."

―라고 한다. 무슨 말인지 전혀 이해가 안 되지만 아무튼 그 포격은 정확하다.

그래도 접근해오는 녀석들은 있다. 아무리 라이노의 포격이라도 적을 섬멸할 수 있는 것은 아니기 때문이다. 제이스는 지금 하늘에서 제공권 싸움을 하고 있다.

그렇다면 우리가 접근해온 녀석들을 해치울 수밖에 없다.

"타츠야."

"그르르르르."

내가 말을 걸자 옆에서 으르렁대는 소리가 들렸다.

타츠야가 참호에서 일어나 커다란 통나무 같은 뇌장을 집어들었다. 그 끝부분이 빛을 내고 있는 게 보인다. 아무래도 문제없이 쓸 수 있는 듯하다. 좀더 일찍 시켜볼 걸 그랬다. 이 녀석은 버클사가 제작한 뇌장의 일종. 본래라면 여러 명이 함께 운용해야 하는 물건이다.

제품명은 할구트종 소격인군이라고 한다. 포갑주와는 다른, 별종의 파괴력을 추구한 병기다.

"해치워버려. 접근하는 녀석은 모두 쏴버려도 돼."

"우."

타츠야는 대답하듯 다시 신음한 후 소격인군을 짊어졌다.

아무리 그래도 조금 무거우려나? —혼자선 무리일지도 모른다. 누군가에게 거들게 할까?

그렇게 생각했을 때 그 손끝이 허공을 복잡한 움직임으로 훑었다. 의미는 알 수 없지만 그것은 타츠야의 습관 같은 것이었다. 무언가 새로운 일을 시키면 종종 그런 동작을 한다.

그리고 다음 순간, 타츠야의 몸이 한 단계 부풀었다. 불끈. 두 어깨의 살과 뼈가 이상한 소리를 내고 있다. 돌연 이상하게 비대화된 양팔이 지팡이를 들고 있었다. 명백한 육체의 이상변화.

'말도 안 돼.'

나는 생각했다. 다들 똑같은 기분이었을 게 분명하다. —명백히 타츠야의 육체가 변모했다.

우리가 아연실색한 표정으로 지켜보는 가운데 이런 햇빛 속에서도 극적인 섬광이 설원을 불태웠다. 그것은 기병들을 휩쓸어버린 빛의 채찍이었다.

"기."

타츠야의 목에서 신음소리가 새어나왔다.

"기이이기기기기기기기기기기!"

일종의 외침소리, 혹은 웃음 소리로 들리는 목소리였다. 달려드는 기병… 인간이든 듀라한이든 코슈타 바워든 구별 없이 번개 같은 섬광이 꿰뚫어간다.

할구트종 소격인군은 원래 여러 명이서 운용하는 것을 상정한 뇌장이다. 일반적인 뇌장이라 부르기엔 너무 크다. 번개를 연속으로 투사해서 광범위한 공격을 하는, 연사 가능한 뇌장이라는 게 설계 사상이었다.

그야말로 버클사의 개발부문이 생각해낼 만한 병기라는 느낌이다. 군에서는 그들을 '변태 장난감 상자'라고 부르는 사람까지 있다. 아무튼 개인이 운용하기에는 너무도 큰 무기고, 체내축광 소비도 너무 크다. 당초 계획으로는 어차피 별 도움이 안 되는 베네팀이 지팡이 조작을 보조할 예정이었다. 하지만 그럴 필요는 없다고 한다.

타츠야는 비대화된 양팔로 할구트종 소격인군 지팡이를 아무런 문제 없이 움직였다. 좌우로 번개가 꼬리를 끌며 설원에 있는 적을 휩쓸어간다.

"…저기, 이건."

베네팀이 나를 돌아보았다.

"대체 뭐죠? 타츠야는 이런 일도 할 수 있었습니까? 누구 아시는 분…?"

"가장 오래 알고 지낸 네가 모르는데 우리가 알 리 없잖아."

나는 어이가 없었다. 베네팀이 이런저런 소문을 전해준 것도 전부 수상쩍게 생각되기 시작했다. 애당초 이런 녀석을 정보원으로 하면 안 된다는 설도 있다.

다만 타츠야가 징벌용사 9001부대에 소속해 있었다는 이야기. 그게 사실이라면 제1차 마왕토벌… 유일하게 인류가 마왕현상에 승리를 기록한 싸움에 참가했다는 말이 된다.

인간이 좀 더 강했던 시대에 이세계에서 소환된 전사. 그렇다면 이 정도 일은 할 수 있는 것일지도 모른다.

아무튼 정면은 이 녀석에게 맡겨두면 문제 없을 것 같다.

남은 건 좌우. 크게 우회한 기병들이 접근해오고 있다. 주로 듀라한이다. 코슈타 바워라는 종이 페어리화된 말이라고 하면, 듀라한은 말에 무언가가 기생한 듯한 형태로 동시에 페어리가 된 존재였다. 말에 탄 사람이 그대로 페어리가 되는 경우도 있다고 들었다.

대체로 코슈타 바워보다 속도는 떨어지지만 지성이 높고 당연히 몸도 더 크다. 마상에 있는 생물의 종류에 따라서는 무기도 들고 있다. 포격과 번개를 뚫고 오는 그 녀석들이 다섯 기, 여섯 기. 일곱 기까지 세다가 관두었다. 계속 늘어나고 있다. ―아무리 그래도 많다. 속속 돌진해온다.

"와, 왔습니다. 자이로 군, 바로 코앞이에요."

베네팀이 겁먹은 목소리로 말했다. 뇌장을 든 손이 떨리고 있다. 이 녀석이 전선에 서는 것은 너무 오랜만이었다. 도터 이상으로 사격 실력은 도움이 안 될 것이다.

"좀 더 접근하게 놔둬. 걱정 마. 큰 놈은 차브가 해치울 테니까."

"그래 그래! 맞아요. 저에게 의지하는 게 가장 확실하답니다. 이래봬도 저는 암살교단의 정례 사격대회에서 몇 번이나 우승했다고요. 백발백중, 엄청나게 죽여왔으니 말이죠. ―그러니까 도터 씨, 누구를 노리면 될까요?"

"아? 아, 응, 저기."

차브가 묻자 도터는 원시용 렌즈에 얼굴을 붙였다.

이 녀석만은 높이 쌓은 나무 상자 위에 앉아 있다. 그럴 필요가 있었다. 제이스가 하늘에서 공중전을 벌이고 있는 동안 우리에게도 눈이 필요하다. 도터 외에 이런 일을 할 수 있는 녀석은 없다.

"…열 시 방향에서 오는 녀석이 가장 큰 것 같다는 생각이 들어. 녀석이 우두머리일지도. 뒤에 상당한 숫자를 이끌고 있는 것 같기도 하니 말야…. 그보다 이거 말야."

도터는 진정이 되지 않는 표정으로 나무 상자 위에서 다리를 흔들었다.

"내 위치는 상당히 위험하지 않아? 원거리 무기 같은 게 날아오면 어떡해야 돼?"

"보병이 접근해 올 때까지 그런 일은 없을 거라 생각하지만 위험하다 싶으면 거기서 뛰어내려. 그럼 누군가가 받아줄지도 몰라."

"누군가라니…."

도터가 주위를 돌아보았다. 아마 차례로 우리의 얼굴을 본 것이리라.

"누군데? 나, 이제 그만 내려가도 될까?"

"그 경우 우리가 너를 죽이게 될 거야. 상당히 고통스러울 거라 생각하니까 권장은 못 하겠네."

"음. 자이로, 역시 말투가 너무 난폭해요! 도터가 굉장한 표정을 짓고 있잖아요. 불쌍하게도. 겁을 먹었어요."

테오리타는 나무랐지만 내 고마운 조언을 듣고 도터가 침묵한 걸 알았다. 그 침묵의 틈새를 찌르듯 차브의 뇌장이 섬광을 내뿜었다.

파직. 공기가 찢어지는 마른 소리.

도터가 지시했던 거대한 듀라한이 튕겨나가서 쓰러졌다. 주위 기병의 움직임은 흐트러졌지만 그래도 돌진해온다.

"요격한다! 성기사들, 너희들 차례야."

말에서 내린 전직 성기사들은 이미 철조망 앞에서 대기하고 있었다.

각자 묵묵히 뇌장을 겨누었다. 아무래도 나에게 지시받는 게 불만인 듯했지만 잠자코 손을 움직여준다면 그것으로 충분하다.

"뭐 성기사단 여러분은 속편하게 있으세요."

경박하게 말한 것은 차브였다.

"저처럼 화려하게 격추하는 것은 어차피 무리일 테니까 눈앞에 온 녀석을 집중적으로 쏘세요. 도터 씨라도 맞출 수 있는 표적이니 말이죠."

"ㅡ사격 준비."

그런 차브의 도발적인 말에 조금 부아가 치민 것인지 저격부대장이라는 여자⋯, 아마 세나라고 했던가? 그녀는 뇌장을 겨눈 채 덧붙였다.

"다들 한 발도 빗나가게 하지 마. 간다."

의심할 여지 없이 기분을 상하게 했다고 생각한다. 그 눈썹이 한쪽만 치켜올라가 있었다.

기병들이 돌진해온 것은 그와 거의 동시였다. 듀라한은 창을 들고, 코슈타 바워는 몸으로 들이박으려는 듯 똑바로 돌진해온다.

ㅡ허나 그것은 눈앞에 있는 장애물의 위협을 전혀 이해하지 못한 돌격이었다.

철조망은 내가 상상했던 이상의 효과를 발휘했다.

팅. 발굽이 철사에 튕겨나가는 소리. 살에 가시가 박힌다. 이빨과 창도 철사 울타리에 의해 가로막혔다. 돌진은 완전히 멈추었다. 옆으로 쓰러지는 녀석, 그에 말려드는 녀석, 추돌하는 녀석이 잇따랐다. 억지로 돌파하려 했던 듀라한이 가시에 섞인 성인에 의해 불타 무릎을 꿇는다.

이리 되면 이제 사격부대의 표적이 될 뿐이다.

뇌장이 섬광을 내뿜으며 굉음과 함께 움직임이 멈춘 적을 꿰뚫는다. 그리고 이 철조망에는 잇점이 하나 더 있다. 폭파의 충격에 의해 파괴되지 않는 장벽이라는 거다. 사격과 사격 사이, 다음 무리의 접근이 보였을 때 나는 호통쳤다.

"다들 몸을 숙여! 테오리타!"

"예!"

곧바로 짧은 검이 소환되자 나는 그것을 붙잡고 집어던졌다.

이 경우 정통으로 명중시킬 필요조차 없다. 기폭… 섬광. 듀라한들을 한꺼번에 날려버린다. 눈이 터지며 산산히 흩어졌다.

철조망 너머로 하는 일방적인 공격이다. 참호에 웅크리고 있으면 폭파의 충격도 받지 않는다. 지금까지 야전진지에서는 성인이 새겨진 나무 울타리를 썼지만 그것으로는 이런 요격 방법이 불가능했다. 생각했던 이상으로 노르가유의 신병기는 효과적으로 기능했다.

전황은 뜻밖일 만큼 우세. 다만….

"…숫자가 너무 많은 것 같군요, 나의 기사."

테오리타는 심각한 얼굴을 했다.

"계속 옵니다. 멈추지 않아요…!"

"그야 그렇겠지."

라이노의 포격도 영원히 계속할 수는 없다. 한계라는 것은 있고, 무엇보다 적의 숫자가 너무 많았다.

기병이 거의 일방적으로 요격당하는 것을 보고 후방으로 우회하든지, 철조망을 뛰어넘거나 절단할 수 있는 녀석을 보낼 무렵일 것이다. 페어리의 기병도 물량을 무기로 이쪽 사격을 돌파하려 하고 있다.

같은 편의 시체를 발판으로 쓰면 철조망을 뛰어넘는 것도 가능할 것이다. 그 정도는 당연히 예상하고 있다. 지금부터다.

"나의 기사! 역시 여기선 우리가 모두를 지키기 위해 분기해야 하지 않나요? 저…, 저는 언제든 준비가 되어 있습니다."

"무리하지 마."

테오리타가 주먹을 움켜쥐고 있다. —명백히 과도한 힘이 들어가 있다. 나는 그 주먹을 부드럽게 밀쳐냈다.

아무리 정확히 조준을 할 수 있다고 해도 인간 상대의 공격을 할 수 없는 이상, 테오리타를 이 국면에서 앞으로 내보낼 수는 없다. 인간이 그녀를 노릴 경우에는 순간적으로 방어할 수 없다는 의미이기 때문이다.

"그때가 오면 최대한 의지하도록 할게. 엄청 활약해야 하니 안심해."

"그런가요? 정말로? 저를 의지할 건가요?"

"의지할게. 그러니까 기다려. 인간 상대는 인간이 할 테니까."

나는 한손으로 나이프를 뽑아서 강하게 성인의 힘을 침투시켰다. 힘을 모은 후 전력으로 투척한다. —서서히 이쪽으로 쇄도하고 있는 기병들의 진군로에.

다만 그 녀석들 자체를 노린 것은 아니다. 나이프는 설면에 박혀 커다란 폭발을 낳았다.

동시에 기병들의 무리가 멈추었다. 폭발에 주춤한 게 아니다. 녀석들의 발이 지면에 크게 잠겨 있었다. 말은 울음소리를 냈고 코슈타 바위와 듀라한들은 기괴한 외침소리를 냈다. 그렇게 몸부림칠수록 자세는 무너졌고 그대로 넘어지는 녀석도 나오기 시작했다.

그 혼란의 여파는 눈 깜짝할 사이에 후방으로 전염되어 갔다.

"…쇄설인(碎屑印)?"

저격병 중 누군가가 중얼거렸다. 아마 셰나일 것이다.

"여기서 쓰다니. 위험한 짓을 하는군요…."

무슨 말을 하고 싶은지는 알고 있다. 쇄설인은 땅을 잘게 부숴서 모래지옥처럼 바꾸어버린다. 말의 돌진을 저지하는데 효과적이라고 생각되어 왔지만 땅을 폭파해버리는 게 최대의 결점이다.

하지만 기병의 돌격을 막는데는 더할 나위 없이 효과적이었다.

"도터, 아직 떨어져 죽지 않았지? 신호를 보내!"

"아, 알았어…!"

내 호통에 도터는 신속하게 대응했다.

머리 위에서 뇌장을 흔든다. —녹색 섬광. 그것을 기다릴 것까지도 없이 파트세 키비아라면 움직이기 시작했을지 모른다. 이것으로 쓸 수 있는 수단은 전부 썼다.

남은 건…. 나는 정면을 보았다.

거대한 체구의 괴물이 이쪽을 향해 진군해오고 있다. 기병들까지 짓밟는 기세로 바게스트 한 마리가. 안 그래도 거대한 사족수인데 일반적인 개체보다도 크다. 저거라면 쇄설인에 의한 지형도 관계없을 것이다. 그 짐승 위에 몇 마리의 고블린들이 탑승해 있는 걸 알았다.

접근하면 우리 진지의 철조망을 통째로 짓밟아버릴 수 있는 파격적인 거구라 해도 좋다. 정면에서 온 걸 보면 아마 일종의 양동일 것이다. 그래도 방치할 수 있는 상대는 아니다.

나는 테오리타의 어깨를 두드렸다.

"가자. 《여신》이 나설 차례야. 의지해도 되겠지?"

"예."

테오리타의 머리카락이 작은 불똥을 튀겼다.

"오래 기다렸습니다. 반드시 도움이 될 거예요, 저는. 목숨을 잃는 한이 있어도 해낼 겁니다."

"바보. 몇 번이나 말하게 하지 마. 너는 그런 시시한….”

"알고 있어요. 방금 그건."

테오리타가 내 목에 손을 감았다.

"자이로가 그런 반응을 해주는 것을 보고 싶었을 뿐이라고요."

◆

트리실은 믿기지 않는 것을 본 것 같은 기분이었다.

기병의 대군이 거의 완전히 움직임을 멈춘 상태였다.

저 방어진지의 철사 울타리는 상상 이상의 효과를 발휘하고 있는 듯했다. 발굽이나 창으로 쉽게 돌파할 수 있는 것이 아니다. 노린다고 하면 그것들을 연결하고 고정하고 있는 나무 울타리일 것이다. ―하지만 당연하다는 듯 화력이 집중되고 있어서 그리 쉽게 노릴 수 없다.

이리 되니 보병을 양쪽 날개에 전개해버린 게 후회된다. 기병을 배후로 우회시키기도 어려운 상황이 되어 있었다. 지금 주위에 있는 기병만이라도 우회시켜야 할까?

그리고 지금은 의식을 집중하기 위해 눈을 감지 않아도 이미 정면에 보이고 있다.

'―'목 매다는 여우'인가.'

임시로 붙인 이름이지만 정말로 저 지휘관의 본질을 나타내고 있는 건지 모른다.

대담하게도, 쌓아올린 나무상자 위에 앉아 그곳에서 지시를 내리고 있는 듯하다. 의표를 찌르는 듯하면서도 주도면밀. 그런 인상이 있다.

'여기까지는 나의 패배로군. 그건 인정하지.'

하지만 이쪽에는 아직 비교도 안 될 만한 병력이 있다.

"렌트비."

트리실은 성실하기 짝이 없는 부관을 불렀다.

"역시 기병으로 우회할 필요가 있겠어. 이쪽 카드로는 녀석들의 진지를 정면으로 무너뜨릴 수 없으니까. 그리고 슬슬 시작될 무렵이야. 이기러 간다."

어떤 식으로 싸움이 전개되더라도 승리하는 것은 정해져 있다. 남은 건 용병으로서 얼마나 많은 공적을 올릴 수 있느냐다.

직접 지휘관을 노린다. 그것으로 저 '목 매다는 여우'에게 지금까지의 빚을 갚아주겠다.

처음 이변을 눈치챈 것은 제이스 파치락트였다.

빛나는 듯한 맑은 하늘에서 그것을 보았다.

제이스와 니리의 공중전이 거의 종식되어가고 있던 시점이었다. 그들의 전투 자체는 일방적이기조차 했다.

사정거리와 운동성능이 너무 달랐다. ―그렘린의 발톱과 이빨은 스치지도 않는다. 애당초 그들은 공중에서 대형 사냥감에 몰려드는 집단 사냥을 주로 하는 페어리였다. 상대가 안 된다.

니리의 브레스가 하늘을 불태울 때마다 그렘린이 재가 된다.

또한 그렘린보다 공중전에 능한 가고일도 비슷한 말로를 맞이했다. 원거리에서 가사 같은 기관을 날리는 공격수단은 있었지만 그것은 니리의 공중기동으로 피할 수 있었고 배후를 잡혀 불꽃에 휩싸였다.

지나치면서 투척한 제이스의 창에 꿰뚫리는 것들도 있었다. 성인을 새긴 것에 의해 추미 성능을 갖게 된 단창을 제이스는 몇 개씩 휴대하고 있다.

"아니, 신경 쓰지 마, 니리."

니리의 포효를 들으면서 제이스는 그 목덜미를 쓰다듬었다.

"밑에 있는 녀석들이 고생 좀 하겠지만 자이로가 있는 이상, 금방 끝날 거야."

그렇게 얼마 남지 않은 가고일 한 마리를 격추했을

때였다.

"…뭐야? 저건."

무심코 지상을 응시한다.

징벌용사와 그 지원부대가 포진한 방어진지 후방이었다.

눈먼지와 흙먼지…. 그것들을 일으키며 달리는 그림자 몇 개. 아니, 좀 더 많다. 깃발이 나부끼고 있는 것도 보이지만 아무래도 혼란에 빠져 있는 듯 보였다.

그것은 제이스의 눈에 패주 중인 군으로 보였다.

◆

나는 정면을 노려보았다. 바게스트. 몹시 큰 개체다.

페어리에 개체 차가 있다고는 해도 이것은 그 범주를 뛰어넘은 것처럼 보인다. 코끼리보다 한 단계는 더 크다. 군 상층부와 행정실이 이런 상대를 만났다면 새로운 분류명을 붙였을 것이다.

하지만 나에게 그런 취미는 없다.

그래서 그저 철조망을 뛰어넘었다. 코슈타 바워들의 시체를 발판 삼아 다시 한번 도약한다. 대형 바게스트 위에 탄 고블린들이 이쪽에 뇌장을 겨누고 있는 게 보였다.

나에게 매달린 테오리타의 팔에 힘이 들어간다.

"차브! 위에 타고 있는 녀석들을…."

닥치게 만들라고 말할 생각이었지만 과연 일처리가 빠르다. 말이 끝나기도 전에 번갯불이 훑고 지나갔다. 도약한 내 발밑을 스치듯 섬광이 하나. 마른 파열음. 고블린 두 마리가 그것에 꿰뚫려 뒤로 날아갔다.

한 번에 두 명. 상당히 효율적이로군.

『좋아! 역시 천재야! 일단은 제가 두 마리네요. 저격병 여러분 어때요? 한 번 겨뤄보지 않을래요? 많이 격추하는 쪽이 이기는 걸로!』

차브의 목소리가 들려온다. 그에 호응하듯 번갯불 몇 줄기가 바게스트와 그 탑승자들을 노리고 날아간다.

한 발만은 명중했다. ―다시 나를 노리려 했던 고블린이 밑으로 떨어진다. 그것으로 녀석들을 상당히 소극적으로 만들 수 있었던 것 같다. 초대형 바게스트의 등에 설치된 방패로 보이는 것에 몸을 숨긴다.

하지만,

"차브! 이상한 놀이는 하지 마. 나를 맞추기라도 하면 죽여버린다!"

『히익…. 그, 그럼 규칙 변경! 이 승부에 실력이 떨어지는 사람은 참가를 삼가주기 바랍니다!』

거침없는 발언으로 또 반감을 살 게 뻔했지만 이미 이런 거리다. 신경 쓸 여유는 없다. 나는 접근하는 바게스트를 노려보고 도약과 함께 나이프를 뽑아 투척했다.

"갑니다, 나의 기사."

테오리타도 다시 허공에 검을 호출했다.

쏟아지는 검 한 자루를 잡는다. 성인을 침투시킨 후 바게스트 옆을 지나치면서 휘두른다. 이만큼 표적이 크면 빗나갈 일은 없다.

땅바닥을 얇게 덮고 있는 눈을 파헤치듯 착지했다. 돌아본다. 공격의 성과는….

"성공이로군."

초대형 바게스트가 쓰러져 있다. 머리가 깨져 있었다. 상처 부위는 두 곳. 내 폭파인과,

『어떤가요? 형님. 저도 명중시켰다고요.』

"쓸데없는 소리만 안 하면 만점이야."

우수한 저격병에 의한 엄호사격이 있는 이상, 이런 상대는 별 위협이 아니다. 테오리타에게 쓸데없는 부담을 주지 않아도 된다. 정말 차브라는 녀석은, 인간성은 둘째치고 저격병으로서 갖춰야 할 거의 모든 기량과 판단력을 가지고 있다.

—정말로 인간성은 구제불능이지만.

"내 활약이."

테오리타는 나에게 안긴 채 아직 불만스러운 듯 말했다.

"별로 없었는데요."

"삐치지 마. 아직 적은 많이 있으니까. 마왕현상의 본체도 모습을 보이지 않았고."

하지만 상황은 나쁘지 않다.

남아 있는 적 기병들은 우회기동을 시도하려는 모양이다. 하지만 그건 이미 예측하고 있었다. 파트세와 기병대가 어떻게든 할 것이다. 그걸 위해 후방에 대기시켜 놓았다. 적의 숫자는 많지만 1만의 숫자를 단숨에 투입할 수 있는 것은 아니다.

이 정도면 아직 해볼 만 하다. 막아낼 수 있다….

내가 그런 낙관적인 생각을 떠올렸을 때였다.

『—자이로! 큰일이야. 정말 난처하게 된 것 같아!』

갑자기 도터의 비명이 들렸다.

여느 때의 일이긴 하지만 녀석이 통신을 보내면서 허둥대지 않은 적이 없다.

"뭔데?"

그렇게 대답할 때만 해도 나에겐 아직 마음의 여유가 있었다.

기껏해야 복병이 나왔다든지 하는 수준의 이야기일 거라 생각했기 때문이다. 적은 압도적으로 대군이지만 지휘관의 성격에 따라선 우리 같은 소규모 진지를 상대로 복병을 준비해놨을 가능성도 있었다.

"또 무언가 난처한 일이 생긴 거야? 이번엔 뭔데? 마왕이라도 왔어?"

『그게 아냐! 자이로, 지금 당장 돌아와. 큰일 났으니까!』

"또 새로운 적인가."

『아니… 그게 아니라. 아군.』

"뭐?"

『우리가 패배했대. 아군이 적에게 쫓겨 이쪽으로 오고 있어…. 마왕현상도 있어서 엄청 위험해!』

◆

파트셰는 말을 질주시켰다.

일직선으로 페어리의 무리를 꿰뚫어 간다. 그걸 위해 진지 후방에서 대기하고 있었다.

흐트러진 대열의 틈새를 뚫고 기동력을 살려 적 후방을 공격한다. 단순하지만 이것이 바로 기병의 본령 중 하나라 할 수 있을 것이다. 적어도 파트세 키비아는 그렇게 배웠다.

‘찾았다.’

파트세는 말 위에서 창을 고쳐잡았다.

눈 저편에 재빠르게 이동하는 기병의 모습이 보였다. 이미 적이 움직인 것은 알고 있었다. 저 진지를 정면에서 공략하는 것은 터무니없이 곤란한 일이다. 배후로 우회해서 무너뜨려야 한다. 적도 비슷한 생각을 할 거라는 것은 상상이 되었다.

이쪽의 배 정도는 되는 인간 기병의 무리.

적 지휘관의 모습이 있다. ―아마도 여자인 듯하다. 탁한 붉은 머리. 이쪽을 보고 놀란 듯 한쪽 눈을 부릅떴다. 눈에 익은 장창을 한 손에 들고 있다. 디그라프 타격인군일 것이다. 접근전에서 파괴력이 뛰어난 성인군으로, 기병이 사용한다. 파트세 자신도 그것을 들고 훈련한 적도 있다.

‘제법 통솔이 잘 되어 있군. 우회기동을 따라올 수 있는 정예들을 이끌고 온 거겠지. 하지만….’

파트세는 생각을 중단했다. 뒤를 따르는 기병들에게 소리친다.

“나를 따르라! 뇌장, 한 번의 일제 사격!”

꽤 규모는 작아져 있지만 그에 호응한 것은 예전의 제13성기사단이었다.

“알겠습니다.”

기병장 조프레크의 목소리와 낮은 외침소리가 울려퍼졌다. 뇌장을 뽑아든 채 거의 한 덩어리의 포탄처럼 적 기병들과 충돌해간다.

그 결과는 명확한 것이었다.

이렇게 된 요인은 두 가지.

첫 번째는 적의 이동거리가 너무 길었다는 것. —크게 돌아가서 진지 배후를 노린 탓이다. 파트세 일행은 그것을 기다리기만 하면 되었다.

두 번째는 숙련도 차이. 싸움에 익숙한 용병은 개개인으로 보면 얕볼 수 없는 전투요원이지만 무리로서 보았을 때는 역시 취약함이 있다. 파트세가 지휘하는 기병대는 서로 연계해서 전투하는 방법에 능했다. 정면으로 충돌하면 그게 분명히 드러난다.

눈 깜짝할 사이에 수십 기의 적이 격파되며 혼란에 빠졌다. 적을 휩쓰는 형태로 기수를 돌린다. 파트세 자신도 적 지휘관과 대치했다.

"칫."

탁한 붉은 머리의 여자는 혀를 찼다.

"방해하지 마!"

날카로운 기합 소리와 함께 장창을 휘둘렀다.

슝. 그 창끝이 휘어졌다. 낮은 궤도. —비틀리며 뻗어온다. 창의 형상 자체가 뱀처럼 변해 있었다. 땅바닥을 파헤치고 눈을 흩날리며 아래쪽에서.

디그라프 타격인군은 근접 전투를 위한 성인군이다.

무장 형상을 변형시켜 상대의 방패를 피해 찌른다. 혹은 상대의 공격이 닿지 않는 위치에서 무기를 뻗는다. 그 패턴은 네 가지. 검, 도끼, 낫, 사슬. 순간적으로 교차하는 기승전투에서는 상당히 효과적인 무장이다.

다만 파트세는 그 특성을 잘 알고 있었다.

이때 그녀가 장착하고 있는 갑주와 창은 전체가 하나의 인균 병기였다. 니스카폴 엄격인군이라고 한다. 그것의 주된 특성이자 최대의 특성은 장벽의 발생에 있다.

창끝이 가리키는 곳에 자유자재로 방어장벽을 만들어낸다. 장벽의 종류는 두 가지. 불꽃 벽이나 빛의 방패. 이때 파트세는 파란 광채를 내뿜는 얇은 빛의 방패를 이미 기동한 상태였다.

그것은 완전히 붉은 머리 여자의 일격의 궤도를 간파한 것이었다.

'자이로 폴바츠. 징벌용사로서 그 남자와 어깨를 나란히 하려고 한다면….'

붉은 머리 여자가 찌른 장창은 그 창끝을 낫으로 바꾸어서 사각을 노렸지만 허사였다. 파랗게 빛나는 장벽에 부딪혀 튕겨나가며 자세가 무너진다.

'기병전에서 지고 있을 순 없어.'

지나치면서 파트세도 창을 휘둘렀다.

상대가 회피를 시도했지만 반쯤 실패했다. 오른팔…, 그 팔꿈치 윗부분에 파트세의 창이 명중했다. 직후 충돌한 기세로 팔이 날아가버렸다. 선혈.

"큭."

붉은 머리 여자가 파트세를 노려보았다. 아니, 그 눈은 그녀가 아니라 다른 것을 노려보고 있는 듯한 느낌도 든다.

"목 매다는 여우 녀석! 기병을 숨겨두고 있었나…!"

귀에 익지 않은 단어를 주절대더니 그대로 엇갈려 거리를 벌렸다. 철수로 이행한다.

‘이길 수 있어. 한 번 더 몰아붙이면.’

파트셰는 그녀를 추격하기 시작했다. —부하 기병들이 그것을 저지하려 했지만 처음 충돌에 의해 상당히 숫자가 줄어 있었다. 반면 이쪽 기병은 거의 건재한 상태. 밀어붙일 수 있다.

그렇게 생각한 순간 목소리가 들렸다.

『돌아와, 파트셰! 도터풍으로 말하면 난처하게 되었어.』

자이로였다. 지휘관인 베네팀을 경유해서 온 통신. —파트셰는 신음했다.

"잠깐만. 조금만 더 밀어붙이면 용병들을 해치울 수 있어! 무슨 일이길래?"

『본대가 패배한 모양이야. 제기랄. 기습을 받았어!』

자이로의 목소리에는 여느 때처럼 분노가 서려 있었다.

본인은 깨닫지 못하고 있을지 모르지만 그 분노한 목소리에는 오히려 주변 사람들을 냉정하게 만드는 효과가 있었다. 그래서 그녀도 어느 정도 냉정을 되찾고 그것을 들었다.

『제9성기사단의 본대가 다수의 마왕현상의 습격을 받고 귀족 연합이 교전을 시작하기 전에 도망쳤어. 이쪽으로 몰려오고 있는데 이대로 가면 수습이 안 돼.』

이쪽 본대에 대한 우회기습이었다고 할 수 있을 것이다. 마왕현상이 움직이고 있었다. —아마 재빠르고 은밀성이 뛰어난 녀석이 있었던 것일지 모른다.

『요프에서 여기까지 연전연패로군.』

자이로는 부아가 치미는 어조로 말했다.

‘그렇지도 않잖아.’

결코 패배하진 않았다고 파트세는 생각했다. 국지전에 있어서 징벌용사 부대는 예상 이상의 승리를 거듭하고 있다. 하지만 좀더 큰 곳에서는 연패하고 있었다.

『추격자를 막아내고 도망쳐온 녀석들을 지켜야 해. 귀족 녀석들의 명령이야. 돌아올 수 있겠지? 일단 녀석들의 얼굴이라도 보면서 울분을 삭히라고. 웃길 테니까.』

악취미 같은 남자다.

그렇다면 자신의 취향도 상당히 나쁜 것일지 모른다.

우리의 야전진지는 눈 깜짝할 사이에 극도의 혼란에 돌입했다.

그 원인은 맨 먼저 돌입해온 귀족 연합의 병사들이었다.

패배해서 도망쳐온 아군 탓에 전장이 혼란에 빠지는 것은 고금동서의 철칙 같은 것이지만 그렇다고 해도 이건 너무 심하다. 제9성기사단에게 뒤를 맡기고 맨 먼저 도망쳐온 녀석들이다.

"징벌용사들은 뭘 하고 있어!"

말을 타고 진지로 들어오자마자 호통친 것은 기골이 장대한 남자였다.

틀림없이 귀족이다. 옷차림이 좋다. 아니, 너무 좋다. 순백의 외투에는 전투에 의한 오염이 거의 없고 칼집은 광택이 나고 있다. 뒤를 따르고 있는 기수가 들고 있는 깃발은 전투 도끼를 입에 문 사자의 문장.

본 적이 있다. 다스미테아 가문. 유서 깊은 제프 왕가 계열의 중앙귀족이다.

"마왕현상이 쫓아오고 있단 말이다! 그게 주인일 게 틀림없어. 마왕이야! 지금 당장 틀어막아라!"

"잠깐만. 틀어막으라니 너….'

"예! 알겠습니다! 자이로 군, 우리가 나설 차례인 것 같군요!"

내 말은 베네팀의 큰 목소리에 의해 지워졌다. 이럴 때만 기세 좋게 앞으로 나오는 녀석이다.

"부디 저희 부대에게 맡겨주십시오. 이런 때를 위한 징벌용사니 까요!"

"당연하지."

싹싹하게 말하는 베네팀에게 다스미테아 가문의 귀족은 냉혹한 말로 대답했다.

"동쪽에서 오고 있어. 대형이다! 믿기지 않는 괴물이라 우리 병사 들이 잡아먹히고 만다. 꾸물대고 있을 틈이 없어! 바로 움직여!"

"예, 저희에게 맡겨주시길. 바로 각하가 사랑하는 병사들을 구해 내⋯."

"야, 이 녀석."

계속해서 기세 좋게 말을 이으려던 베네팀의 어깨를 나는 강하게 붙잡았다.

"뭘 고분고분 받아들이고 있는 거야? 본대가 완전히 무너졌단 말 야."

"여하튼 거부권 따윈 없다고요. 우리는 징벌용사라서."

"⋯제기랄."

나로선 욕설을 내뱉을 수밖에 없다. 베네팀의 말대로다. 명령을 거스르는 건 불가능하다.

그리고 생각하고 있을 시간도 없었다.

"왔다! 마왕현상이다. —'아메미트'!"

한 병사가 소리쳤다. '아메미트'. 북부 전선에서 가끔 들은 이름 이다. 물렁물렁하고 거대한 검은 애벌레 형상의 마왕. 녀석의 특징 은 뭐든 먹어치우는 거대한 입이다. 돌이든 철이든 불꽃이든 뭐든 먹어치우는 성가신 상대다.

그 거대한 몸에 어울리지 않는 민첩함으로 동쪽에서 쫓아오는 게 보였다. 햇빛을 받아 번들번들 기분 나쁜 광택을 띤 채 꿈틀거리고 있다. 거뭇거뭇하고 끔찍한 괴물이었다.

"얼른 막아!"

다스미테아의 날카로운 목소리.

그 명령을 충실히 따르는 건 아니겠지만 내 옆에서 목소리가 들렸다.

"알았어, 알았어. 해보기로 할게요…."

차브였다. 엎드린 상태에서 뇌장으로 이미 조준하고 있었던 모양이다. 한층 날카로운 번갯불이 일더니… 그것은 '아메미트'가 크게 벌린 입안으로 빨려 들어갔다. 그대로 사라진다.

아무런 타격도 받지 않은 것처럼 우걱우걱 땅을 파먹으면서 진격해온다.

이 광경에는 차브도 웃고 말았다.

"와, 전혀 안 통하네! 틀렸어요. 손써볼 방도가 없네요! 의식 밖에서 눈치채지 못하게 쏴야 할 것 같은데 이쪽에선 무리겠죠."

"그야 그렇지. 나도 북부 전선에서 본 적 있어."

알고 있던 사실이다. '아메미트'는 그 입을 몸 이곳저곳에서 벌릴 수 있다. 뇌장의 일제사격도 삼켜버리고 만다.

"라이노."

나는 돌아보았다. 이 혼란 속에서 가까운 곳에 있고 지시가 도달하는 것은 이 녀석들 세 명뿐이다. 베네팀과 차브. 그리고 라이노. 이 녀석이 가장 무슨 짓을 할지 불안하기에 못을 박아둔다.

"너도 쓸데없는 포탄을 쏘지 마! 그리고 쓸데없는 짓도 하지 말고!"

"알고 있어. 하지만 어떻게 하지? 저걸 공략할 방법은···."

라이노 녀석은 포신인 오른팔을 겨누고 있지도 않았다. 이 녀석도 '아메미트'의 성질을 이해하고 있는 건가. 북방에서 활동하던 모험자라면 뭐 소문 정도는 들은 적 있겠지.

"아직이냐? 뭘 하고 있어. 바보 놈들!"

다스미테아가 호통치며 나를 가리켰다. 정확히는 나와 내 등 뒤에 있는 테오리타를.

"'성검'을 써라! 《여신》 테오리타의 '성검'이라면 해치울 수 있잖아!"

그 말에 테오리타도 약간 몸을 경직시켰다. 이런 남자까지 알고 있을 줄이야. 테오리타가 쓰는 '성검'은 어지간히 유명해진 모양이다.

"그 검은···."

"자이로. 저는 할 수 있습니다."

테오리타는 내 팔을 붙잡았다.

"아직 팔팔해요. 여기까지 별로 나설 차례가 없었던 만큼 저의 위대한 모습을 보여야 할 때입니다."

"그런 문제가 아니야."

나는 다스미테아를 노려보았다.

"기다려. 테오리타가 그것을 쓰면 얼마 동안 움직일 수 없어. 정말로 마지막 수단이라고. 통상병기로 해치울 수 있는 방법을 찾아야 돼."

"지금이 바로 그 최후의 수단을 쓸 때잖아!"

다스미테아는 칼자루에 손을 대고 호통쳤다.

"징벌용사가 나한테 이의를 제기하는 거냐? 불경하군. 지금 당장 《여신》에게 그 '성검'을 쓰게 해라!"

"…너야말로 《여신》에 대해 너무 불경한 거 아냐?"

"애당초 《여신》은 우리에게 축복을 가져다주는 게 존재의의다."

다스미테아는 적어도 테오리타에 대해서는 경의를 표할 필요성을 느끼지 못하는 듯했다. 애초에 그런 사상을 가진 파벌인 건지, 이렇게 궁지에 몰려 있어서 그런 건지.

"그 힘을 행사하도록 네놈이 타이르도록 해."

"너, 그 입을."

"하자고요, 자이로."

테오리타의 눈을 이미 불꽃처럼 타오르고 있었다. 상처 입은 낌새도, 화가 난 낌새도 없다.

"병사들이 피해를 입고 있습니다. 더 이상은 간과할 수 없어요!"

"과연 《여신》이 할 만한 말이로군. 하지만….

이런 녀석을 위해 쓸 거냐고 말하려다가 무의미하다는 걸 깨달았다. 테오리타는 자신의 감정에 따라 구하는 상대를 선별하는 녀석이 아니다.

누군가가 위험에 빠져 있으면 그것만으로 충분한 이유가 된다.

"얼른 가라! 네놈이 안 하면 바로 처형하겠다. 다른 녀석이 대신하면 되니까!"

다스미테아의 말에 베네팀은 경직된 표정을 지었다. 차브는 경박하게 웃으며 '이 녀석 죽여버릴까요?' 라는 손짓을 했지만, 검붉은 갑주 안에 있는 라이노의 표정만은 알 수 없었다.

여하튼 나는 싸우는 것을 선택했다. 테오리타를 안고 달리기 시작한다. 땅을 박찬다.

"차브, 라이노! 잔챙이들은 너희들한테 맡길게. 마왕을 죽이고 후퇴한다."

알았다는 답변은 기다리지 않는다.

'아메미트'의 커다란 덩치가 다가오고 있다. 이쪽을 확인하고 입을 벌렸다. 그 입안에서 번갯불이 일었다. ─아까 차브가 쏜 그것이다. 이것도 판명되어 있는 특성 중 하나로, '아메미트'는 집어삼킨 것을 자유자재로 내뱉을 수 있다.

다시 말해 그 방법은 이미 예측한 상태였기에 나에겐 통하지 않는다는 말이다.

"갑니다, 자이로!"

테오리타의 머리카락에서 불똥이 튀며 그녀가 거대한 검을 만들어냈다. 나는 그것을 발판 삼아 궤도를 바꾸고 몸을 비틀었다. '아메미트'는 완전히 이쪽에 주의가 쏠렸다.

'이것으로 됐어.'

목적 중 하나는 달성했다.

'아메미트'는 입을 더 크게 벌리고 이번엔 토사의 분류를 토해냈다. 상당한 양을 비축해놓은 모양이다. 하지만 이만큼 접근한 이상… 그 후엔 낙하와 동시에 해치운다.

"테오리타. 일격에 끝낼 수 있어."

"예."

격렬한 불꽃이 튀며 '성검'이 소환되었다. 아무런 장식도 없는 투박한 한손검. 나는 그것을 공중에서 붙잡았다.

토사의 분류든 뭐든 이제 아무런 장애도 되지 않았다. 칼끝에서 격렬한 빛이 번뜩이더니 닿은 모든 것을 지워버린다. 연쇄적으로 토사를 소멸시키면서 빛의 궤적은 똑바로, 그대로 마왕 '아메미트'로 향한다.

이때 '아메미트'는 입을 벌리고 우리째로 검을 집어삼키려고 한 듯했다.

'그건 무리야.'

나는 온몸을 최대한 비튼 후 '성검'을 투척했다. 그것은 '아메미트'의 커다란 입에 빨려 들어갔고… 그후 섬광과 선풍.

그것들이 사그라들고 나와 테오리타가 땅에 내려섰을 때에는 이미 흔적도 남아 있지 않았다.

주위 병사들로부터 땅울림과 같은 술렁거림. 이제 '아메미트'가 끌고 온 페어리들만 막으면 된다. 제9성기사단도 시간을 벌고 있다. 그리 간단한 일은 아니지만.

"테오리타, 무사해?"

"괜… 찮아요. 이 정도는… 식은죽… 먹기…."

"거짓말 마."

테오리타는 창백한 얼굴로 주먹을 움켜쥐려 했기에 제지했다.

"잘했어. 이것으로."

테오리타의 머리에 손을 얹는다. 미약한 방전. 그것을 손끝에 느낀 순간이었다. 병사들의 땅울림 같은 술렁거림이 서서히 강해지고 있다. 아니, 그게 아니다. 주위의 시선이 느껴지지 않는다. ―다른 무언가를 주목하고 있다.

정말로 땅이 진동하고 있다. 발소리와도 가깝다. 동쪽에서 무언가가.

"말도 안 돼."

나는 그 녀석을 보았다.

새로운 적이었다.

뼈로 이루어진 거대한 괴물이 천천히 접근하고 있다. 덜컥덜컥 딱딱한 소리를 내며 걷고 있다. 여러 가지 생물의 뼈를 거미나 게 같은 모양으로 난폭하게 조립한 듯한 몸. 마왕현상의 주인이라는 걸 한눈에 알 수 있었다. '아메미트'보다 더 크다.

게다가 내가 모르는 종류의 마왕현상.

"또 한 마리가…! 농담이지?"

대체 몇 마리의 마왕현상이 투입되고 있는 건가. 웃기고 있다고 생각한다.

"제9성기사단은 뭘 하고 있는 거지? 틀어막지 못하고 있잖아. 호드 클리비오스, 그 녀석."

그 성기사 단장의 신경질적인 얼굴을 떠올린다. 하지만 불평을 해봤자 현실은 바뀌지 않는다. 뼈다귀 마왕은 도망치는 병사들을 짓밟으며 다가왔다.

그래서 테오리타의 '성검'은 최후의 수단이라고 한 거다.

"자이로."

테오리타는 헐떡이듯 말했다.

"저라면… 분명, 다시 한번… 한순간 정도라면."

"닥치고 있어."

이 머리가 어떻게 된 《여신》은 내 손을 잡고 아직 힘이 남아 있다 는 것을 보이려 했지만 완전히 실패했다. 거의 악력이 느껴지지 않는다. 눈동자에서 빛나는 불꽃도 희미해져서 지금이라도 꺼질 것 같았다.

『징벌용사 놈들! 다, 다음 녀석이 왔잖아!』

다스미테아 귀족의 당황한 목소리. 듣고 싶지 않아도 목에 있는 성인을 통해 들려온다.

『막아라! 네놈들이 방파제다. 우리가 도망칠 때까지 녀석들을 막는 거다!』

『…라고 하는데요, 자이로 군.』

감정을 죽인 베네팀의 목소리도 들려왔다. 녀석은 완전히 '징벌용사의 지휘관' 역할을 연기하고 있다. 냉정침착하고 내심을 드러내지 않는, 뻔뻔한 사기꾼의 말투다.

『명령인 것 같은데, 할 수 있겠습니까? 저기, 저도 폐하랑 타츠야와 합류했기에 한바탕 날뛸 생각이긴 합니다만.』

뭘 한바탕 날뛴다는 거야. 베네팀 입에서 그런 말이 나오다니, 타츠야와 합류해서 기세등등해진 게 분명하다. 하지만 명령은 명령이다. 할 수 있는 일은 할 수밖에 없다.

"…해야지. 시간을 벌어야 돼."

나는 언덕 위에 있는 진지를 보았다. 그리고 목덜미의 성인을 만진다. 누구든 좋으니 닥치는 대로 징벌용사들을 부른다. 다들 무사하려나? 어차피 무사하겠지 라는 체념 같은 마음이 있었다.

부상이라도 입었다면 귀염성이라도 있겠지만.

"적의 진군을 막으면서 북쪽으로 도망쳐! 제기랄, 그 꼬맹이 두 명을 챙기는 것도 잊지 말고!"

그렇게 우리는 패배해서 언덕 위의 진지를 잃었다.

네 마리의 마왕현상이 이 전선에 투입되었다는 것을 안 것은 좀
더 후의 일이었다.

여러 곳에서 외침이 터져 나오고 있었다.

어떤 것은 비명이었고, 어떤 것은 호통소리였을지도 모른다. 아무튼 우리는 그 비참한 상황을 거의 부대 단독으로 지탱할 수밖에 없었다.

제9성기사단은 아직 후방에서 몇 마리의 마왕현상을 상대하고 있을 가능성이 크다.

그런 이상, '징벌용사는 정말 죄인들답게 냉큼 도망쳤다'라든지 "여신 살해범'은 언제나 태도가 거만한 것 치고는 근성이 없다' 같은 말을 듣지 않기 위해 할 수밖에 없다.

호드 클리비오스 같은 녀석한테 바보 취급 당하는 것은 견딜 수 없다.

'좋아. 두고 보라고.'

일단 내가 한 일은 파트세를 찾아내서 테오리타를 맡기는 것이었다. 물론 이 일은 엄청난 반발을 샀다.

"기다려요, 나의 기사."

테오리타는 창백한 얼굴로 나를 나무랐다. 그것도 너무나 가냘픈 목소리로.

"저는, 아직, 할 수 있어요. 제 축복 없이 이 궁지를 어떻게 넘길 생각인가요?"

"너는 아직 할 일이 남아 있으니까 쉬면서 얼른 몸 상태를 회복해. 이 싸움은 철수전으로 끝나지 않아."

"아뇨, 이곳에 남아 싸우겠습니다. 저에게는 《여신》으로서의 책무가….."

"파트세! 호위는 너한테 맡길게. 절대 놓치지 마."

나는 테오리타의 말을 들을 필요를 느끼지 않았다. 안고 있던 《여신》을 내밀자 파트세는 얼굴을 찡그린 채 테오리타를 받아들었다.

"…너는 남을 거야? 이곳을 지탱해낼 수 있겠어?"

"해내고 말겠어. 너까지 멋대로 아무 소리나 하는 건 아니겠지?"

"아니…."

파트세는 피에 젖은 뺨을 닦았다. 자신의 표정을 얼버무리듯.

"잘 알고 있어. 이 일은 기병밖에 할 수 없으니까. 반드시 테오리타 님을 무사히 이탈시킬게."

"그러고나서 이쪽으로 돌아온다고 하지 마."

"…알고 있다니까!"

"그럼 됐어. 얼른 가."

미묘하게 뜸을 들인 걸 보면 아무래도 좋지 않은 것을 생각하고 있었다는 걸 알 수 있다. 하지만 아무튼 두 사람은 떠났고 그후에는 지옥 같은 전장만이 남겨졌다. 파트세라면 페어리들을 날려버리고 도망칠 수 있을 것이다.

문제는 이쪽이다.

나는 크게 심호흡을 하고 목덜미의 성인에 손가락을 댔다.

"차브! 어딨어? 도망치지 말고 도와."

『아니, 뭐, 알고 있어요. 도망치면 나중에 처형이라는 거죠? 할 겁니다….』

별로 내키지 않는 낌새지만 아무튼 저격 위치에는 가 있는 듯하다.

『참고로 도터 씨도 붙잡았습니다. 신병은 확보해두었어요.』

『저기, 나는 별로 도움이 안 될 거라고 생각하는데….』

『무슨 소리를 하시는 겁니까? 표적을 찾아야 하니 도와주세요. 기왕이면 색적도!』

『우우…. 그전에 정말 이…, 이곳에서? 쏠 거야…?』

『괜찮죠? 이거라면 엄폐물도 되고 도터 씨가 써도 좋아요.』

『나, 조금 기분이 안 좋아지기 시작했는데….』

차브와 도터가 무언가 옥신각신하고 있다. 하지만 그 내용을 확인하고 있을 여유는 없다.

"철수 지원이야. 뒤처진 녀석을 닥치는 대로 구출한다."

『알았어요. 일단 저는 대형 페어리를 죽일 생각인데, 그보다 꾸물대는 느림보들을 어떻게 해주지 않을래요? 대체 뭘 하고 있는 거죠? 저거.』

차브가 투덜거린 것처럼 도주가 한참 뒤처진 병사들이 있었다. 뼈다귀 마왕현상이 아니라 그 주변에 있는 페어리들에게 따라잡히려 하고 있다. 푸어, 보기, 두니. 숫자가 많다. 포위할 생각이다.

포위당하고 있는 병사들은 대략 200 정도인가? 그들이 들고 있는 깃발을 보니 전투도끼를 문 사자의 문장이었다. 다스미테아 녀석의 부대인가?

맘에 안 드는 녀석들이다. 하지만….

『대피시키는 편이 좋지 않을까요? 가장 뒤처져 있는 게 저 녀석들이죠?』

동감이다.

나는 말없이 달려나갔다. 오늘은 정말로 긴 하루다.

지옥 같은 철수전이 되었다.

야습을 받고 혼란에 빠진 채 움직여야 했다.

'아파.'

다스미테아 호령 제4대, 시플릿트 즈알은 강하게 생각했다.

모든 곳이 다 아프다. 눈을 밟는 발끝. 지팡이 띠에 마찰되는 허벅지. 배낭을 짊어진 어깨. 그 외에도 모든 곳이 아프다. 그것은 차가움과 구별이 되지 않았다. 더 이상 움직이고 싶지 않다고 느끼고 있다.

그래도 발을 앞에 내디딜 수밖에 없다. 도망치기 위해서다. 멈추면 죽는다는 걸 알고 있다. 등 뒤에서 마왕현상이 쫓아온다. 그에 대한 공포보다는 혐오감이 지금의 시플릿트를 움직이고 있었다.

'—녹초가 되면 그것조차 아무래도 좋다고 생각하게 돼.'

그렇게 된 동료를 시플릿트는 봐왔다. 다들 예외 없이 죽었다.

'안 돼. 그것만은 피해야 돼.'

페어리가 자신의 몸을 먹어치우는 광경을 떠올린다. 지금과는 비교도 되지 않을 격렬한 통증. 불쾌감. 그것을 떠올리고 한 발짝이라도 앞으로. 동료들과 부대장의 뒤를 쫓는다.

'하지만 틀렸으려나? 너무 뒤처져 있어….'

다른 어느 귀족 연합의 부대보다 뒤처져 있다.

왜 자신들의 호령 제4대만이 이런 꼴을 당한 건가.

이유는 알고 있다. 시플릿트들의 주인인 다스미테아 경의 명령이었다. 아마 다른 귀족들에게 선심을 쓰기 위해서였을 것이다. 최후미에서의 철수를 명령받았다. 이것 덕분에 다스미테아는 앞으로 이 싸움에 있어서 귀족 연합 중에서도 특히 강한 발언력을 갖게 된다.

자신들의 희생과 맞바꿔서.

'싫어. 싫어. 싫어…. 좀더 싫어해야 돼. 받아들이게 되면 죽을 뿐이야.'

확실히 제9성기사단은 버텨내면서 후퇴하고 있지만 그래도 모든 적 전력을 막고 있는 것은 아니다. 마왕현상 '카론'과 그것이 이끄는 페어리들이 있다.

후방에서 발소리가 들리고 있다. 돌아볼 용기는 없다.

'싫어.'

필사적으로 달린다. 하지만 피로가 심하다. 성인을 새긴 보호장구는 근력을 증폭시켜 운동을 보조해주지만 기력이 먼저 다할 것 같다. 축광량도 별로 없다.

"시플릿트!"

앞에서 가는 소대장이 소리쳤다.

"서둘러! 따라잡히겠어!"

어느 틈엔가 자신이 가장 뒤처져 있었다. 소대장의 얼굴이, 다른 동료들의 등이 몹시 멀다.

그렇게 느꼈을 때 다리가 꼬였다. 앞으로 쓰러진다. 안면에 차가움과 통증. ―눈에 처박혔다. 허둥지둥 일어서려 했지만 자신이 생각했던 것처럼 민첩한 동작은 할 수 없었다.

몸부림치며 무릎을 세우고 돌아본다.

'싫어!'

페어리다.

보기가 두 마리. 군침을 흘리며 도약하고 있다. 이마에 난 뿔 끝 부분이 끔찍할 정도로 선명하게 빛났다. ─자신이 할 수 있는 저항은… 뭘 할 수 있지? 일단은 뇌장을 뽑아야 한다. 하지만 손가락이 지팡이를 잘 잡지 못한다.

'죽는 건가.'

남의 일처럼 그렇게 생각한 순간이었다.

번개 같은 빛이 하늘에서 내려와 달려들던 보기 두 마리를 동시에 날려버렸다.

"어?"

시플릿트는 어중간하게 입을 벌렸다.

나이프를 든 거구의 남자가 맹금류처럼 착지했다. 날개가 달려 있는 걸로 착각할 정도였다. 무엇을 했는지 잘 모르겠다.

"…당신은….."

시플릿트는 멍하니 그 남자를 올려다보았다. 어지간히 얼빠진 얼굴로 보였을지 모른다. 목덜미를 붙잡혀 억지로 일으켜 세워졌다. 그리고 앞에서 발을 멈추고 있던 시플릿트의 동료들에게 호통친다.

"뭘 하고 있는 거야? 꾸물대지 마. 북쪽으로 달려!"

호통치는 남자의 얼굴을 시플릿트는 알고 있었다. 최근 전선 병사들 사이에서 유명한 인물이었다.

자이로 폴바츠. '여신 살해범'. 아니 '천둥의 매'다. ─징벌용사이자 뇌격병. 마왕현상을 죽이고 수많은 페어리들을 해치우며 기적과 같은 승리를 계속해왔다. 적어도 병사들이 본 그들은 그랬다.

무엇보다 어떤 전장에 있어서도 가장 혹독한 역할을 맡는 사람들이다. 철수전에서도, 돌파전에서도 그렇다. 이번 싸움에서도 맨 먼

저 전진해서 적 앞에 몸을 내던지듯 싸우고 있었다.

영웅이라고 평하는 사람도 있다. 시플릿트는 그럴 리 없다고 생각하고 있었다. 지금 이 세상 어디에 영웅이라 부를 만한 사람이 있을까. 있다고 해도 그 영웅은 어딘가 먼 전장에서 싸우고 있어서 자신을 구하러 와줄 리가 없다.

하지만….

"멍하니 있지 마. 정신 차려."

자이로는 시플릿트를 떠밀어서 병사 한 명에게 맡겼다.

"누가 이 애송이를 부축해주도록 해. 한계야."

"아, 예!"

동료 병사가 부축해주었다. 고마웠다. 다리에 약간 힘이 돌아온 느낌이 든다.

"하지만."

시플릿트는 자이로를 돌아보았다. 이미 이쪽에 등을 돌린 상태였다. 새로운 나이프를 뽑아들고 다가오는 페어리들과 대치한다.

"당신은."

"어떻게든 할 거야. 바쁘니까 꺼져. 달리라고."

짜증 섞인 목소리. 화가 나 있다. 시플릿트는 무심코 몸을 움츠렸다.

"아아… 제기랄. …알고 있어! 빚진 걸로 할게!"

자이로는 목덜미에 손가락을 대고 있었다. 하늘을 올려다보며 소리친다.

거기서 시플릿트는 어렴풋이 생각했다. —그가 화를 내고 있는 것은 자기 자신에 대해서일지 모른다. 혹은 이 상황 자체거나.

하지만 생각한 것은 한순간뿐이었다. 불현듯 하늘을 파란 날개가 가로질렀다.

그 직후 불꽃이 치솟은 후 폭발했다. 그것은 몰려오던 페어리들을 불태우고 발을 멈추게 하는데 충분한 파괴력을 가지고 있었다. 하늘에서 이질적인 포효. 드래곤이다. 눈이 확 뜨일 만큼 파란 드래곤이 날아가는 것을 시플릿트는 보았다. 그 날개의 풍압도 느꼈다.

귀에 거슬리는 괴물들의 비명.

"제기랄."

자이로는 낮게 신음하고 짐승처럼…, 혹은 비상 준비를 하는 맹금류처럼 자세를 약간 낮추었다.

"성가신 녀석에게 빚을 지고 말았군. 사흘은 용방 청소려나?"

◆

다스미테아의 병사들은 완전히 피폐해져 있었다.

제9성기사단을 제외하면 실질적으로 이 녀석들이 철수하는 병사들의 최후미일 것이다. 우리는 그들을 지키면서 후퇴해야 했다.

그렇다고 해도 충분한 지원이 있으면 불가능한 건 아니다. 특히 제이스와 차브가 있으면.

『좀더 빨릴 달릴 수 없는 거야?』

제이스는 머리 위를 비행하면서 무리한 소리를 했다.

『이래서 인간은…. 돌로 된 집에서 먹고 자기만 하니까 다리가 퇴화된 거라고.』

너무도 난폭한 인간에 대한 평. 너도 인간이잖아.

하지만 니리의 불꽃이 쏟아지고 제이스의 단창이 날아올 때마다 페어리들은 섬멸되어 갔다. 아무도 접근하지 못한다. 불꽃을 억지로 돌파해오는 상대는 내가 해치울 수 있다.

『이야, 과연 제이스 씨와 니리 누님은 하는 일이 화려하시네요. 에잇!』

그리고 후방에서 날아온 섬광.

저격용 뇌장에서 쏘아진 사격은 맹렬하게 돌진해오던 바게스트의 머리를 파괴했다.

『얼른 도망쳐오세요! 전진을 막을 벽도 만들었으니 시간을 벌 수 있을 겁니다. 시체는 계속 늘어날 것 같으니 딱 좋을 거예요.』

도망친 곳에서 나는 아연실색할 만한 것을 보았다. 다스미테아의 병사들까지 벌린 입을 다물지 못하고 있었다. ─우리가 진지로 쓰고 있던 작은 언덕 위에 차브와 도터가 죽은 병사들의 시체를 차곡차곡 방벽처럼 쌓아놓고 있었다. 시체의 벽이다.

차브는 그곳에 저격장을 올려놓고 사격을 하고 있었다.

『또 시체가 늘어날 것 같다니, 너 말야.』

도터의 완전히 겁먹은 목소리가 들려왔다.

『아까 네 손으로 늘리지 않았어? 저기… 쓰러져 있는 사람의 숨통을 끊어서….』

『편하게 해준 거예요. 어차피 살 가망성이 없었으니.』

하고 있는 일은 최악이지만 그것을 지적할 여유는 없다. 그런 사치는 이 싸움이 끝났을 때를 위해 남겨두기로 했다.

"이봐, 뭘 멍청히 있어."

다른 병사들은 아직 멍해 있었다. 그래서 나는 손뼉을 짝 치며 호통쳤다.

"다들 좀더 서둘러! 죽고 싶지 않으면 달리라고! 아니면 내가 죽여버린다!"

"아, 네!"

말한 김에 한 사람을 걷어차버리자 그제야 그들도 움직임을 재개했다.

페어리는 니리의 불꽃과 차브의 저격이 막고 있다. 남은 문제는 ….

『기, 기기, 기.』

그런 삐걱이는 듯한 소리가 들려왔다. 거대한 뼈다귀 괴물. 마왕 현상의 주인은 명백히 이쪽을 인식하고 있었다. 여덟 개 있는 다리를 어색하게 움직여서 다가오고 있다.

시험해볼 타이밍이다. 나는 목의 성인에 손을 댔다.

"라이노! 이제 됐어. 시작해. 조준은 해놨겠지?"

『준비는 되었지만 정말 괜찮겠어? 탄창이 텅 비게 되는데.』

"괜찮으니까 모두 다 쏟아부어."

그러지 않으면 별로 의미가 없다는 걸 알고 있었다. 몇 명의 병사들도 저격장으로 저 뼈다귀 괴물에게 사격을 시도했지만 팅겨 나갈 뿐 유효타는 될 것 같지 않았다.

그래서 확실한 것은 이것뿐이다.

"쏴, 라이노."

『알았어.』

그렇게 대답한 후에는 빨랐다. 번쩍 빛나는 포탄이 원호를 그리며 두 발, 세 발 발사된다. ―도합 열몇 발. 그 모두가 뼈다귀 마왕의 앞다리 하나에 명중했다. 정확무비라고 해도 좋을 것이다. 빗나 간 것은 한 발도 없다.

착탄의 순간, 뼈다귀 괴물이 몸을 웅크리고 방어 자세 같은 것을 취하려 한 게 보였다.

굉음. 그리고 충격, 흙먼지, 진동.

『자… 결과는 어떠려나?』

라이노가 중얼거렸다. 실험 결과를 관찰하는 듯한 어감이었다. 뼈다귀 마왕이 흙먼지 너머에서 몸을 뒤척이고 있다.

그리고 나는 보았다. 앞다리가 세 개 정도 부러지고 땅바닥이 크게 함몰되어 있다. 그것에 다리가 걸린 형태로 뼈다귀 괴물이 바둥대고 있었다. 생각했던 것보다 효과가 있었군. 타격을 줄 수 있었다.

'라이노에게 급탄하면서 최대한의 포격을 날리면. 아니….'

그 전망은 너무 낙관적이다.

뼈다귀 괴물은 그저 바둥대고 있는 게 아니었다. 부서져 결손된 앞다리 단면에서 촉수처럼 흐물흐물한 무언가가 뻗어 나와 있었다. 그것은 부러져 뒹굴고 있는 앞다리를 붙들더니 부글부글 거품을 냈다. 천천히 그 앞다리가 단면에 접합되어 가는 게 보였다.

『치료, 하고 있네. 음….』

라이노의 중얼거림은 마치 외과의의 진단처럼 냉정했다.

『저것을 죽이려면 다른 방법이 필요할 것 같아. 이 틈에 후퇴하는 편이 좋겠어.』

"…알고 있어."

『어려운 국면이 되어가고 있네. 예상외의 사태가 많아서 그런

가?』

　"알고 있다고!"

　라이노가 말하지 않아도 알고 있다. 패배해서 도망친 본대. 새로 등장한 마왕현상. 그것도 여럿. '성검'을 써버린 테오리타. 비장의 무기가 없는 싸움.

　예상외의 일들뿐이라 정말 진절머리가 난다.

　'까불고 있어.'

　―대략 1각 후, 우리의 진지는 페어리들에 의해 유린되어 분쇄당했다.

투진·투가 구릉 동쪽 능선을 따라 북쪽으로 나아가면 대하 킨쟈 시바의 지류가 나온다.

투진 산, 투가 산 기슭을 따라 몇 줄기로 나뉘어 뻗은 작은 시내의 무리였다.

수원이 있다는 것은 그 옆에 집락도 있다는 말이다. 지도에 '켈프레시'라는 이름이 새겨진 그 마을은 별로 큰 집락이 아닌 듯했지만 지친 병사들을 쉬게 하는 장소로선 아무것도 없는 것보다 훨씬 나았다. 주민들도 이미 피난한 상태라 아무도 없다.

지옥 같은 철수전 끝에 우리가 도착한 곳은 그곳이었다.

이야기에 따르면 제9성기사단은 후위 전투를 잘 완수했다고 한다. —두 마리의 마왕현상과 조우해서 한 마리를 해치운 모양이다. 토벌한 숫자로 치면 이쪽과 호각인가.

—남은 마왕이 두 마리 더 있다는 것은 별로 좋은 이야기가 아니지만.

제9성기사단이 해치우지 못한 마왕현상의 주인은 '프리아에'라고 한다. 인간형 마왕으로, 먼 거리까지 닿는 파괴의 빛을 내뿜는 모양이다.

한편 우리를 유린한 뼈다귀 마왕에게는 '카론'이라는 이름이 붙었다. 동쪽에서 날뛰고 있던 마왕이라고 한다.

정보를 총합하면 역시 아무리 생각해도 패색이 농

후하다. 제9성기사단은 격렬한 철수전 탓에 부상자도 많다. 귀족연합 녀석들은 비교적 팔팔하지만 이쪽은 전력적으로 별 도움이 안 된다. 사기도 낮고 그들의 지휘관인 귀족에 바보가 많기 때문이다.

한편 우리 징벌용사 부대에서는 놀랍게도 노르가유가 부상을 입었다.

켈프레시 마을의 가옥은 장교와 귀족들이 쓰고 있기에, 우리는 강기슭에 천막을 치고 그곳에 그 큰 덩치를 운반했다.

오른팔이 부러졌고, 복부에도 도려낸 듯한 상처. 의식을 잃을 정도는 아니지만 잠꼬대 같은 말을 되풀이하고 있다. ―물론 그것은 우리 입장에선 여느 때의 노르가유다. 눈초리도 날카로워서 생각보다 상처는 깊지 않은 것처럼 보였다.

"내 여동생과 동생을 위해서다."

문병 갔을 때 노르가유는 분명히 말했다.

"그것은 곧 백성을 위해서이기도 하다. 왕가의 피가 끊기면 백성들이 불안해하니 말야. 왕의 피는 최후의 한 방울까지 백성을 위해 있다."

완전히 잠꼬대로밖에 생각되지 않는다. 나는 조금 안심했다. 정상적인 말을 하면 어떡할까 싶었다.

들은 이야기에 따르면 제9성기사단이 이쪽 진지로 도망쳐 왔을 때 기세를 타고 추격해온 페어리 무리가 있었다고 한다. 그 녀석들이 후방에서 진지로 쳐들어온 바람에 우리가 구해낸 이상한 남매도 그에 말려들 뻔했다.

특히 의식이 몽롱해서 움직이지 못하는 동생이 위험했다. 그것을 누나가 몸을 던져 지키려 했지만 그 누나를 다시 노르가유가 몸을 던져 지켰다고 한다.

솔직히 나는 바보라고 생각한다. 노르가유는 확실히 덩치도 크고 힘도 세지만 그렇다고 전투훈련을 받은 병사는 아니다. 확실하진 않지만 그럴 거란 생각이 든다.

그래서 바보 같은 행위일 수밖에 없었다.

"…노르가유 님은 저런 상태입니다만."

한심한 눈으로 지켜보고 있던 나에게 누군가가 말을 걸어왔다.

《여신》이었다. 제9성기사단의 페르메리라고 했던가? 어딘지 음울한 눈초리로 나를 보고 있었다.

"상당히 상처가 싶은 것 같습니다. 저의 지원으로 의식은 뚜렷하게 유지되고 있습니다만….

왠지 몹시 긴 앞머리 틈새로 페르메리는 나를 보고 있었다.

"너무 무리를 시키지 않는 게 좋을 겁니다."

그러고보니 제9성기사단의 《여신》은 독을 소환할 수 있다고 들었다. 개중에는 상처의 통증을 마비시키는 식으로 치료에 이용할 수 있는 독도 있는 듯했다.

다시 말해 노르가유에게 쓴 것은 그건가.

"조금 더 있으면 잠이 드는… 독을 쓸까 생각 중입니다만."

"그렇게 해줘. 내가 무슨 말을 해도 노르가유는 듣지 않을 거야. 아무튼 녀석은 국왕 폐하니 말야. 재워두는 편이 좋아."

나는 페르메리를 보고 웃었다.

"일단 고맙다고 해둘게. 노르가유 폐하는 무리일 테니 말야. 도움이 됐어."

"아뇨."

페르메리는 작게 일례했다.

“그보다 호드를 만나주시길. 자이로 님을 불러오라고 했습니다.”

“나를?”

예상외다. 지명해서 부르다니.

“무슨 볼일이 있는 건가?”

“앞으로의 작전에 대해… 저기… 징벌용사의 지휘관분, 베네팀 님과 대화를 나누었습니다만, 왠지 횡설수설하기만 하셔서… 최대한 조급히 자이로 님이 필요하다고.”

“그렇겠지.”

마음이 무거운 이야기다. 어두운 이야기를 해야 한다. 어떻게 전개되더라도 지옥 같은 싸움이 기다리고 있다.

아무튼 우리는 패배했으니까.

◆

천막 안에는 이미 호드 클리비오스가 있었다.

제9성기사단 단장이다. 그 뒤에는 귀족 연합의 대표로 보이는 녀석들. 아직 일곱 명 정도는 남아 있었다. 다스미테아 외엔 모르는 녀석들이다. 그리고 다스미테아는 아무런 부끄러움도 없이 당당하게 혐오감이 섞인 눈으로 나를 보고 있었다.

“…상황을 설명한다.”

호드는 무거운 어조로 말했다. 그 얼굴에는 피로의 색이 짙다. 초췌해져 있다. 언제나 띠고 있던 팽팽한 기척이 기분 탓인지 약하게 느껴졌다.

"너희 징벌용사 부대가 출진한 후 우리 본진을 기습을 받았다. 마왕현상이었다."

호드는 작전 테이블에 양팔을 대고 낮은 목소리로 이야기를 시작했다.

"…그것도 두 마리나. '라이넥'과 '프리아에'."

호드가 말한 '라이넥'에 대해선 들은 적이 있다. 자신과 자신이 지배하는 페어리의 모습과 소리를 지워버릴 수 있다고 한다. 자세한 원리는 알 수 없지만 아무튼 그런 녀석들의 기습을 받았으니 대혼란에 빠졌을 것이다.

"급습을 받은 귀족 연합 대부분이 교전을 해보지도 못하고 와해되었다. '라이넥'은 은밀성능이 뛰어난 마왕현상이었다. 우리는 그곳에 머물며 간신히 이 마왕현상 '라이넥'을 격파했다. 하지만…."

그렇군.

제9성기사단의 《여신》 페르메리에 의한 무차별 공격이라면 피해는 나오지만 해치울 수 없는 상대는 아니었을 것이다. 과연 제9성기사단이다. 완전히 일방적으로 당한 것은 아니었다.

"…'라이넥'에 대한 승리도 패배를 뒤집을 순 없었다. 남쪽으로 가는 길을 차단당한 우리는 이쪽으로 도망칠 수밖에 없게 되었지."

호드는 깊은 한숨을 쉬었다. 나를 노려본다.

"징벌용사 부대는 '아메미트'를 격파했다고 들었다. 일단은 임무를 완수한 것을 치하하도록 하지."

조금도 치하할 마음이 느껴지지 않는 말투였다. 오히려 부아가 치민 듯한 분위기까지 있다.

"그리고 앞으로의 방침에 대해서인데…."

“클리비오스 성기사 단장. 여기선 철수뿐입니다. 요프시로 후퇴해야 해요.”

등 뒤에 대기하고 있던 귀족 한 사람이 말했다. 그에 동조하는 녀석도 있다.

“동감입니다. 논의할 것까지도 없어요. 병참을 차단당한 이상, 후방의 적을 우회, 혹은 강행돌파해서 한시라도 빨리 도시로 돌아가야 합니다.”

“예. 그후 싸우지 않고 도망친 귀족들을 규탄하고 적절한 처벌을 내릴 필요가 있죠.”

호드는 짜증 섞인 눈으로 그들의 주장을 듣고 있었다.

녀석들이 무슨 말을 하고 싶은 건지는 알았다. 최종적인 목적은 오직 하나. 자신들보다 먼저 도망친 녀석들에 대한 처벌이다. 그에 따라 영지와 자산을 몰수하고, 그것을 분배받고 싶은 것이겠지.

“제2왕도는 갈투일에게 맡겨두면 됩니다. 우리는 오히려 남부 귀족들과 연합해서 강고한 방위선을 구축하는 게 좋겠죠. 그만한 대비는 되어 있습니다. 영민의 안전이 제일이에요.”

그렇게 말한 것은 다스미테아였고, 그 발언에서는 이 원정과 패전에 참여한 것에 대한 불만이 엿보였다.

“…저기, 자이로 군.”

불현듯 베네팀이 입을 열었다. 녀석은 겁먹은 듯한 눈으로 이쪽을 보고 있었다.

“뭔가 분위기가 최악입니다만, 이거 어떻게 결론이 나는 게 좋을까요?”

“이대로 요프시로 후퇴하는 것은 명백히 안 좋아. 제2왕도 탈환의 가능성이 극단적으로 낮아지고 아무것도 좋은 일은 없어.”

득을 보는 것은 이곳에 있는 일곱 명의 남부 영주들 정도다.

우리가 철수하면 제2왕도의 마왕현상은 모든 전력을 갈투일과의 싸움에 투입하게 된다. 우리는 소모만 하고 돌아가는 셈이 되고, 그렇게 되면 다시 공세로 나서기 위한 힘을 비축할 필요가 생긴다. 그게 언제가 될지는 상상도 되지 않았다.

“여기선 무슨 일이 있어도 당초의 예정대로 해야 돼.”

“…알겠습니다. 그러기 위해 필요한 것은요?”

“의욕과 각오. 물자 면에서는 아직 싸움을 계속할 수 있어. 투진 산까지는 손쉽게 버티겠지. 문제는 패배했다는 거야.”

본진이 마왕현상에게 급습당해 후방을 차단당했다. 그 심리적인 영향은 크다. 최소한 호드가 의욕을 내서 귀족들의 고삐를 잡아야 한다.

“알겠습니다. 그럼 패배한 게 아니라… 오히려 이긴 걸로 하면 되는 거죠?”

“그건 그렇지만. 이봐, 그런 무리한.”

“—여러분!”

베네팀이 소리쳤다.

이럴 때 이 녀석의 목소리는 엄청나게 커서 다른 사람의 말을 지워버린다. 이렇게 되면 논의따윈 할 수 없고 그저 일방적으로 베네팀의 목소리를 들을 수밖에 없다.

“여러분은 오해를 하고 계신 것 같은데, 우리는 지금 우세해 있고 마왕현상에 승리하고 있습니다!”

귀족들의 눈이 ‘무슨 소리를 하는 거야? 이 녀석’이라고 말하고 있었다. 호드도 마찬가지였고 나도 비슷한 눈으로 보고 있었다.

"방금 병참이 차단되었다고 말씀하셨습니다만 실제로는 적의 병참을 차단하고 있는 건 우리 쪽입니다. 요프시와 우리 군에 의해 후방의 마왕현상은 완전히 막혀 있습니다."

"…그 요프시가."

귀족 한 사람이 말했다.

"지금 위협에 노출되어 있다. 습격받을지도 몰라."

"문제없습니다. 그쪽에는 이미 손을 써놨으니까요. 여기 자이로 폴바츠와 혼약 관계에 있는 남방야귀, 마스티볼트 가문이…."

"야, 너, 베네팀."

나는 팔꿈치로 찔렀지만 베네팀의 혀는 멈추지 않았다.

"프렌시 마스티볼트가 씨족을 규합해서 병력을 결집했습니다. 그들에게 요프시 방어를 맡깁니다. 그 도시는 농성한다면 몇 개월이든 버틸 수 있으니 말이죠. 설령 잠입을 당하더라도 그 방위력은 아시는 대로입니다."

프렌시의 군세가 멋대로 요프시 방위를 맡는 걸로 간주되었다.

하지만 귀족들을 일시적으로 침묵하게 만드는 데에는 성공했다. 그것이 진실인지 어떤지는 이곳에서 확인할 수 없다. 그래도 마스티볼트 가문과 야귀에 대해서만은 알고 있다.

그들은 한다고 하면 한다. 싸움으로 살아온 역사를 가진 민족이라는 말이다.

"우리는 후방에 있는 마왕현상들은 방치하고 예정대로 전진하면 됩니다. 정벌용사 부대는 명령에 따라 마왕 '아메미트'를 격파했고 본대인 제9성기사단도 마왕현상 한 마리를 토벌했습니다. 남은 마왕현상은 두 마리. 작전은 전체적으로 보면 순조롭게 진척되고 있습니다."

"하지만 병참은."

끼어든 것은 다스미테아였다. 험악한 얼굴을 나와 베네팀에게 보이고 있다.

"병참을 어떡할 거냐? 전진해서 투진 산에 도착한다고 해도 제2왕도를 공략할 만한 물자가 필요한데."

"그곳부터는 말이죠."

이번엔 베네팀이 나를 보았다. 군사적인 문제는 어쩔 수 없이… 내가 대답해야 하나.

"대하 킨쟈 시바가 있으니까 제1왕도와 병참이 연결될 거야. 지금 당장 전령을 보내서 다른 성기사단과 합류를 타진하도록 해. 가능하면 제6성기사단이 좋겠어. 남부의 맛있는 음식을 가져오라고 말야. ―아무튼 요점은."

나는 작전 테이블에 손을 짚었다. 기세와 박력. 그리고 공격 제안. 이것으로 회의는 제법 움직인다. 군인은 공격하는 걸 좋아한다. ―지키는 싸움은 끝이 보이지 않지만 공격에는 달성할 목표가 있기 때문이다.

호드도 농성 같은 것보다 공세에 의한 위협의 배제를 바라고 있을 것이다. 나도 마찬가지다.

"요점은 빠르게 이동해서 투진 산을 점거하자는 거야. …배후에 있는 녀석들도 허둥지둥 쫓아 오겠지. 그러면 우리가 방패가 되어 막아줄게."

"그건…."

침묵하고 있던 호드가 비로소 입을 열었다.

"너희들을 신용하라는 말이야? 징벌용사 부대를? 너희들 같은 쓰레기들을?"

베네팀이 내 옆에서 팔을 잡아당겼다. 쓸데없는 소리를 해버렸는지 내 발언을 나무라는 듯한 얼굴을 하고 있었다. —미안하게 됐군. 나는 사기꾼이 아니라서 말야.

"…방침을 검토하겠다. 그만됐으니까 여기서 나가. 용사들은."

"잠깐만. 지금 결정해야 돼. 이런 것은 속도가 전부야. 시간을 들일수록 불리해진다고."

"그건 내가 결정할 테니까 나가라고 했어. 아니면 목에 있는 성인을 파열시켜주길 바라는 건가?"

"한 번 해봐. 네 명령을 충실하게 수행한 녀석들에 대한 보수가 고작 그거야?"

"말을 삼가하…."

오는 말이 고와야 가는 말이 고운 법이다. 언제나 이렇게 되는 탓에 곧잘 주의를 받는다. 하지만 이런 말을 듣고 가만히 있는 건 나에게는 무리다.

확실히 우리의 부대는 쓰레기들뿐이지만 인류의 승리를 위해 이곳에 있는 누구보다 성실하게 싸우고 있다. 물론 그것은 그러지 않으면 성인이 폭파되기 때문이고, 죽어도 되살아나기 때문이기도 하다.

동기로서는 결국 그런 것에 지나지 않는다.

하지만 결과적으로 자신들의 보신이나 자신의 소중한 걸 지키기 위해서가 아니라 다른 목적을 위해 싸우고 있는 것도 사실이다. 이쪽은 전력을 다해서 성과를 올리고 있다. 그게 우리가 행동한 결과이고 그것이 전부다.

나는 호드에게 두세 개 더 불만을 늘어놓으려고 했다. 이제 의견 따윈 통과되지 않을지도 모르지만 그러지 않을 수 없었다. 하지만….

"실례하겠습니다."

그때 천막 입구에서 목소리가 들렸다.

주위의 시선이 그곳으로 쏠렸다. 한 소녀가 서 있었다. 저건 도터가 구출을 주장한 두 명의 아이 중 누나 쪽인가.

"이쪽에 계신다고 듣고 찾아왔습니다. 클리비오스 제9성기사 단장. 이야기 중에 죄송합니다."

"…어째서."

그렇게 말한 호드의 얼굴에서 표정이 사라졌다.

너무 놀라 어떤 표정을 지어야 할지 모르겠다는 그런 표정이었다.

"제3왕녀 전하. 어째서 이런 곳에."

말도 안 돼. 왕족의 혈연이라고는 생각했지만 설마 제3왕녀일 줄이야. 노르가유도 말이 안 되는 소리를 하고 있었던 건 아니었나. 그렇다면 녀석은 이 소녀의 얼굴을 알고 있었다는 말인데…, 그리고 이 왕녀 전하도 노르가유의 얼굴을 알고 있었다.

그것은 터무니없이 불가사의한 일처럼 생각되었다.

현재 왕실에 정식으로 이름을 올리고 있는 왕자는 3명.

제1왕자, 레나볼 제프 제이알 메트 키오 —생존.

제2왕자, 리즈팔 제프 제이알 메트 키오 —병사.

제3왕자, 라이켈 제프 제이알 메트 키오 —제2왕도 습격시에 생사불명.

하지만 왕자로서 공식적으로 기록되지 않고 역사의 어둠에 묻힌 장남이 존재했다. 로우칠 제프 제이알 메트 키오.

왕위계승권을 가지고 있던 시기도 있었지만 모친이 구 메트 왕가 출신이었던 탓에 왕비 중에서는 가문의 격이 낮았고 환영받고 있다고는 하기 힘들었다. 하지만 그 이후 오랫동안 왕에게 아들이 태어나지 않았던 탓에 현재의 제1왕자 레나볼이 태어나기 전에는 틀림없이 제1위 왕위계승자였다.

구 메트 계열 왕족이라는 복잡한 입장은 연합왕국의 성립에 유래한다.

현재의 연합왕국을 형성하고 있는 중핵은 제프 왕가와 제이알 왕가인데, 메트 왕가와는 약간의 역사적 마찰이 있다. 그리고 메트 왕가는 잃어버린 북부에 영토를 가지고 있었던 탓에 제프 제이알 계열 귀족의 영토를 빌리는—다시 말해 **빼앗는** 형태로 새 국가로 귀속됐다는 과거도 컸다. 만약 로우칠이 그대로 왕이 되었다면 상당수 유력 귀족의 반발은 피할 수 없었을 것

왕국 재판 기록 로우칠 제프 제이알 메트 키오

이다.

하지만 계승자 다툼을 피하기 위해선지 로우칠은 현재의 제1왕자 레나볼이 태어난 후에 왕위계승권을 버리고 신전 학사가 되는 것으로 속세와 일선을 그었지만 나중에 행방불명되었다. 그 불가사의한 실종은 어느 테러리스트에 의한 왕궁 폭파 사건 직전이었다.

이는 메트 왕가에 대한 제프 제이알 왕가의 음모라는 견해가 유력하다. 아마 역사의 어둠 속에서 암약하는 비밀결사 '회등묘'에 의한 계획일 것이다. 이에 대해 조사했던 우리 회사 기자의 실종이야말로 그들에 관한 무언가의 비밀을 쥐고 있지 않을까 싶다.

(리비오의 기사, 『왕실에서 사라진 계보, 제프 제이알 왕가의 음모』에서 발췌)

◆

죽음의 기척이 난다.

그것은 냄새와 가까운 것일지 모른다.

로우칠 제프 제이알 메트 키오는 한 발 한 발 앞으로 걸음을 내디딜 때마다 그것이 강해지는 것을 느꼈다. 부축하고 있는 친구…, 노르가유 센릿지의 그 커다란 몸에서 서서히 힘이 빠지고 있다. 지금은 거의 로우칠이 끌고 가는 듯한 형상이었다.

그래도 로우칠은 포기할 수 없었다. 축축한 어둠 속을 한 발씩 나아간다. 최대한 조용히. 그래도 빠르게. 이 지하통로는 왕궁으로까지 이어져 있을 터였다.

로우칠은 그것을 알고 있었다. 왕족밖에 모르는 비밀통로다.

"—이제 충분해."

노르가유 센릿지는 그렇게 말했다. 거의 한숨과도 같은 목소리였다. 속삭임이라 부르기에는 너무도 미약하다.

"두고 가도록 해. 나는 여기서 죽고 싶어. 너의…."

희미하게 비꼬는 듯한 어감이 섞인다. 이런 때에조차 그런 남자다.

"왕태자 전하의 발목을 잡고 싶지 않아. 너야말로, …도망쳐야 돼. 왕궁까지, 어떻게든… 도착해야…."

"왕태자가 아냐."

로우칠은 부정하고 다시 걸음을 뗐다. 어깨에 흐르고 있는 피가 따뜻하다. 노르가유의 피다. 큰 부상을 입은 것은 알고 있다. 어서 치료해야 한다.

"몇 번씩 말하게 하지 마. 일부러 내 화를 돋우고 있는 거지? 정말 두고 간다."

"그래줘."

"싫어."

밑의 왕자가 태어났을 때 로우칠은 주저없이 왕위계승권의 파기를 결정했다.

신전에 들어가서 학자의 길로 들어서야만 그것이 가능했다. 그쪽이 혼란을 피할 수 있을 거라 생각했기 때문이다. 메트 왕가의 피를 이어받은 자신은 지금의 연합왕국에 있어서 환영받지 못하는 왕태자라는 것을 알고 있다.

그곳에서 노르가유 센릿지를 만난 것은 뜻밖의 행운이었다고 할 수 있다.

로우칠의 인생에서 유일한 행운이었을지 모른다. 지난 몇 년간은 정말로 즐거웠다. —정말이다. 함께 배우고, 함께 토론하고, 함께 미래에 대한 이야기를 나누었다. 시덥잖은 이야기도 했다. 바람직한 왕의 모습과 그 정치형태에 대해.

노르가유 센릿지는 천재였다.

로우칠이 알기로 궁정에 있는 누구보다 우수하다고 생각되었다. 특히 성인을 조율하는 재능은 엄청난 것이었다. 아마 역사에 이름을 남길 정도의 천재일 것이다. 너무도 선진적이고 획기적인 발상을 할 수 있었다. 그가 살아만 있다면 성인기술을 30년 정도는 단숨에 진보시킬 수 있을 터였다.

'—죽게 할 순 없어.'

로우칠은 어깨에 무게를 느꼈다.

서서히 힘을 잃어가는 친구의 무게뿐만 아니라 역사의 무게라고 생각한다. 이 남자가 살아남는 게 중대하고 심각한 역사의 전환점이 된다.

'그걸 위해서라면 이 정도는 별 수고도 아니잖아. ……거의 다 왔어.'

로우칠은 그렇게 믿기로 했다. 그렇게 할 수 있을 만한 재능이 노르가유에게는 있었다.

"…부탁이야. 날 두고 가도록 해, 로우칠."

"싫어."

다시 들린 노르가유의 중얼거림을 로우칠은 부정했다.

"나는 네 생각만큼 좋은 녀석이 아냐."

"알고 있어…."

"오히려 굉장히 나쁜 녀석이지."

"…그렇군…."

"왕이라는 책임을 지는 것도 절대 사양이었어. 패기가 없는 겁쟁이에… 비겁했지…. 그래서 이렇게 된 거야."

"그래."

"나는 나쁜 녀석이야."

로우칠은 계속 주절댔다. 말을 하고 있는 동안에는 노르가유가 죽지 않을 거라는 생각이 들었다.

"이번 소동에 너를 말려들게 했어."

목숨을 노렸다.

신전 학원에까지 '적'이 찾아올 줄은 몰랐다. 공생파들이다. 왕위 계승권을 잃은 자신까지 노리다니… 참 대단하다. 정확한 정보망. 누군가 배신자가 있는 것이리라.

함께 있었던 노르가유는 로우칠을 지키려다 이런 중상을 입었다. 어떻게 암살자를 격퇴하고 도주할 수 있었다. 적으로 가득한 신전을 빠져나와 이 지하통로까지.

"대답을 해, 노르가유."

"아아."

신음하는 듯한 목소리가 들린 듯한 느낌이 든다. 그 목소리가 너무도 미약했기에 로우칠은 친구의 몸을 조금 흔들었다.

"대답을 해. 왕태자의 명령이야."

"아아."

목소리가 들렸다. 그럴 것이다. —정말로? 어쩌면 자신의 목에서 난 소리가 아닐까? 로우칠은 기도하듯 다시 한번 말을 걸었다.

"저기, 화를 내고 있는 거야? 그야 그렇겠지. 하지만 대답 정도는 해. 인정할 테니까…. 이건 내 탓이야. 녀석들이 나를 노리는 것엔 정당한 이유가 있었거든. 아무튼 나는."

말하다 말고 로우칠은 발을 멈추었다.

앞에 빛이 보였다. 조명. 성인의 빛. 허나 그것은 자신들의 안전을 보장하는 희망의 빛 같은 게 아니다. 그곳에 몇 개의 사람 그림자가 있었기 때문이다.

다섯 명인가. 돌파하는 것은 아무리 생각해도 무리다. 자신에게 싸움 기술따윈 없다. 그래도 노르가유를 두고 갈 순 없다. 어떻게 해서든 구해내야 한다. 살아남아야 하는 건 자신이 아니다.

이 마왕현상과 공생파의 싸움에 승리하려면….

"죄송합니다. 로우칠 님."

부드럽고 온화한 목소리가 들렸다. 출구를 막은 그들 중심에 호리호리한 사람 그림자가 서 있다.

"여기서 포기하시길. 무리예요. 우리는 어디에나 있습니다. 우리가 오히려 '보통'이거든요."

그 남자는 미안한 듯 웃었다. 어딘지 모호하고 흔해 빠진 웃음이었다.

"당신이 사랑하는 왕가와 수많은 충신들을 위해 일단은 그 친구를 내려놓으시길."

"거절한다."

"무의미합니다. 시체를 운반하는 것은 힘들지 않나요?"

그렇게 말한 남자의 얼굴에는 전혀 특징이 없었다. 그저 조용한 분위기를 띤 학자와 같은 남자였다.

"그자는 이미 죽었습니다."

◆

감옥에 가둔 것은 틀림없이 고문을 위해서였다.

자신에게서 캐낼 수 있는 정보는 얼마든지 있다.

며칠이 지났을까. 처음에 옷을 전부 벗긴 것은 앞으로 일어날 일에 대한 공포를 조장하기 위해서였을 것이다. 그런 수법에 대해서 머리로는 알고 있었다. 그래도 본능은 어떻게 해볼 수 없었다. 무서워서 견딜 수 없다.

알고 있는 것을 모두 이야기하면 이 고통은 멈출까?

무리일 것이다. 거짓말을 할 기력도 없어질 때까지 그 녀석들은 극한까지 자신을 괴롭힐 거라 생각했다.

'…그렇게 되기 전에.'

로우칠은 지하의 어둠을 노려보며 생각했다.

'할 일을 해야 돼.'

어떻게 해야 할지, 여기서부터 무엇을 해야 할지, 그렇게 많은 것을 검토할 필요는 없었다. 이미 대답은 나와 있다. 각오를 굳힌다. 오히려 그것에 의식을 집중해야 할 필요가 있었다.

남은 건 그때를 기다릴 뿐인데… 금방 그때는 찾아왔다.

긴 시간이 지난 것 같다는 생각도 들지만 그렇지 않을지도 모른다.

"…좀 늦었습니다. 로우칠 전하."

감옥 밖에서 목소리가 들렸다.

"별로 시간이 없으니 짧게 끝내도록 하죠."

억누른 듯한 목소리. 불빛은 감옥 밖에 있다. 작은 성인의 빛뿐이라 남자의 얼굴도 잘 보이지 않는다. 그래도 로우칠은 그가 누군지 알고 있었다.

"카프젠…."

분명하게 목소리를 냈다고 생각했지만 속삭이는 듯한 목소리가 되고 말았다.

노르가유 센릿지의 마지막이 떠올랐다.

"여기서 나를 탈출시킬 수 있나?"

"불가능합니다."

카프젠은 단언했다.

"이렇게 침입한 것만으로도 상당한 위험이 수반되었습니다. 밖에서 양동을 하고 있습니다만 오래는 버티지 못하겠죠. 그래서…."

그는 옷 안쪽에서 나이프를 뽑았다.

"일단 죽어주셔야겠습니다."

"그후 나를 소생시키려는 건가."

"예. 제1의 《여신》의 능력이라면 높은 확률로 기억과 인격도 재생할 수 있습니다."

그것이라면 로우칠도 알고 있었다.

아니, 그이기에 알았다. 용사형과 그것에 대한 역사의 진실. … 본래 수행해야 할 임무와 징벌용사 부대를.

"우리 인류에게는 아직 당신이 필요합니다. 로우칠 전하. 죄송합니다만 용사가 되더라도 살아남아주셨으면 합니다."

“아니… 안됐지만.”

로우칠은 웃으려고 했다.

“나는 그렇게 좋은 녀석이 아니야. 오히려 나쁜 녀석이지.”

“…예. 그렇지 않다면 이런 비인도적인 방법에 손을 대지 않겠죠. 그러니까 그런 전하가 필요한 겁니다.”

“그게 아냐.”

로우칠은 분명하게 말했다.

“나는 겁이 많고, 비겁하고, 약하고, 왕족이라는 것외에 재능따 윈 없었어.”

“하지만 잔인해질 수는 있습니다. 그것이 강점입니다.”

“용사의 자질이 아니야. 목적을 위해서라면, 혹은 사랑하는 누군 가를 지키기 위해서라면 얼마든지 강해질 수 있는… 그런 녀석들은 공생파에 회유될 수 있어. 그게 아니라.”

조금 생각한다. 로우칠은 올바른 표현을 찾으려 했다. 무리라는 걸 알았다.

“아무튼 약하고, 무르고… 어리석으며… 자신이 소중하게 생각하 고 있는 것조차 실수로 내던지고, 허사로 만드는 그런 녀석들이 필 요해.”

“로우칠 전하.”

“나는 지금부터 나쁜 짓을 할 거야. 노르가유 센릿지라는 천재가 있었어. 성인조율사로서 틀림없이 역사에 이름을 남길 만한 남자였 지.”

로우칠은 어둠 속에서 몸을 일으켰다. 온몸이 아팠다. 그리고 공 포심도 있었다. 지금부터 자신은 죽어야 한다.

"나 같은 게 아니라 그를 용사로 만들도록 해. 그래… 나 같은 녀석, 나 같은 녀석에게 할애할 기억력이 있다면 다른 사람을 찾는 게 좋아. 나는… 앞으로 찾아올 미래에 별로 필요 없어."

생각한 끝에 내린 결론이었다.

하지만 그것을 인정하는 것은, 그것을 스스로 이해하는 것은 터무니없이 괴로운 일이었다. 너무도 허무하다. 그래도 그 사실을 인정하면… 미래의 세계에서, 역사에서 자신의 이름이 의미가 있는 것으로 새겨질지 모른다.

그것만이 하나의 희망이었다. 그런 시덥잖은 것에 희망을 품다니 머리가 어떻게 되었다고 생각한다. 단순한 허영심일 것이다. 하지만 그래도.

"…노르가유 센릿지입니까? 그분은 언제 돌아가셨죠? 날짜가 너무 경과해서 육체조차 없다면 소생의 난이도는 올라갑니다. 엔피에의 능력으로 얻을 수 있는 정보도 열화되고요."

그것에 대해서는 잘 알고 있었다.

제1의 《여신》에 의한 영웅 소환에 있어서 종종 일어나는 일이다. 노르가유 센릿지가 죽은 것은 아마 며칠 전. 육체도 어디 있는지 알 수 없다.

"기억과 인격의 재현도 어려워집니다. 완전히 다른 사람이 될 수도 있지요."

"성인 기술과 지식만 있으면 돼. 그리고 문제없이 움직이는 육체. 그것에만 집중하도록 해. 그 정도라면 정밀도는 높아질 거야."

자신은 지금 사악한 소리를 하고 있다고 생각했다. 노르가유 센릿지를 모독하고 있다.

하지만 그래도.

"기억과 인격은 아무래도 좋아. ―아니, 지금부터 내가 이야기하는 걸 적도록 해. 죄목도 날조하는 게 좋겠군. 뭐 좋은 거 있어?"

"마침 지금부터 왕궁을 폭파해서 양동을 할 예정입니다."

"그럼 그걸로."

로우칠은 명확하게 떠올렸다. 노르가유 센릿지. 이상적인 왕정에 대해 완벽히 상상할 수 있는 남자였다.

"그래도 부족하다면 내 인격과 기억을 쓰도록 해."

두 사람의 인간을 섞어 완전히 새로운 인간을 만들라는 말이다. 실험적으로 시도해본 적은 있다. ―잘 되진 않았지만.

"뭐하다면 내 몸을 써도 좋아. 그러니까 지금부터 나를 죽이도록 해. 나는 의지가 약하니 말야. 겁쟁이라서 무슨 말을 해버릴지 알 수 없어."

"…불안하군요. 상당히 일그러진, 뒤죽박죽인 인격과 기억이 만들어질 것 같습니다. 원래의 본인과는 동떨어진…."

"그래도 좋아. 필요한 것은 성인 기술이니까. 대천재였던 남자의 지식과 발상력이야."

자신은 역시 사악하다고 생각한다.

자신을 위해서가 아니다. ―친구를 위해서도 아니다. 좀 더 무언가 다른, 시덥잖은, 하지만 피가 끓는 듯한 이야기를 위해서다. 자신이 만든 '노르가유'가 마왕현상들에게 한 방 먹이는 건 생각만으로도 유쾌한 일이었다.

"전례가 없습니다."

카프젠은 아직 미련이 남아 있는 듯했다.

“용사를 날조하는 것이나 다름없습니다. 분명 인격에 이상이 생길 겁니다. 어떤 문제가 발생할지 예상도 안 되는군요.”

“그건 그렇군. 하지만 해줘야겠어.”

인격을 날조할 수 있다면 얼마든지 편리한 영웅을 소환할 수 있다. 지금까지 그게 이루어지지 않은 걸 보면 역시 무리가 있는 것이리라.

하지만 노르가유 센릿지는 필요하다.

분명 앞으로의 싸움에서 비장의 무기가 된다. 그런 확신이 있다.

“카프젠. 시시하다는 듯한 얼굴이군.”

로우칠은 관계없는 말을 입 밖에 냈다. 현실을 직시하면 마음이 꺾여버릴 것 같았기 때문이다.

“좀더 즐겁게 웃어. 언제나 네가 그래왔던 것처럼.”

“…한계라는 게 있습니다. 저는 전하를 좋아했으니까요.”

“나는 네가 싫었어. 약자를 가지고 노는 듯한 미소를 지었거든. 그게 네 본성이지?”

로우칠의 말에 카프젠은 억지로 얼굴을 일그러뜨리려고 했다. 웃으려고 한 모양이다.

“전하가 그렇게 말씀하시니 이 역할을 해낼 수 있다는 자신이 생기는군요.”

“그렇지? 그럼 이건 나의 마지막 명령이야. 시간이 없으니까 잘 적어둬. 우리는 지금부터 용사를 만들 거야.”

로우칠은 크게 숨을 들이마신 후 내쉬었다.

“시작한다. 노르가유 센릿지라는 남자는….”

그렇게 로우칠은 노르가유 센릿지에 대해 이야기했다.

왕정에 대한 그의 의견. 그의 사고방식. 왕의 존재방식을 어떻게 생각하는지. —어떻게 변해야 한다고 주장했는지. 이야기는 생각보다 길어졌다.

그날을 끝으로 일찍이 왕태자였던 로우칠 제프 제이알 메트 키오는 소식이 끊겼다. 행방을 아는 사람은 아무도 없다고 한다.

그리고 같은 날, 인조 용사인 노르가유 센릿지가 탄생했다.

제3왕녀 메르네아티스의 출현은 회의에 있어서 발군의 효과를 발휘했다.

그녀의 존재 자체가 귀족 연합의 주장을 물리쳤다고 할 수 있을 것이다.

연합왕가에 충성을 맹세하고 영토를 보장받고 있는 관계에 있는 이상, 귀족 연합은 침묵할 수밖에 없다. 메르네아티스가 제기한 주장의 정당성을 무시할 수 없는 것이다. 이런 상황에서 전투가능한 병사를 데리고 이탈한다면 나중에 얼마나 많은 비판을 받을지 알 수 없다.

그것은 성기사단과 《여신》, 그리고 신전을 적으로 돌리는 거나 다름 없었다.

"…어떻게든 투진 산을 탈취한다."

최종적으로 호드는 말했다.

몇 분간 호드와 귀족들, 그리고 왕녀 사이에 긴박한 대화가 오갔고, 그후 재개된 회의였다. 물론 우리가 그 회의에 끼어들 여지는 없다. 결과적으로 나는 따분하기 짝이 없었고, 베네팀에 이르러선 거의 졸려 하고 있었다.

"우리가 진군하면, …징벌용사들이 말한 대로 마왕들은 쫓아올 수밖에 없어. 투진 산만 확보한다면 고립되는 것은 녀석들 쪽이야. 남은 두 마리의 격파도 용이해지겠지."

말하면서 호드는 시선을 나와 베네팀에게 돌렸다.

한 번뿐이다. 그것도 상당히 딱딱한 눈초리. 결코 우리를 인정한 것은 아니라는 불쾌감이 그곳에 있는 듯한 느낌이 든다.

"어떻습니까? 메르네아티스 전하."

호드는 곧바로 메르네아티스에게 시선을 돌렸다.

"합류 지점에 병참부대와 성기사단의 파견은 가능할까요?"

"예. 저와 동생의 이름으로 요청하도록 하죠."

메르네아티스는 고개를 끄덕이고 오른손의 반지를 쓰다듬었다.

왕가의 인장이 새겨진 반지다. ―소문으로 들은 적이 있다. 그것 자체가 성인이라서 왕가의 핏줄이 아니면 반응하지 않는다. 그것으로 특수한 '표식'을 문서에 기입할 수 있다고 한다.

"아마 현재 상황으로 미루어 제8성기사단이 와줄 겁니다."

정말인가? 나는 잠자코 무표정을 유지하려 했지만 무리였을지도 모른다.

제8성기사단…. '그림자'의 《여신》 켈프로라와 그 성기사. 솔직히 말해 맘에 안 드는 녀석들이었다. 벌써부터 잘해갈 수 있을 거란 생각이 안 든다. 그 냉소적이고 과장된 성기사의 눈초리를 떠올린다. 그리고 《여신》의 어이없어 하는 듯한 차가운 시선.

"그럼 가능한 한 최대의 속도로 진군한다. 산을 등지면 요격도 용이할 터. 당연히 마왕들도 추격해올 것으로 예상된다. 서쪽으로 도망친 용병부대의 잔존병력과 함께 치열한 공세를 펼쳐오겠지."

뒤집어 말하면 그것만 막아낼 수 있다면 투진 산을 탈취함에 있어 장애는 거의 없는 거나 마찬가지라는 소리다. 유유히 진지를 구축하고 요새화할 수 있을 것이다.

따라서 문제는,

"…징벌용사 9004부대. 너희들에겐 마왕현상의 저지를 명한다."

호드는 무거운 목소리로 그렇게 말했다.

그 파란 눈이 이번엔 확실히 나를 정면으로 노려보고 있었다. 이렇게 대치해보니 아직 상당히 젊다. 나보다 연하일지 모른다.

"본대에 접근하게 하지 마. 그걸 위해 제13성기사단 출신의 기병과 저격병의 지휘권을 계속해서 맡기겠다. 어떻게 싸울지는 그쪽에 맡기겠지만 이동하면서 요격하도록 해. 질문은?"

어젯밤까지의 싸움과 비슷한 전력으로 싸울 수 있다는 말인가. 기병과 저격병을 합쳐 약 400명. 이것으론 좀 부족할 것이다. 그래서 나는 베네팀을 팔꿈치로 찔렀다.

"…저기, 자이로 군. 당신 팔꿈치가 왠지 굉장히 아프게 느껴지는데요…. 좀더 살살 할 수 없나요?"

"충분히 살살 하고 있어. 그보다 어떻게 좀 해봐."

작은 목소리로 말한다. 베네팀은 토할 것 같은 얼굴을 했다.

"부대말인가요? 저기, 얼마나 필요하죠…?"

"두 배는 필요해. 일단은 공병이로군. 기술자가 아니어도 좋으니까 200 정도. 그럭저럭 손재주가 있는 녀석들도. …게다가 노르가유가 부상을 입었으니 말야. 녀석의 지시를 듣고 실행할 수 있는 수족이 필요해."

"…그, 그밖에는요? 그것만으론 안 됩니까?"

"보병. 저격병과 연계해서 움직일 수 있는 녀석들이 필요해. 이것도 최소한 200. …욕심으로는 400."

"숫자가 많아진 것 같다는 생각이 드는데요…."

"부탁할게."

한숨을 한 번 쉬고 나서 베네팀은 소리쳤다. 여전히 커다란 목소리로.

"외람되지만 의견을 피력하겠습니다! 성기사 단장님. 우리가 작전을 함에 있어서 병력은 조금 더 필요합니다. 왜냐하면."

"알았어."

뜻밖에도 호드는 베네팀이 말하는 도중에 제안을 받아들였다.

나는 놀랐다. —베네팀이 드디어 최면술 같은 기술까지 손에 넣은 줄 알았다. 하지만 베네팀의 얼굴을 보니 녀석이 나보다 놀라고 있었다. 무슨 까닭인지 자신을 가리키고 있지만 다시 한번 생각해 보니 그럴 리 만무했다. 녀석한테 그런 특수능력이 개화할 리 없지.

"인정하겠다, 베네팀. 너희들에게는 어느 정도의 병력이 필요하지?"

호드가 냉정함을 되찾은 건가? 우리의 의견을 받아들일 만큼 마음의 여유를 되찾은 건가? 아니면….

내 상상을 증명하듯 호드는 등 뒤에 있는 왕녀를 돌아보았다.

"이건 메르네아티스 님의 의향이기도 해."

호드의 그 말은 주위 귀족들과, 무엇보다 자기 자신에게 들려주기 위해 하는 말인 듯했다.

"이 작전에 있어서 가장 가혹한 전투를 맡게 된 너희들에 대한… 지원을 지휘관으로서 최대한 존중할 생각이다. 남은 마왕현상 두 마리와 전투가 예상되는 탓에 인원만이라면 융통할 수 있다."

"호드 클리비오스. 저 같은 사람의 의견을 받아들여 주셔서 감사드립니다."

조용하고 차분한 목소리였다. 베네팀과는 명백히 기본적인 무언가가 다르다. 혼돈에 빠질 뻔한 분위기 속에서 누구나가 귀를 기울이게 되는 그런 목소리였다.

그 목소리의 주인…, 제3왕녀 메르네아티스가 나와 베네팀에게 고개를 돌렸다.

"저와 동생은 그들에게 구조되었습니다. 그들은 우리의 신분을 몰랐음에도 불구하고 위험을 무릅쓰며 달려와 주었습니다."

이 말에는 누구의 반론도 없었다. 왕족의 말에 이의를 제기할 수 있는 입장에 있는 사람은 여기에선 호드 클리비오스 정도지만 그도 언짢은 표정이긴 했지만 침묵을 지켰다.

"징벌용사 부대는 신용할 수 있습니다. 그 능력과 정신의 고결함도."

지나친 칭찬이다. 왕녀의 눈은 썩은 동태 눈깔이었다.

정신의 고결함이라든지 그딴 것을 내세우면 난처해진다. 특히 우리의 부대는 기본적으로 윤리관이 파탄된 녀석이거나, 애당초 근본적으로 이상한 녀석밖에 없다.

"징벌용사 부대. 그들을 다시 방패로 쓰려고 한다면 최대한의 지원을 아껴선 안 됩니다."

메르네아티스의 말은 부드럽게 들렸지만, 반론을 허락하지 않는 날카로움도 있었다. 귀족들도 불만스러운 듯했지만 어쨌거나 침묵하고 있었다. 이것이 왕가의 피라는 건가.

"믿고 있습니다. 용감한 분들."

메르네아티스는 나와 베네팀에게 미소지었다. 다른 사람이 그런 표정을 보이는 것에 익숙한 사람의 미소였다.

"…그렇게 된 거다. 나도 어디까지나 군사 전술상의 관점에서는 같은 결론을 내렸다. 너희들이 실력을 보인 이상, 그럴 만한 가치가 있다고 판단할 수밖에 없다. 하지만….”

호드는 가늘게 눈을 감았다.

“오해하지 마라. 물자가 윤택한 것은 아니니까 융통할 수 있는 것은 인원뿐이다.”

그렇겠지. 나는 생각했다. 실제로 이 부대의 약점은 그곳에 있다. 인원은 수배할 수 있지만 ‘그 이외’는 이쪽에서 어떻게 하라는 의미다.

“그럼 클리비오스 성기사 단장. 조금 내밀하게 이야기할 것이.”

메르네아티스는 속삭이는 듯한 목소리로 말했다.

“우리가 제2왕도를 탈출해온 이유. …그 열쇠에 대해 할 이야기가 있습니다.”

◆

왕녀와 호드의 밀담 자리에서는 당연히 쫓겨났다. 원래는 그대로 노르가유의 문병을 갈 생각이었다. 임시로 부하가 200명 생겼다는 것을 알리고 그 지도를 맡길 필요가 있다.

하지만 그 도중에 성가신 것을 보았다.

제이스다.

게다가 호통치고 있다. ―십여 명 정도의 병사들에게. 아마 호통을 듣고 있는 것은 모두 용기병일 것이다. 제이스와 비슷한 두꺼운 방한복을 입고 있다. 하지만 다들 눈바닥에 앉아 있고 완전히 피폐해져 있는 듯했다. 혹은 일어설 기력도 없는 건가.

제이스 옆에 니리가 없다. 이것은 몹시 위험한 일이었다. 제이스를 막을 수 있는 몇 안 되는 존재가 빠져 있는 셈이 된다. 최소한 니리가 고삐를 잡아주지 않으면 제이스라는 녀석은 인간에게 너무 흉포하다.

"웃기지 마. 빌어먹을 녀석들!"

그렇게 제이스는 호통치고 있었다. 여느 때의 제이스 이상으로 격노하고 있는 듯했다.

"어째서 두고 온 거냐? 너희들 따위가 무슨 낯짝으로 살아남은 거야? 다들 너희들을 위해 싸웠단 말이다!"

제이스는 울고 있는 것처럼 보였다. 용기사 한 명의 멱살을 잡고 살의가 실린 눈으로 노려본다. 아직 젊은 남자였다. 제이스의 험악한 기세에 그 얼굴에는 명백한 두려움이 떠올랐다.

"코델리아는 말야! 너를 걱정하고 있었다고. 네가 너무도 나약하고 사람 좋으니까 살아 돌아오지 못하는 것 아닐까 하고 말이지. ―그런데 너는 어째서! 어째서 녀석을 두고 여기에 온 거냐!"

코델리아는 드래곤의 이름인가? …나로선 제이스가 분노하는 이유를 알 수 없다.

격노하는 제이스를 말릴 수도 없고, 말릴 생각도 없다. 제이스가 화를 낸다면 그건 모두 드래곤때문이다. 자신을 위해 화를 낸 적은 한 번도 없다. 그래서 설득할 말이 떠오르지 않는다.

그런 식으로 어떻게 개입해야 할지 고민하고 있자니 등 뒤에서 누군가가 말을 걸어왔다.

"내버려두는 게 좋아, 동지 자이로. 저건 어쩔 수 없어."

라이노였다.

설원 위에 포갑주를 방치하고 우아하게 책을 읽고 있다. 흔히 볼 수 있는 광경이긴 했다. 해가 떠 있을 때 조금이라도 포갑주에 빛을 비축하기 위해서일 것이다. 그리고 라이노는 책을 좋아한다. 정말로 뭐든 읽는다. 이해하고 있는지 어떤지 수상하긴 하지만.

오늘 읽고 있는 것은 『키브 베잘피페』. 곤충요리에 관한 서적인 듯하다. 바로 내용을 잊어주었으면 하는 부류의 책이라고 생각했다.

"동지 제이스는 드래곤 때문에 화를 내고 있는 거야."

"그건 나도 알아. 제이스가 다른 일로 화를 내는 건 본 적이 없으니까."

"그건 그래. 동지 제이스는 저 용기사들이 두고 온 드래곤들 때문에 몹시 분개해 있는 모양이야."

라이노는 여느 때와 같이 언뜻 온화해 보이는 미소로 책의 페이지를 넘겼다. 정체를 알 수 없는 곤충 그림이 상세하게 그려져 있다.

"그들은 드래곤을 본진 용방에 구속해둔 채 도망친 모양이야."

"아아."

나는 제이스에 대해 알고 있다. 그런 것이라면 체념할 수밖에 없다.

"그건 제이스가 화를 낼 만 하네. 섣불리 죽이지 않았으면 좋겠는데."

"동지 제이스는 반성하고 후회하고 절망해 있는 사람은 죽이지 않아. 그래서 저 정도로 끝내고 있는 거야. 구제할 수 없는 상대라면 동지 제이스는 곧바로 죽였겠지."

"…뭐 그렇긴 하군."

나는 라이노를 다시 한번 보았다.

이 녀석은 인간의 윤리에 대해 전혀 이해하고 있는 낌새가 없지만 우리 개개인이 가진 의식에 대해선 몹시 해박하다.

"그렇다면 됐어. 다음 작전에는 제이스가 어떻게든 필요하니 말야."

"그렇다는 건 결정된 건가?"

라이노는 그제야 비로소 책에서 고개를 들었다.

"우리가 해야 할 일은?"

"투진 산을 빼앗는 것. 우리는 진군하는 본대의 최후미를 지켜야 돼."

"조금 아쉽지만 어쩔 수 없네. 다만… 문제가 있어."

라이노는 한숨을 쉬고 책을 덮었다.

"내 포갑주는 탄이 다 소진되었고 보급할 전망도 없어. 이대로는 싸울 수 없다고. 다른 물자들도 부족하지? 성인조각용 판에 축광탄창…."

"알고 있어."

당연하게도 보급 순서에 있어서 징벌용사 부대는 언제나 뒷전이다. 일반적인 방법으로는 조달이 불가능할 것이다. 도터를 쓴다는 방법도 있지만 현재 상황에서 녀석의 도둑질에 의존할 순 없다. 여러 가지 물자가 부족한 상태기에 다른 부대에 피해를 입힐 수 있다.

"어떻게든 할게. 너는 마왕을 죽이는 법만 생각해둬. 쓸데없는 짓은 하지 마."

"과연 대단해. 기쁜 소리를 하네."

라이노는 나의 냉소적인 대답이 무슨 까닭인지 기쁜 모양이었다. 때려주고 싶을 만큼 쾌활한 얼굴로 웃었다.

"어디까지라도 따라갈게. 솔직히 너에게는 감복하고 있어. 솔직히 말할게. —개인적으로는 너와 동지 제이스가 내 목표야."

"제이스와 똑같이 취급하지 마. 칭찬해도 안 기쁘니까."

나는 최대한 무서운 얼굴로 라이노를 노려보았다.

"너는 죽을 만큼 수상하다고."

"그런가? 동지 베네팀보다도?"

"비교대상이 안 좋아."

"그렇군. 일리가 있네."

이 말에는 라이노도 납득한 듯했다. 그리고 갑자기 빠른 말투로 말하기 시작했다.

"그럼 바로 마왕을 죽이는 법에 대해 의논하고 싶네. 이를테면 '카론'. 그 마왕에 대해서야. 정체에 대해 예상은 되지만 부디 동지 자이로의 의견도 듣고 싶어."

"…죽이는 법이 뭐 떠오르기라도 한 거야?"

"실마리 정도는. 애당초 그 마왕현상은…."

이 상태가 된 라이노는 직성이 풀릴 때까지 멈추지 않는다. 마왕의 살해방법에 대해 더 할 이야기가 없을 때까지 함께 해야 한다.

—아무튼 이렇게 우리의 작전은 시작되었다.

겨우 문병을 갔더니 노르가유는 완전히 잠들어 있었다.

제9의 《여신》이 말했던 독이 들은 것이리라. 죽은 듯 잠들어 있는 노르가유 옆에 있는 것은 테오리타와 … 뜻밖에도 도터였다.

원래부터 테오리타는 '성검'을 쓴 영향으로 소모가 심해 누워 있었지만, 도터의 구속이 풀려 있을 줄이야. 차브한테 책임지고 감시하라고 했는데.

"도터. …너, 어째서 자유의 몸이 되어 있는 거야? 차브는 어딨어?"

"아니, 뭔가 할 일이 있다며 가버려서….”

도터는 어색한 표정으로 말했다. 나는 가벼운 두통을 느꼈다. 이런 때 차브에게 감시를 맡기면 안 되었다.

"도박하러 갔군. 틀림없이.”

"그렇겠지. 게다가 나한테 일을 떠넘기고 갔어. 노르가유와 테오리타가 당분간 못 움직이니까 나보고 돌보래.”

"아뇨. 그건… 아니, 에요.”

테오리타는 침대에서 약간 상체를 일으켰다.

"제가 문제아 두 사람을 모두 감시하고 있었다고요 ….”

테오리타는 거만하게 가슴을 폈다. 창백한 얼굴로 용케 그런 태도를 취하는군.

"굉장하죠? 대단하죠?"

"…잘했어."

어쩔 수 없이 그 부분은 인정한다. 흥 하고 테오리타는 코웃음쳤다.

"그렇죠? 저는 이 부대를 지켜보는 《여신》이니까요."

"뭐…? 그런 상태에서 그런 말을 하는 거야? 간병하고 있었던 건 나였는데 말야…. 밥도 챙겨줬고 말이지. 두 사람 모두 전혀 움직이지 못했잖아."

"확실히 밥은 제공받았습니다. 그것에 대해선 감사하도록 하죠. 하지만 이제 괜찮습니다. …저는 언제든 출격… 할 수 있어요. 보라고요…."

테오리타는 양손을 머리 위로 올리고 기묘한 체조 같은 몸짓을 해 보였다. 거짓말이라고 나는 생각했다. 상체가 명백히 휘청이고 있다.

적어도 당분간 '성검'은 쓸 수 없다. 그것 없이 싸울 필요가 있다.

"관둬. 지금은 자고 있으라고."

"우. 하지만."

"내일 아침에는 출발할 거야. 피로가 풀리면 너도 열심히 일해야 돼."

이런 식으로 말해야 테오리타는 제대로 휴식을 취한다. 아니나 다를까 안심한 듯 모포를 붙잡고 코까지 끌어올리더니 쓰러졌다.

"…맡겨주세요! …이렇게 푹 쉬고 만전의 상태로 돌아올 테니까. 다음 작전에 대해 들려주세요."

"아, 맞다 맞다. 그거."

도터까지 불안한 듯 몸을 앞으로 내밀었다.

"자이로, 다음은 어떻게 할 거야? 우리는 그간 많이 일했으니까 철수해도 된다고 그래?"

"그럴 리 없잖아. 지금부터 이동할 거야. 북쪽으로 갈 텐데, 우리는 그 호위를 하며 쫓아오는 녀석들을 막아야 돼."

"아아…."

도터는 절망적인 얼굴을 했다.

"다시 말해 마왕현상과 또 싸우라는 거지?"

"패기 없는 얼굴이로군요, 도터. 좀더 의욕을 보이세요. 우리의 활약이 인정받았다는 말이라고요. 우리를 믿고 맡긴 겁니다."

테오리타는 질책했지만 그런 것으로 도터의 기분이 좋아질 리 없었다.

"실망하지 마. 조금 문제는 있지만 그것만 해결하면 싸울 방도는 있어."

"'조금 문제'라는 게 상당히 맘에 걸리는데?"

"물자가 부족해. 라이노의 포탄과 노르가유가 일을 하기 위한 자재. 식량 같은 것도."

"아아…."

도터는 머리를 쥐어뜯었다. 여느 때와 같다면 여느 때와 같다. 다만 이번엔 본대까지 물자부족이라 그에 가속이 붙었다.

"그럼 저기… 내가 어떻게 하면 되는 거야? 하지만 한 번에 전부는 무리야."

"아니. 이번에 너는 움직이지 마. 부탁이니까 아무것도 하지 말라고. 안 그래도 물자가 부족한 정규부대에서 슬쩍해 왔다간 치명적인 사태가 벌어지니까."

호드 클리비오스는 견실하고 올바른 지휘관이다. 물자 관리에서도 그럴 것이다. 쓸데없는 짓을 하면 부대 전체의 발목을 잡게 될 테고, 그것은 그대로 우리에게 위험으로 돌아온다.

"그보다 너, 이번엔 오랜만에 도둑질 외에 제대로 된 공적을 올렸더군."

"뭐? 무, 무슨 소리야? 자이로가 그렇게 말하니까 좀 불안한데."

"왕녀님과 왕자님이었어. 네가 그때 구하자는 얼빠진 소리를 했던 아이 두 사람 말이지. 설마 무언가 눈치챈 거라도 있었어?"

"아아… 응… 글쎄?"

도터는 모호하게 웃었다.

"잘 모르겠어. 내가 무언가 눈치챘던 걸까?"

"그게 뭐야. 나한테 묻지 마."

"…아니, 상관없긴 한데, 그보다 혹시 이번에 나는 아무것도 안 해도 된다는 거야?"

"멍청아. 그럴 리 있겠어?"

나는 도터의 안일한 생각을 곧바로 깨뜨렸다.

"놀려둘 수 있는 사람이 우리 부대에 있을 리 없잖아. 이번에는 진짜 제대로 된 임무를 해줘야겠어."

"뭐?"

도터의 얼굴이 경직되었다.

"…무슨 소리야?"

"애당초 아군 물자를 훔치기 위해 너를 데리고 있는 게 아니잖아. 이번에는 정식 임무야."

"에에… 진짜로?"

"진짜로. 네가 활약하면 모두에게 도움이 돼."

"내키지 않은데…. 분명 위험한 일일 거 아냐."

"위험하긴 하지만 필요한 일이야. 이게 성공하면 희생을 줄일 수 있거든. 그러니까 잘 들어, 일단…."

내가 도터의 설득에 착수하려고 했을 때였다.

천막 입구 쪽에서 소리가 났다.

"실례합니다."

부드럽지만 묘하게 귀에 남는 목소리. 나는 아까도 이 목소리를 들었다. 허둥지둥 돌아본다.

"―징벌용사 9004부대 여러분이죠? 갑작스럽게 방문해서 죄송합니다."

메르네아티스 제3왕녀 전하가 그곳에 서 있었다.

햇빛 때문인지 후광이 비치고 있는 것처럼 보인다. 너무도 갑작스러운 방문이었던 탓에 나는 놀랐고 도터는 무슨 까닭인지 내 뒤에 숨으려 했다.

"자이로 폴바츠 님과는 아까 인사를 나누었었죠? 거기 계신 분이 《여신》 테오리타 님인가요?"

"그, …그렇습니다."

테오리타도 조금 어색하게 고개를 끄덕이고 몸을 꼿꼿이 세웠다. 기분은 이해가 된다. 왠지 그런 분위기가 있는 상대다.

"저는 성기사 자이로와 함께 용사들에게 축복을 내리는 검의 《여신》 테오리타입니다!"

"만나 뵈어서 영광입니다. 용사 여러분과 함께 활약은 들었습니다.”

활약을 들었다고? 누구한테서 들은 거지? —아마 베네팀이겠지. 녀석은 방금 작전회의가 끝난 그 짧은 시간에 있는 이야기 없는 이야기를 다 했을 게 분명하다.

“그리고 도터 님. …저희들을 구하자는 진언을 해주셔서 감사합니다. 여기서는 동생을 대신해서 감사를 드립니다.”

“아, 네, 저기, …더, 덕분에 저는 건강합니다. 고맙습니다….”

도터는 갈팡질팡 의미를 알 수 없는 대답을 하고 고개를 숙였다. 그리고 이번에야말로 내 뒤에 숨었다.

“용감한 분이라고 들었습니다. 사냥꾼을 하셨다면서요? 콰다이 산맥에서 활동하는 페어리 사냥꾼들의 이야기는 들은 적 있습니다.”

“네? 아, 저기…?”

“날카로운 눈과 귀, 경험과 감으로 몇 번이나 부대의 궁지를 구했다고.”

“네…?”

도터가 점점 혼란에 빠지고 있다는 걸 알았다.

누구 이야기를 하고 있는지 전혀 모르겠지만 분명 이건 베네팀한테 들은 정보일 것이다. 이제 일일이 정정할 기력도 안 생긴다.

“그리고 노르가유 님. …설마 이런 곳에서 만나게 될 줄이야.”

“아아.”

나는 무심코 소리를 냈다.

“그 이야기 말인데, 왕녀님, 이 녀석을 아시는지?”

아직 잠들어 있는 노르가유를 곁눈으로 본다. 그 옆얼굴만은 왠지 위엄이 있는 얼굴이다. 훌륭한 수염 탓일지도 모른다.

"노르가유 님은 제 오라버니… 로우칠과 같은 신전 학원에 다니던 학사분이셨습니다."

학사. 소문만은 들은 적이 있다.

노르가유는 장래가 촉망되던 천재적인 성인 기술자이자 학사였다고 한다. 확실히 그 정도가 아니면 납득할 수 없는 실력을 가지고 있다.

"몇 번이나 이야기를 한 적이 있습니다. 오라버니와 마찬가지로 저에게도 자상하게 대해주셨습니다. 조용하고 온화하신 분으로… 분명 이분은 이 세계에 대해 뭐든 알고 있을 것 같다고."

메르네아티스 전하는 왠지 먼 곳에 있는 경치를 보듯 노르가유를 보았다.

"어렸던 저는 그렇게 생각하고 있었습니다. 오라버니가 실종된 직후에 학원을 떠났다고 들었습니다만 설마, …이렇게 되어 있을 줄이야."

그녀는 아무래도 노르가유가 일으킨 대규모 테러에 대해 모르는 모양이다.

실제로 나도 주모자의 이름까지는 몰랐다. 갈투일의 발표대로 연합왕가를 반대하는 과격파 메트 왕실계의 소행이라고 생각하고 있었다. 노르가유 센릿지라는 개인이 그 테러를 일으켰다고 들은 것은 이 부대에 소속된 후였다.

장래를 촉망받던 학사가 정신에 이상이 생겨 그런 범행을 저질렀다고 하면 신전이 그것을 공표할 수 있을 리가 없다. 특히 왕실에 대해서는 철저한 정보 차단을 했을 것이다.

그 사건의 주모자를 알고 있는 것은 왕실에서는 국왕 폐하 본인과 왕태자 정도일 것이다.

"…그 노르가유 님이, 저를, 여동생이라고."

메르네아티스의 목소리가 약간 떨리고 있다는 걸 알았다.

"저로선 노르가유 님에게 무슨 일이 있었는지 알 수 없습니다. 하지만…!"

무언가 말하려 했지만 그 다음은 알 수 없었다.

"…최소한 이 얼굴을 기억하고 계셨다는 것에 감사해야 할지 모르겠네요."

분명 이 소녀는 노르가유 센릿지라는 인물에게 특별한 감정을 가지고 있었을 것이다.

왠지 먼저 천막을 나가야 할 것 같다고 나는 생각했다.

◆

천막을 나와서 조금 걸었다.

석양 무렵의 붉은 햇살이 마을 옆을 흐르는 시냇물에 반사되어 눈부시다. 강가에 늘어선 호두나무는 풍파에 노출된 탓인지 왠지 색이 바래 보였다.

켈프레시 마을은 첫인상과 달리 그럭저럭 큰 규모의 집락이었던 모양이다. 여관으로 보이는 건물도 있고, 작은 신전도 있고, 공동온천도 있다. 주민은 이미 없지만 온천시설은 얼마 전까지 쓰였던 흔적이 있고 그리 황폐해져 있지 않았다.

연합왕국에서는 성인 기술의 발달에 따라 온천 굴착기술도 비약

적으로 진보했다. 지금은 어지간한 변경이 아닌 한, 하나의 공동체에 하나의 온천시설은 존재하고 있을 정도다.

생각해보면 성기사 단장이 되기 전… 학창시절에는 각지의 온천을 돈 적도 있다. 그 시절엔 친구도 있었고 바보 같은 짓만 했었다고 생각한다. 지방까지 온 김에 기분전환 삼아 도적 사냥을 한 적도 있었다.

당면한 문제… 물자 결핍에 대해선 아무런 해결책도 떠오르지 않고 그런 쓸데없는 것만 떠오른다.

'정신 차려. 지금 그럴 상황이 아니잖아.'

나는 마음을 다잡았다. 어찌됐건 포탄과 성인조율용 판재가 필요하다. 양질의 철판이 아니라 나무판이라도 괜찮다. 그게 없으면 라이노와 노르가유의 전술적인 가치는 격감한다.

'어떻게 방법을 생각해.'

물자를 융통받는 방법. 불법으로 슬쩍해오는 방법으로는 상대 부대에 치명적인 피해를 낼 수 있다. 그렇다면 우리에게 협력적인 부대한테 온건하게 물자 제공을 요구하는 수밖에 없다.

'우리에게 협력적인 부대?'

그런 게 있을 리 없다. 설령 있다 해도 제13성기사단 녀석들 정도일 테고 그들은 어디까지나 기병이다. 포갑주용 포탄과 성인조율용 자재를 가지고 있을 것으로는 생각되지 않는다.

요컨데 더 이상 손 써볼 방법이 없다는 것.

그런 식으로 생각하고 있자니 또 보고 싶지 않은 것을 보게 되었다. 시냇가에 있는 나무 그늘에서 병사들이 모여 무언가 주사위 같은 것을 굴리고 있다. 틀림없이 도박이다. 그렇다면 당연히 그 안에는 알고 있는 얼굴도 있을 터. ―차브.

제다가 오늘은 그 옆에 라이노와 타츠야까지 있었다.

"뭐 하고 있는 거야? 너희들."

이 의미를 알 수 없는 조합에 나는 무심코 끼어들고 말았다. 라이노에 이르러선 쓸데없는 짓을 하지 말라고 한 참인데.

"아! 형님, 지금 정말 화끈한 대목이에요!"

차브는 희희낙락한 얼굴로 한 손을 흔들었다.

"오랜만에 운이 돌아왔어요! 해볼 만 해요. 타츠야 씨라면!"

"너…, 이 녀석들에게 이상한 놀이를 가르쳐주지 마…."

"무슨 소리를 하는 건가요! 모처럼 우리가 부대의 물자부족을 해결해주려 하고 있는데."

굉장한 궤변이다. 도박에 걸 만한 잉여물자 정도로 전투에 필요한 양을 충당할 수 있을 리 없다.

"나도 아무것도 하지 않는 것보다는 나을 것 같아서 말야."

라이노는 무슨 까닭인지 자랑스럽게 엄지를 세워 보였다.

"이런 궁지야. 조금이라도 물자 조달에 공헌해 보일게. 동지 타츠야도 오늘은 의욕을 보이고 있는 것 같으니 말야. ―자, 네 차례야. 주사위를 굴려."

"그르르르르, 르아르그게."

타츠야는 의미를 알 수 없는 신음을 내며 라이노의 지시대로 많은 주사위를 굴렸다. 덜컥덜컥 뼈로 만들어진 주사위가 밥그릇 안에서 구르는 소리가 들린다. 하고 있는 도박은 아마도 '즈다하레'라 불리는 것일 것이다. 특정 눈의 조합으로 점수를 겨루는 게임이다. 최저점이 '즈다', 최고점이 '하레'라는 이름이기에 그런 이름이 붙었다.

타츠야가 굴린 주사위는 똑같은 눈이 두 개 나왔다. —나온 점수는 '오오하레'. 그리고 주위에서 비명.

"뭐야, 이 녀석!"

"운이 너무 좋아. 어떻게 된 거지? 이제 이 녀석과의 승부는 전부 포기할래."

"사기겠지. 이렇게 하레가 자주 나올 리 없잖아. 이봐, 너. 무언가 술수를 썼지?"

"부아, 케케케케키키키키키!"

"생트집 잡지 마세요! 타츠야 씨는 엄청나게 운이 좋을 뿐이라고요."

타츠야는 목을 경련시키는 듯한 기괴한 소리를 냈고 차브는 그것을 두둔하듯 양손을 벌렸다.

"저는 아까부터 계속 지고 있잖아요! 라이노 씨도 입만 살았지 별로 이기지 못하고 있고."

"응. 그게 신기해. 확률 계산상 이길 수 있게 싸우고 있는데 말야."

"주사위 도박으로 확률 계산을 시작하면 끝장이에요! 일단 그 아무런 도움도 안 되는 연구 노트부터 버리고 오세요!"

아무래도 이기고 있는 것은 타츠야뿐이고 차브와 라이노는 별로인 듯하다. 이런 상황이라면 최종적으로 조금 따는 정도로 끝날 것이다. 다시 말해 물자보급에는 전혀 도움이 안 된다.

나는 한 손을 흔들고 떠나려 했다. 하지만….

"…그런데 형님, 눈치챘어요?"

불현듯 차브가 일어나서 작은 목소리로 귓속말을 했다.

"미행당하고 있어요."

"음? 누구한테?"

"거기까지는 모르겠어요. 제가 미행당하고 있는 것도 아니고, 방금 살짝 기척을 느꼈을 뿐이라서. 다만 뭔가 살기가 굉장하다고 할까… 아니 하지만 뭐지? 한 사람이 아니라 조직일지도."

"조직이 어떻게 이 마을에 들어와서 나를 미행한다는 거야?"

"그거야말로 제가 알 수 있을 리 없잖아요. 아무튼…."

차브는 내 등을 두드렸다.

"지금 저는 물자보급 작전에 바쁘니까 형님은 혼자서 잘 해보세요! 뭐 암살자라고 해도 죽지는 않겠죠. 형님이라면."

"불길한 가능성을 시사하지 마."

최악의 기분으로 떨어졌다. 답례로 나도 차브에게 한 마디 남겨주기로 한다.

"참고로 너, 심기가 불편한 제이스가 찾고 있으니까 얼른 용방으로 돌아가는 편이 좋을 거야."

"네?"

차브의 경박한 웃음이 드물게도 경직되었기에 나는 약간의 만족감을 느끼고 걷기 시작했다.

'그보다… 미행이라.'

실제로 암살자가 습격해와도 대처할 수 있는 자신이 그리 있는 것은 아니다. 그런 녀석들은 방심한 틈을 노린다. 수법을 읽어내는 것은 곤란하고 일반적인 병사일수록 대비는 어렵기에 말 그대로 전문가가 아니면 무리일 것이다. 얼른 끌어내서 싸우는 게 제일이다.

그래서 나는 걸음을 재촉하기로 했다. 그쪽도 서두를 수밖에 없도록. 서서히 속도를 높여 거의 달리는 듯한 속도에 도달했다.

거기서 갑자기 돌아보았다.

'…뭐야.'

나는 기가 막혔다. 도저히 암살자라고는 생각되지 않는 얼굴이 잽싸게 호두나무 뒤로 숨는 것을 볼 수 있었기 때문이다. 걷고 있던 발을 멈추고 그 녀석의 이름을 불렀다.

"파트셰. 거기서 뭐 하고 있어?"

"…아니."

파트셰는 호두나무에 기대며 팔짱을 꼈다. 무서울 정도로 무뚝뚝한 얼굴이다.

"딱히… 아무것도 안 하고 있는데? 그저 산책을 하고 있을 뿐이야."

"거짓말 마. 아까부터 미행하고 있었잖아."

"뭐… 저기, 확실히 미행은 하고 있었어! 하지만 그것은 네가 일 안 하고 놀고 있는지 감시하기 위해서야. 아직 나는 너를 우리 부대의 지휘관으로 인정한 게 아니니까."

파트셰는 터무니없는 논리를 꺼냈다. 지휘관은 베네팀이지만 그것은 말하지 않기로 한다. 별로 의미도 없다.

"네가 전에 없이, 저기, 고뇌하고 있는 것 같아서 말이지. 그런 상태로는 지휘관을 할 수 없다고 한 마디 충고해줄까 했어. 대원을 불안하게 만드는 태도는 좋지 않아."

"그야 그렇겠지."

나는 쓰게 웃을 수밖에 없었다. 장교 출신이었던 파트셰가 그렇게 말하면 반론할 수 없다.

"미안해. 좀 더 나은 태도를 보이도록 할게."

"그렇게 해. …하지만 고민이 있다면 들어줄 수도 있는데."

아무래도 그게 본제였던 것 같다. 파트셰는 날카로운 눈으로 나를 보았다. 그도 그럴 것이다. 자기 부대의 지휘관이 고민하고 있다면 그 원인을 살피는 것은 당연한 일이다.

"뭐가 문제지? 말해봐."

"물자가 부족해. 모든 게 말야. 베네팀과 도터에게 의존하지 않는 보급이 지금 당장 필요해."

"…뭐? 그건… 저기… 좀 난감하군."

혹시 무언가 고민을 해결할 자신이라도 있었던 건가? 파트셰는 머뭇거린 후 천천히 고개를 끄덕였다.

"너, 예전에는 병참 관계를 어떤 식으로 조정하고 있었지? 서툰 것처럼 보이는데."

"성기사단은 할당량이 정해져 있으니 말야. 그렇게 고생할 일은 없었지. 꼭 필요한 게 있으면 친구에게 부탁했었어. …아니, 잠깐만. 그런 너도 서툴지 않아?"

"어, 어째서 그렇게 생각하지?"

"서툴지 않았다면 사과하겠지만 서툴잖아."

"…내 경우도… 그런 조율에 능한 친구에게 부탁하는 일이 많았어…."

파트셰는 고개를 숙이고 조금 작은 목소리로 대답했다. 그럴 거라 생각했다. 피차 서툰 셈이다. 나는 웃었다.

"너도 나하고 비슷하잖아."

"뭐야? 그 눈은! 나는 너와는 달라! 저기… 제13성기사단의, 예전 동료한테 부탁해보면… 조금은 빌릴 수 있을지도….”

"그만둬. 갚을 수 있는 전망따윈 없고, 녀석들도 남는 물자따윈 없을 거야. 어쩔 수 없군.”

그래서 나는 외투 주머니에 손을 쑤셔놓고 작게 포장된 것을 찾았다. 쥔 손을 내밀자 파트세는 이해가 안 된다는 얼굴을 했다.

"뭐야? 이건.”

"말려서 꿀에 절인 과일이야. 포도라든지 사과라든지. 너는 어차피 휴대식량 조달도 못 하잖아.”

"지급받지 못했어.”

"징벌용사한테 이런 것은 지급 안 돼. 틈을 봐서 만들어두는 거야. 훈제육 같은 것도.”

"잠깐만…. 이건 곤란해. 지금의 나는 아무것도 돌려줄 수 없다고.”

"그럼 나중에 돌려줘.”

"우, 우왓.”

내가 파트세의 손을 잡고 억지로 꾸러미를 쥐어주자 별안간 비명 같은 소리를 냈다.

"무슨 짓이야!”

"이런 것은 당번제로 만들고 있어. 너도 얼른 만들 수 있도록 해. 아니면…, 음?”

"뭐, 뭐야! 왜 그래? 이런…!”

파트세는 말문이 막혀 허리춤의 검으로 손을 뻗었다. 하지만 그 반응도 이해할 수 있다. 실제로 나도 놀랐기 때문이다. 거의 반사적으로 나이프를 잡았다. 단숨에 뽑아 던질 수 있는 준비를 한다.

‘다섯 명이나… 여섯 명?’

포위되어 있었다. 이 녀석들도 미행했던 건가? 차브가 ‘조직’이라고 말한 의미를 이제야 알았다.

하지만 무슨 까닭인지 적대적인 낌새는 없다. 모두 병사 차림. 귀족 연합의 병사들인지 가문 문장이 수놓아져 있다. 전투 도끼를 입에 문 사자. 다스미테아 가문? 그리고보니 본 적 있는 얼굴도 있다. 마치 어린애 같은 병사.

철수할 때 최후미를 명령받았던 녀석들인가.

“저기.”

소년병이 먼저 입을 열었다. 한 발짝 다가온다.

“음, 너 이 자식.”

“그만둬. 적대할 의사는 없다는 걸 알고 있잖아.”

파트세가 발검하려는 것을 제지한다.

“누구지? 넌.”

“저, 저는 시플릿트라고 합니다.”

소년병은 약간 겁먹은 모습을 보였지만 크게 숨을 들이마신 후 다시 말했다.

“징벌용사 여러분이 저기… 물자 보급 문제로 곤란하다고 들었습니다.”

“그렇긴 하지만 곤란한 것은 어디나 똑같잖아.”

“아뇨. 우리 부대에는 잉여물자가 많이 있습니다. 포탄도, 성인 조율용 판재도.”

정말인가? 과연 대귀족 다스미테아로군. 이런 곳까지 용케 운반했다. 하지만 왜 그렇게 남아 있는 거지 하는 의문에는 최악의 대답이 돌아왔다.

"다스미테아 각하는 아직 본격적인 교전을 한 번도 하지 않았습니다. 그리고 앞으로도 할 예정은 없겠죠. 다음 행군에서도 제9성기사단 다음에 배치되어 있습니다."

"그렇군."

가장 안전한 장소라고 할 수 있을 것이다. 다스미테아 가문은 어지간히 정치적인 수완이 좋은 모양이다. 호드 클리비오스도 다루기 힘들어하는 낌새가 있다.

"…그러니까 당신들이 써주었으면 합니다. 징벌용사 부대가."

"뭐라고? 잠깐만 기다려."

"필요한 물자를 가르쳐주십시오. 오늘밤 전달하겠습니다."

"기다리라고 했잖아. 그것은 확실히 불법행위야. 다스미테아가 그런 것을 허락할 것 같아?"

"허락하지 않겠죠. 하지만 우리는 그래도 상관없습니다."

시플릿트가 말한 대로일지 모른다. 그곳에 있는 다스미테아 가문의 병사들은 다들 진지한 얼굴로 나를 보고 있었다. 혹은 기도하는 듯한 표정으로.

"당신은 우리를 구해주었어."

한 병사가 신음하듯 말했다. 뒤를 이어 다른 병사가. 그리고 또 다른 병사가 잇달아 입을 연다.

"너희들이 안 왔다면 우리는 전멸했을 거야."

"이 전쟁을 어떻게 해줄 수 있다면 얼마든지 힘을 빌려주겠어. 위에 있는 녀석들은 자기 자신과 기껏해야 자기 가족밖에 머리에 없으니까.”

‘그만해.’

나는 강하게 생각했다. 그런 얼굴은 곤란하다. 기대받는 건 싫다.

“이 싸움을 승리로 이끄는 것은 분명 징벌용사 부대일 거라고 우리는 생각하고 있습니다.”

“…그런 말은 주위에 하지 마. 머리가 이상해졌다고 생각할 테니까.”

“아뇨! 모르십니까? 다른 부대 병사 중에도 여러분을 동경하고 있는 사람은 있습니다. 특히… ‘천둥의 매’ 자이로 폴바츠 님. 당신의 소문은 유명합니다.”

“‘여신 살해범’이 그렇게 유명한 거야?”

“그럴 리가요! 터무니없어요. 당신이야말로… 아, 저기, 맞다. 저는 당신의 사인을….”

“잠깐만. 너무 가까워.”

불현듯 옆에서 파트셰의 차가운 목소리가 끼어들었다. 내 앞을 가로막고 섰는데, 그 눈초리에 의해 시플릿트는 겁을 먹은 듯했다.

“우리는 징벌용사야. 일반병과의 접촉은 권장되고 있지 않아.”

“아, 아니, 하지만, 아까 시냇가에서 도박장이…. 징벌용사 부대분도 그곳에 있었는데.”

“그것도 권장되고 있지 않아.”

반론을 허락하지 않는 박력이 있었다. 시플릿트는 조금 뒤로 물러나서 무언가를 말하려 했다. 하지만 최종적으로는 그것을 꿀꺽 삼키고 그저 고개를 숙였다.

“…아무튼 그때는 고마웠습니다. 여러분의 싸움에 필요한 것은 반드시 전해드릴 테니까! 나중에 그쪽을 찾아뵙겠습니다.”

“그래.”

그렇게 대답할 수밖에 없었다. 그게 신호라는 듯 소년병사는 달려서 사라졌고 다른 병사들도 나에게 고개를 숙이고 그 자리를 뒤로했다. 남겨진 것은 나와 파트세뿐이다.

“…알고 있을 거라 생각하지만 한 가지만 말해둘게.”

그 파트세가 별안간 돌아보았다. 아까 이상으로 눈초리가 날카롭다.

“어린 여자애가 칭찬한다고 우쭐대지 마. 우리는 자신의 입장을 잘 이해하고 처신해야 돼.”

“엉?”

“아까 그 병사 말이야.”

“그 애송이 말인가.”

“애송이가 아니야. 네 눈은 썩은 동태 눈깔이냐?”

나는 침묵했다. 어쩐지 또래 소년병의 평균보다 가냘프게 보이더라니.

아무튼 이것으로 문제는 해결되었다. 포탄, 그리고 성인조율을 위한 판재. 준비만 되면 싸울 수 있다. 나는 한 손을 쥐었다가 폈다.

해 볼 만 하다는 생각이 들기 시작했다. 다만… 그런 기대만은 정말로 무거운 짐이다.

◆

“…다음 작전이다.”

트리실은 작전판 앞에서 그렇게 말했다.

그녀는 은근히 빛나는 눈으로 렌트비를 노려보고 있었다. 날카롭고 단정한 얼굴에는 어딘지 어두운 그림자가 추가되어 있는 것 같다는 느낌이 든다.

새로운 오른팔 탓일지도 모른다. 렌트비는 무심코 그녀의 오른팔을 주시하고 말았다. 그때 적 기병에게 잘렸던 팔이다. ―그곳에는 검은 비늘이 덮여 있고 갈고리가 돋아난 팔이 있었다.

페어리의 팔이다.

그 '카론'이라는 마왕현상이 부상을 입고 돌아온 그녀에게 그 팔을 주었다. 대충 집어든 듀라한의 팔을 던져주자, '프리아에'가 상처 부위에 붙이라고 명령했다.

그후에는 사악한 마술을 보는 듯했다. 잘린 팔의 단면과 맞닿은 '팔'은 그대로 접합되어 버렸다. 상처 부위가 부글부글 거품을 내며 그대로 한 나절 정도. 치료가 진행되는 동안 트리실은 격렬한 통증을 느낀 듯했지만 움직이지 않도록 침대에 자신을 묶어놓고 버텨냈다.

끝나자 그녀는 새로운 팔을 입수했다. 이질적이고 불길한 검은 팔을.

"적은 징벌용사 부대다."

트리실은 증오에 가득 한 신음을 냈다.

"렌트비. 우리에게는 뒤가 없어. 어떻게든 녀석들을 해치워야 돼. ―문제는."

렌트비는 그 뒷말을 상상할 수 있었다.

"징벌용사들의 지휘관. '목 매다는 여우'다. 녀석만 해치울 수 있다면…!"

"저격을 시도해볼까요?"

"그런 것은 당연해. 할 수 있는 것은 모두 한다."

렌트비의 말에 트리실은 차가운 눈동자를 그에게 향했다.

"너도 방법을 생각하도록 해. 다음에 실패하면 우리의 몸이 위험하니까, 어떻게든 '목 매다는 여우'를 죽일 방법을 알아내라. 녀석만 없으면 징벌부대따윈 오합지졸에 지나지 않을 거야."

이 지휘관은 궁지에 몰려 있다고 렌트비는 생각했다.

손절할 때가 왔는지도 모른다. 자신에게는 아직 할 일이 있다. 지금은 마왕을 따르고 있지만 본래라면 인류를 위해 싸우다 마지막에는 훌륭했다는 말을 듣고 싶다.

이것은 단순한 허영심일 것이다. 그래도.

'…어딘가에서 이 여자를 죽이고 내가 지휘관이 되어야 해.'

그렇게 하면 좀 더 살아남을 수 있다. 마왕현상에게 잘 보이고 충실한 노예를 연기하면 자신의 목숨은 좀 더 보장될 것이다. 살아남기만 한다면 얼마든지 기회는 있다.

'언젠가 분명 그날이 올 거야.'

그때까지 어떤 짓을 하더라도 살아남는다.

그 어떤 잔인한 짓도 할 수 있다. 다른 사람을 배신하고 도시에 적을 받아들여 지켜야 할 사람을 죽였다. 숫자를 줄여야 한다는 이유로 노인과 어린애를 죽였다. 이런 악행을 청산하려면 계속 살아남는 수밖에 없다.

자신은 원래 사악하지 않았다는 걸, 원래는 올바른 일을 할 생각이었다는 걸 증명하고 싶다. 지금 하고 있는 일은 위장에 지나지 않는다는 걸.

'그래… 이런 것은 거짓이야.'

결과가 전부는 아니다. 행동의 과정도 고려되어야 할 것이다.

그렇게 보면 자신은 이만큼 마음을 썩이고 고뇌하고 있으니까 충분한 벌을 받고 있는 셈이다.

'…그러니까 용서해줘.'

렌트비는 어두운 눈동자로 트리실의 옆얼굴을 바라보았다.

해가 뜨고 저물었다. 다시 밤이 찾아온다.

켈프레시 마을을 뒤로한 우리는 계속 걸었다.

행군 사이사이에는 최소한의 휴식을 취하며 절망적으로 맛없는 전투식량도 먹었다. 이것은 유지방과 말린 고기, 건조시킨 과일을 전부 갈아서 만든 '육부'라는 최악 중의 최악인 전투식량이었다. 언젠가 이 전투식량을 근본적으로 개량해야겠다고 몰래 다짐했다.

"작전을 설명해둘게."

육부 맛을 물로 씻어내면서 나는 베네팀에게 말했다.

"우리 징벌용사 부대는 최후미에서 지연 전투를 하도록 되어 있어."

"흠, 최후미에서 지연전투… 로군요."

"너, 전혀 이해를 못 하고 있지…? 뭐 좋아."

베네팀은 팔짱을 끼고 턱을 쓰다듬으며 고개를 끄덕였지만 나는 그 태도를 전혀 신용하고 있지 않다.

"너와 타츠야는 호드 부대와 함께 행동해. 만약을 대비한 호위야. 허락도 맡아놨어."

"네?"

"지금 우리 부대 안에서 단독으로 최강의 병력이니 말야. 만에 하나의 일이 있어도 최소한의 시간은 벌 수 있겠지."

"만에 하나라니…. 저는 무엇을 위해?"

"만에 하나는 만에 하나야. 너는 타츠야를 제어하는

역할을 해줘야겠어. 어차피 이쪽에서 난전이 벌어지면 도움이 안 될 것 아냐.”

“그렇군요. 그런 자신은 있습니다.”

“자신 있게 말하지 마.”

베네팀이 미소를 지으며 고개를 끄덕였기에 나도 웃을 수밖에 없었고, 그것으로 이야기는 끝났다. 애당초 베네팀에게 군사적인 의견 같은 것은 없기에 오히려 기꺼이 호드의 부대를 따라갔다. 최후미보다 안심이라고 생각하고 있을 것이다. 틀린 말은 아니다.

‘이것으로 할 수 있는 일은 전부 했군.’

남은 건 아무튼 서둘러 이동하는 것이었다. 한시라도 빨리 투진 산에 도착해야 한다.

차가운 바람이 불기 시작했다. 한밤중에는 또 눈이 내릴지 모른다. 나는 흰 입김을 내뿜으며 북쪽에 솟은 투진 산을 노려보았다.

노르가유와 그 밑에 배치된 200명의 공병은 우리보다 먼저 출발했다. 그들에게는 해야 할 일이 있었다. 북서부 방면에 장치를 설치하는 것.

구체적으로는 드문드문 넓게 설치된 함정이 필요했다. 마왕현상들이 본대를 추격하려 했을 때 조금이라도 그 속도를 저해할 수 있으면 된다. 노르가유라면 이런 단시간에 분명 내가 생각한 것 이상의 일을 해낼 것이다.

출발하기 직전에 나는 노르가유와 잠시 이야기를 나누었다.

“메르네아티스와 라이퀠은 피를 나눈 짐의 여동생과 남동생이다.”

간신히 움직일 수 있게 된 폐하가 못을 박았다.

“자이로 총수, 모쪼록 잘 부탁한다. 두 사람을 지켜내는 거야. 알았지?”

“알고 있어.”

노르가유는 엄청난 눈초리로 노려봤지만 솔직히 나로선 어떻게 해볼 수 없다. 그 두 사람은 왕족이다. 호드 일행을 따라 가장 안전한 곳을 이동할 것이다. 만약을 위해 타츠야도 파견했다.

“네 쪽이야말로 일처리를 확실히 부탁해.”

“당연하지. 짐의 제2왕도를 점령한 것을 후회하게 만들어 주겠다.”

“부하도 있으니까 싸우면 안 돼.”

솔직히 말해 그게 가장 걱정이었다.

노르가유는 첫인사에서 공병들에게 느닷없이 자신을 연합왕국의 국왕으로 소개했다. 솔직하게 “폐하라는 건 무슨 의미입니까?”라고 물은 아직 젊은 공병 한 사람은 그 직후 엄청난 호통을 들어야 했다.

베네팀이 곧바로 수습에 나서지 않았다면 쓸데없는 혼란과 소동이 일어났을지 모른다.

“그건 싸움 같은 게 아니라 정당한 질책이다. 짐에게 불경한 말을 하는 자가 너무도 많아.”

“그건… 아마 긴장해서 그런 걸 거야.”

이런 때 폐하의 심기를 상하게 하고 싶지 않았기에 나는 적당히 둘러댔다. 이것도 베네팀이라면 좀 더 그럴싸한 말을 했으려나?

“국왕 폐하에 대한 예절을 말단 병사가 알 리 없잖아.”

“흠. …그렇긴 하군. 교육이 필요하겠어.”

노르가유 폐하는 자신의 수염을 쓰다듬으며 사나운 눈초리로 중얼거렸다.

"학원을 신전이 독점하고 있는 현 상황이 좋지 않은 거다. 국고를 열어서 왕립 학원을 설립해야 돼. 잘 들어, 자이로 총수. 국가의 부라는 것은 일단 그 기반부터…."

이야기가 길어질 것 같았기에 나는 몰래 마음을 닫았다.

노르가유 폐하의 국가 구상 따윈 굉장히 부질없다고 생각되고 무엇보다 나로선 전혀 이해가 안 된다. 폐하에게 원대한 구상을 대충 이야기하게 한 후 북쪽으로 출발하게 했다.

노르가유 일행이 앞장을 서고 도터가 다음으로 약간의 부하들을 이끌고 출발하면서 행군이 시작되었다.

척후를 보내면서 최대한의 속도로 구릉지대를 나아간다. 켈프레시 마을에서 투진 산까지 쉬지 않고 걸으면 하루 남짓의 거리다.

―그 후로는 등산을 해야 한다. 얼마나 이동시간을 줄일 수 있을지. 우리가 움직인 것을 탐지하면 마왕현상 쪽도 움직이기 시작할 것이다.

이제 요프시와의 연락을 차단하고 있어봤자 소용없다는 것을 깨달았을 시점이다.

"자이로. 그쪽이 이쪽 움직임을 눈치챘을 거라 생각해?"

이동 중에 파트셰가 내 옆에 말을 붙여왔다.

"우리가 투진 산까지 도착할 수 있을지 어떨지, 네 예측은 어때?"

그냥 잡담을 나누고 싶은 모양이다.

이제 와서 전술에 대해 이야기를 나누고 싶은 것은 아닐 것이다. 그저 긴장을 풀고 싶을 뿐. 파트셰는 성기사 단장으로서 충분한 군사 지식과 지휘력을 가지고 있다고 생각하지만 그 나이를 생각하면 극단적으로 실전경험은 부족할 것이다.

파트세 키비아라는 인물에 대해 조금씩 이해가 되기 시작했다.

아마 임무 중이라 이런 딱딱한 화제 외에 어떤 이야기를 나눠야 할지 모르는 것이다. 징벌용사 부대에 그런 군인다운 군인은 없다.

차브라면 아무런 거리낌 없이 아무래도 좋은 잡담이나 처참한 과거 일화를 주절댔을 테고, 베네팀이라면 아무런 맥락도 없이 허풍을 늘어놓았을 것이다.

그래서 나는 속 편하게 대답하기로 했다.

"운이 좋으면 성공하겠지."

"운에 기대는 거야?"

"운이 좋으면 성공할 수 있을 정도로는 승산이 있다는 말이야."

"어이없는 녀석이로군. 언제나 그런 식인데, 진지하게 고민할 생각은 없는 거야?"

발언 자체는 날카롭지만 진심은 아니다. 그런 식으로밖에 말하지 못하는 것 같다는 생각이 든다. 실제로 파트세는 조금 웃고 있는 것처럼 보였다.

"하지만 행운을 빌 수밖에 없으려나? 이번 도박은, 이기면 제2왕도 탈환을 위한 커다란 한 걸음이 돼."

"의외로군. 파트세도 도박을 좋아했던 거야?"

"그런 퇴폐적인 오락은 안 해."

"약한 모양이군. 도박에 약한 녀석이 있으니 갑자기 작전의 행방이 불안해지기 시작했어."

"…약하진 않을, 거야. 다만 안 하는 건 안 해. 퇴폐적이니 말야!"

그 말만을 남기고 파트셰는 말의 속도를 높였다. 기병대 무리로 돌아간다.

저 정도가 딱 좋다. 긴장은 풀렸을 것이다. 이런 식으로 군인다운 군인과 이야기를 나누는 게 무슨 까닭인지 몹시 반갑게 느껴졌다.

—하지만 이곳에는 내 발언을 듣고 있었던 녀석이 또 한 명 있었다.

"행운에 기대다니 문제 있는 발언이로군. 자이로 폴바츠."

호드 클리비오스. 어느 틈엔가 등 뒤에 있었다. —페르메리를 거느린 채 어두운 얼굴로 고삐를 잡고 있었다. 아무래도 내가 한 말을 진심으로 받아들인 모양이다.

"이 작전은 나도 동의하고 승낙한 거야. 그 판단을 깎아내리는 발언은 삼가도록 해."

"그거 미안하군."

성가시기에 나는 한 손을 흔들어서 이야기를 끝내려 했다.

"쓸데없는 잡담을 해서 미안해."

"예전부터 생각했던 건데 너무 태도가 안 좋아, 자이로 폴바츠. 과거에 네가 제5성기사 단장이었을 때부터 그 지위는 무언가의 잘못일 거라 생각했다고."

아무래도 나는 몹시 미움을 산 모양이다. 그러고보니 과거에 내가 단장을 맡고 있었을 때 호드라는 남자에 대해서는 별로 강한 인상이 없었다. 거의 대화가 없었기 때문이다. 하지만 그것은 단순히 내가 미움을 산 탓이었나? 이제야 깨달았다.

호드는 재수 없는 것을 보는 듯한 눈으로 나를 노려보았다.

"내 생각이 옳았군. 네가 성기사로 뽑힌 것은 역시 무언가의 착오였어."

나는 무언가 대답을 하려 했다. 별로 흥미 없는 화제였기 때문이다. 내가 성기사 단장이었던 것은 확실히 잘못이었을지 모른다.

《여신》을 죽인… 그런 성기사가 존재해도 될 리가 없다. 그 진상에 대해서는 다른 사람에게 이야기해봤자 믿어줄 것으론 생각되지 않는다. 세네르바에 대한 매도가 아니라면 조용히 받아들이는 것에도 익숙해졌다.

하지만 그렇지 않은 녀석 또한 이곳에는 있었다.

"그 정도로 해두세요. 말이 너무 지나쳐요."

내 등 뒤에서 얼굴을 내밀고 나무란 것은 물론 테오리타였다. 하룻밤의 휴식으로 어떻게 움직일 수 있게 되긴 했지만 아직 말수는 적다. 그만큼 이야기를 시작하면 울분을 풀기라도 하듯 단숨에 이야기한다.

"자이로는 제가 선택한, 제 기사입니다."

이 녀석은 출발한 이후로 내 상의에 넣어둔 제스티를 쭉 만지작거리고 있었다. 간지러우니 자기 것을 만졌으면 했지만 전혀 들어줄 낌새가 없다.

제스티란 동계 행군에 자주 쓰이는 성인기구로, 열을 내는 기능이 있다. 제완 건에서 산출된 광석에 성인을 새긴 탓에 상당히 비싼 물건이다. 다스미테아 가문의 지원물자 중에는 이런 자잘한 물품까지 있었다. 녀석들의 비축물자는 상당히 충실했던 모양이다.

"호드 클리비오스. 나의 기사에 대한 무례한 발언은 용납할 수 없습니다."

"…그건."

호드는 잠시 당황한 것처럼 보였다. 징벌용사에 소속된 《여신》이라는 특수하기 짝이 없는 존재를 어떻게 대해야 할지 모르는 게 분명하다.

하지만 곧 눈을 가늘게 뜨고 결국은 자신의 신조를 따른 것 같다.

"실례했습니다. 《여신》 테오리타."

"알면 됐어요. 과거에 자이로가 뽑힌 것은 결코 착오가 아닙니다."

흥 하고 테오리타는 코웃음을 쳤다.

그리고 그만두면 좋을 것을 호드 뒤에서 겁먹은 듯한 눈을 하고 있는 페르메리에게 웃어 보였다. 마치 여동생을 어르는 듯한 미소인 것 같다는 생각이 든다.

"《여신》 페르메리. 기사의 발언은 지도하는 편이 좋아요. 상당히 손이 많이 가긴 하지만 사람들을 이끄는 게 우리의 역할이니까."

"…음…. 그건 저기, 알고 있습니다. 하지만…."

페르메리는 조금 고개를 숙였다. 그러자 검은 머리카락에 눈이 가려져 표정을 잘 읽을 수 없게 된다.

"…제 기사 호드도 결코 악의가 있어서 한 발언은 아닙니다. 조금… 결벽하다고 할까…."

"쓸데없는 소리는 하지 마, 페르메리."

호드가 잽싸게 그녀의 말을 차단했다.

"나는 규율을 무시하고 멋대로 행동하는 녀석을 싫어해. 적당한 거짓말을 늘어놓고, 물자를 훔치고, 방약무인하게 행동하잖아. 언젠가 증거를 잡으면 너희들을 곧바로 처벌할 생각이야."

"그래?"

그게 가능하면 좋겠군. 나는 생각했다.

연합행정실이 자랑하는 기동사찰관들조차 아슬아슬하게 붙잡지 못한 녀석들을 부대 지휘라는 본업을 하면서 어떻게 검거한다는 거지?

"너는 너무 고지식하군. 후퇴하면서도 이만한 부대를 이끌 수 있었던 이유를 알 것 같아."

신상필벌이라는 군의 원칙은 당연한 듯 이야기되고 있지만 그것을 철저하게 적용하는 장교는 귀중하다. 그런… 일종의 청결함으로 부대를 통솔하려고 한다면 무엇보다 자신이 규율의 화신처럼 되어야 한다. 아니면 지저분한 일을 도맡아 해주는 우수한 부관이 있거나.

예전 성기사였던 시절의 내 부대가 후자에 속했다. 부관에게 부하를 호통치는 일을 떠맡겼다고 생각한다. 그래서 호드 같은 녀석을 보면 화가 나긴 해도 싫지는 않다.

"되도록 부대가 살아남을 수 있게 해줘."

"그것은 지휘관으로서 당연한 일이야. 그런 입바른 말에 흔들릴 생각은 없고, 그와 마찬가지로 개인감정만으로 너희들의 취급을 바꿀 생각도 없어."

호드는 표정을 바꾸지 않고 말했다. 진심으로 하는 말이라는 것을 알 수 있다.

그것은 즉 호드도 우리를 싫어하긴 하지만 일을 하는 동안 발목을 잡을 생각은 없다는 말이었다. 알기 쉽군.

"…저기… 어떤가요? 제 계약자도, 우, 우수한 성기사 맞죠?"

페르메리가 어색하게 웃었다. 이것에는 테오리타도 대항의식을 불태운 듯했다.

"뭐, 그럭저럭 나쁘진 않네요. 하지만 저의 자이로도 우수하다고요. 우수한 중에서도 우수하다고 해도 과언은 아닐 거예요! 지금부터 그것을 상세하게 설명하도록 하죠. 일단은…."

그만둬. 나는 말하려 했지만 결국 말릴 필요는 없었다.

호각이 울려 퍼지며 테오리타의 목소리를 지워버렸기 때문이다. 길게 꼬리를 끌 듯이 두 번. 방향은 서쪽이다. ―그쪽으로 보냈던 척후가 신호를 보낸 것이다.

적을 발견했다는 말이다.

"왔군. 이동하는 게 발견되었어. 남서쪽에서 수천의 군세인가."

호드는 허리띠에 고정한 작은 방패 같은 것을 만지고 있었다.

그것은 통신용 성인을 새긴 물건이었다. '풍향인'이라든지 '메아리' 등으로 불리고 있다. 제스티보다도 비싼 물건으로 이 정도로 소형화한 것이라면 도터가 눈을 뗄 수 없을 만한 가격이 될 것이다.

"전원 갑옷을 장비해라! 전투준비!"

호드가 소리치며 이번엔 가면 같은 것을 얼굴에 썼다. 몹시 불길한, 얼굴을 완전히 가리는 강철색 가면이었다. 이게 제9성기사단의 유명한 파독면인가. 실제로 보는 것은 처음이다. 독을 전술적으로 사용하는《여신》페르메리와 함께 싸우는 탓에 전투할 때 그들은 이렇게 몸을 지킨다고 한다.

"할 수 있지? 페르메리."

"…예. 그전에 저라면 할 수 있다고… 말해주지 않을래요? 호드."

"너라면 할 수 있어."

"그럼, …할 수 있습니다."

페르메리가 고개를 숙인 채 조금 입가를 누그러뜨렸다. 호드의 페르메리에 대한 태도가 딱딱한 이유를 알았다. 이 녀석은 너무 고지식한 것이다. 요구받은 대로 요구받은 것을 하려고 한다.

그것이 올바른 취급법이라고 믿고 있는 것 같다는 생각이 든다.

"자이로. …우리는 전력으로 북진 돌파할 테니까 징벌용사 부대는 뒤쫓아오는 적들을 막도록 해. 거점을 확보하면 신호할 테니 그때까지 반드시 시간을 벌어."

"반드시라는 건 곤란하군. 전장에 절대적인 것은 없어."

나는 굳이 호드가 싫어할 만한 표현을 썼다.

"하지만 너한테 불평을 듣지 않도록 해보기는 할게."

이런 완벽주의 상대에게 불평을 듣지 않도록 하는 것은 매우 어려운 일이다.

호드를 입 다물게 하려면 완승하는 수밖에 없을 것이다.

—그리고 그러지 못하면 괴멸할 수도 있었다.

서쪽에 빛이 보였다.

불꽃과 성인이 내뿜는 번개. 포격의 섬광.

어둠 속이었기에 분명히 그것을 알 수 있었다.

'라이노 씨로군, 저건.'

차브는 그 빛만으로 판별할 수 있었다.

별안간 잇달아 네 번. 그런 포격을 하는 포병은 차브가 알기로는 라이노밖에 없다. 차브조차 따라잡을 수 없을 만큼 이상한 속도로 머리를 회전시킬 수 있는 남자다. 도저히 같은 인간으로 생각되지 않을 때가 있다.

주위 모든 것이 갑자기 소란스러워졌다. 자이로 일행이 지휘하는 최후미는 이미 지연전투를 개시한 상태일 것이다. 목적은 페어리 전력의 구속. 최대한 많은 숫자를 최대한 오랫동안 붙잡아두는 것. 테오리타가 그 능력을 충분히 발휘하지 못하는 이상, 순수한 힘겨루기가 된다.

'그래도, 뭐, 형님이라면….'

어떻게든 할 것이다. 싸움에 대해서는 일종의 짐승 같은 감을 가진 남자다. 전장의 상식 같은 것을 좋아하는 주제에 가끔은 성대하게 무시할 때가 있고 그것으로 결과를 내고 있다.

'문제는 오히려 이쪽이려나? 제이스 씨는 형님과는 다른 의미로 무서우니 말야.'

기병대가 활발한 움직임을 보이고 있다. 보병이 뇌

장을 들고 달리기 시작했다. 그래도… 차브가 보기에 제이스라는 남자는 전혀 허둥대는 모습을 보이지 않았다. 차분하다고조차 할 수 있다.

그것은 다른 용기병들도 같았다. 급하게 도주해야 하는 상황에서 용방에서 간신히 드래곤을 데려올 수 있었던 병사들이었다.

도합 17기. 제이스를 포함하면 18기이다.

제법 장관이다. 그들은 유유히 멈춰 선 채 파트너인 드래곤의 장비를 점검하고 휴대할 병기를 준비했다. 말수도 적다. 기껏해야 드래곤과 나누는 속삭임 정도다. 그 모습은 차브가 보기에 장례식날 밤처럼도 보였다.

그들에 비해 제이스는 오히려 말이 많은 편이었다.

"좋아. 니리."

제이스의 말은 인간에게 하는 것보다 훨씬 부드럽다.

"나는 전혀 후회하지 않아. 나라면 분명히 할 수 있어. 그렇지?"

아마 제이스에게 있어서 니리는 가족 이상으로 중요한 존재일 것이다. 그런 간단한 말로 표현할 수 없는 무언가를 느낀다.

그래서 차브는 언제나 의아하게 생각한다. 왜 제이스는 니리를 데리고 나는 걸까? 그녀는 자신들과 달리 징벌용사가 아니다. 잘못하면 죽을지도 모르는데.

"—어째서죠?"

자신도 모르게 차브는 물었다. 말하고 나서 또 저질러 버렸다고 생각한다. 말이 많다는 게 자신의 몇 안 되는 결점이라고 차브는 인식하고 있었다.

하지만 궁금했던 것이니까 이 틈에 물어보자.

“전부터 생각했던 건데 제이스 씨는 어째서 니리 누님과 함께 나는 거죠? 엄청나게 위험하잖아요. 언제나.”

“…너.”

제이스는 게슴츠레한 눈으로 차브를 보았다.

“다들 말이 너무 많다고 하지 않아?”

하지만 차브는 알고 있다. 니리의 눈이 있으면 제이스가 극단적인 폭력을 쓰지 않는다.

“후우. 뭐 그렇죠. 저는 뭐냐, 암살교단이라는 침묵이라든지 규율 같은 엄격한 환경에서 자랐잖아요.”

“알게 뭐야.”

“매정하네! 정말 그렇다니까요! 그래서 저는 그 반동으로 굉장한 수다쟁이가 되어버렸어요. 슬픈 과거의 숙명인 거죠. 평소엔 밝게 행동하지만 알고 보면 어둠이 많은 남자랄까!”

“—이유… 어째서 함께 나는 거냐고…? 너 바보냐? 내 이유따윈 아무래도 좋아. 중요한 것은 니리의 이유니까.”

“음, 아, 네? 뭐라고요?”

차브는 뒤늦게 제이스가 질문에 대답했다는 것을 깨달았다. 이 남자는 정말 평소의 페이스를 무너뜨리지 않는다. 다른 사람에게 맞춰줄 생각이 없다고도 한다.

“나에게 있어서는 니리가 최우선이야. 그 다음이 드래곤들이고. 틸 나 노그를 배신한, 세계를 비호하는 자의 후예니까.”

“음.”

어쩔 수 없이 차브는 건성으로 대답했다. 전혀 의미를 알 수 없었다. 제이스는 언제나처럼 무뚝뚝하게 중얼중얼 말을 잇고 있다.

"대부분의 배은망덕한 인간들따윈 내가 알 바 아니야. 하지만 니리는 다르다고. 다른 모두도… 나에게 기대하고 있어. 나 같은 녀석에게 말야."

제이스가 목덜미를 쓰다듬자 니리는 작게 울었다. 노고를 치하하는 듯한, 혹은 위로하는 듯한 울음소리였다.

"…나는, 제이스라는 녀석은… 자신만의 작은 세계가 아니라 좀 더 큰 세계를 지킬 수 있는 남자래. 믿기지 않지? 나도 아직 그렇게 생각하고 있어. 하지만 니리와 다른 모두가 그걸 바라는 이상."

제이스가 니리에 올라탔다. 크게 날개가 펼쳐지자 차브는 무심코 몸을 뒤로 젖혔다.

"할 수밖에 없어. 실망시키고 싶지 않으니 말야. …가자, 차브!"

뒤에 타라고 차브에게 손짓하고 있다. 어느샌가 다른 용기병들도 드래곤에 기승해서 이미 전투준비를 끝마친 상태였다.

밤하늘에는 진한 보라색 달빛 속에서 수많은 페어리들의 날개 그림자가 보이고 있다.

"서둘러. 녀석들에게 당한 드래곤들의 원수를 갚아야 돼."

제이스의 눈이 어둡게 불타고 있다는 걸 알았다.

"목적은 마왕현상 '프리아에'야. 너한테는 딱 한 번 기회를 줄게. 못 맞추면 떨어뜨려 죽일 거야."

"정말요? 긴장되네요!"

차브는 자신이 웃고 있는 것을 자각했다.

즐기고 있다는 걸 알았다. 이런 때야말로 차브는 자신이 살아 있다는 걸 실감할 수 있다. 등자에 발을 올려놓으며 서쪽 방향을 본다.

붉게 빛나는 섬광 한 줄기가 선명하게 자신들의 진영을 꿰뚫는 게 보였다.

◆

"방금 것은…."

렌트비는 무심코 등 뒤를 돌아보았다.

붉은 광채가 뻗어서 전방에 있는 적 진영을 꿰뚫었다. 설원을 녹이고, 땅을 파헤치고, 몇 마리의 페어리들까지 불태운 공격이 이루어진 듯하다. 하지만 당연히 연합왕국군의 피해가 더 클 것이다.

"'프리아에'로군."

트리실은 감정을 억누른 목소리로 중얼거렸다.

역시 전장의 그녀는 직전까지의 고양된 감정이 거짓말이었던 것처럼 냉정했다. 말의 고삐를 붙잡은 채 돌아보지도 않는다.

"너는 본 적 없는 거냐? 렌트비."

"아… 아뇨, 멀리서는… 몇 번인가."

"열선이라는군. 저것을 방어하려면 성인의 집중 방어를 할 수밖에 없어. 다시 말해 발이 멈출 수밖에 없는 거지."

트리실이 무슨 말을 하려는 건지 렌트비도 이해했다.

정지한 것은 어떻게든 지켜야 하는 존재가 있는 부대. 왕녀와 왕자가 있는 부대다. 무리하게 진군할 생각이라도 저격당하지 않도록 미끼를 보내 움직임으로 교란할 필요가 생긴다.

"연계 공격을 기대하고 있어. 이번에야말로."

"예. 잘 알고 있습니다."

이 말에는 렌트비도 고개를 끄덕이지 않을 수 없다. 왕족 두 사람을 놓친 것. 그 책임이 지금 무겁게 짓누르고 있다.

"다행히 왕자와 왕녀는 이미 포착했어. 그쪽은 '카론'이 맡을 거야."

포착했다는 것은 그 눈으로 보았다는 말일 것이다. 트리실은 오른쪽 눈을 감았다. 위치를 탐지하고 있다. 이미 앞길을 막고 있는 상태다. 아무래도 운은 이쪽 편인 듯하다.

"우리는 '목 매다는 여우' 부대를 막아야 돼. 녀석의 부대가 어떤 책략을 써올지 알 수 없으니까… 그것을 신중하게 간파한 후에 공격한다."

트리실은 어지간히 지난번 패배가 뼈아팠던 것 같다. 렌트비도 생각했다. 확실히 기묘한 방식으로 싸우는 녀석들이었다.

있을 수 없는 방법으로 있을 수 없는 공격을 해온다. 녀석들이 구축한 진지도 본 적 없는 것이었다. 아마 400명도 되지 않는 인원으로 이쪽에 심대한 피해를 입혔다. 덕분에 전투의 주도권을 그쪽에서 끝까지 잡고 있었다는 인상이었다.

렌트비에게 있어서도 무섭지 않다고 하면 거짓말일 것이다.

"…곧 있으면 '카론'도 공세에 나설 것 같아. 우리도 움직인다. 파독면은 배포했겠지?"

"예."

렌트비는 몸을 부르르 떨고 트리실을 따랐다.

제9성기사단이 쓰는 수법은 알고 있었다. 간이적인 것이긴 하지만 성인을 이용해서 독에 대한 범용적인 방어능력을 갖게 한 가면을 부대에 휴대하게 했다. 얼마나 효과가 있을지 알 수 없지만 지금은 그것에 의지할 수밖에 없다.

어떻게든 살아남아야 한다. —여기까지 온 이상 그것이 최우선 목표이다.

어떤 수단을 쓰더라도 이런 곳에서는 끝나지 않는다.

그러지 않으면 너무 비참하다.

◆

붉은 빛이 방어 진형을 꿰뚫고 있었다. 그것은 몇 명이나 되는 병사를 그 방패와 함께 불태우고 여섯 명 정도를 더 날려버린 후 겨우 끊겼다.

나는 거의 눈앞에서 그것을 보았다.

징벌용사 부대와, 귀족 연합 중에서 상당히 사기가 높은 쿨데일 가문의 병사들. 도합 4백과 1천. 후위전투를 담당하는 전열 중 하나에 구멍이 뚫린 형태였다.

"같은 편인 페어리도 함께 날려버린 건가!"

말에 탄 파트셰가 질책하듯 말했다. 호통치면서 창을 휘두른다. 보기 한 마리를 후려쳐 날려버렸다.

"너무 강인한 공격이잖아. 뭐야? 이 장거리 사격은! 막을 수 없어!"

"…강력한 장벽인을 나열해서 방어진을 구축하면 막을 수 있을 거라 생각하는데. 열 명 정도가 방패를 겹쳐서 뭉쳐 있으면 괜찮으려나?"

라이노가 위선적일 만큼 냉정하게 대답했다.

　말투는 온화했지만 그것은 정확한 계산 결과를 말하고 있을 뿐이라는 낌새가 있었다. 이 녀석도 왼팔에 장착한 단사정 성인 병기를 써서 다가오는 페어리들에게 견제 사격을 하고 있다.

　"다만 그런 짓을 했다간 움직일 수 없게 되겠지. 숫자상으로는 틀림없이 적이 더 우세해. 눈 깜짝할 사이에 소모되어 패배할 게 분명하다고 생각해."

　"…알고 있어. 우리로서도 최후미의 역할을 해야 돼. 무시하고 우회해오겠지."

　파트셰는 얼굴을 찡그렸다. 아마 라이노의 지적을 받은 게 불쾌한 모양이다. 기분은 이해가 된다.

　"어떡할까? 자이로. 이대로 적의 공세를 받을 순 없잖아."

　페어리들과의 싸움은 시작된 상태다. 다음에 붉은 섬광이 불을 뿜는 것은 언제쯤일까. 우리는 그것을 겁내면서 교전해야 한다.

　하지만.

　"마음에 걸리는 게 있어. 공세가 너무 약해."

　지금까지 싸움의 추세다. 이미 페어리들은 따라잡은 상태였다. 그럼에도,

　"마왕현상은 어딨지? '프리아에'는 방금 빛을 쐈어. 하지만 '카론'은?"

　일반적으로 생각하면 그 움직이는 요새를 가장 앞에 세우고 밀어붙여야 한다. 그게 왜 안 오는 거지? 페어리의 공세도 어딘지 산만하다. 몰려오는 적의 숫자는 다리가 빠른 소형 페어리가 기껏해야 2천 정도일 것이다. 후방에 '프리아에'가 이끄는 주력이 버티고 있다고 가정해도 너무 약하다.

　그렇다고 하면 녀석들은 어떤 식으로 움직이고 있는 걸까? 최악을 상정한다면,

　"…먼저 가서 기다리고 있군. 그럴 가능성은 충분히 있어."

　이쪽 움직임을 이미 읽고 있었다. 운 나쁘게 그쪽 척후에 포착당했다. 아니면 이쪽 정보를 흘리고 있는 누군가가 있다. ―어느 것이든 좋다. 아무튼 이 약한 공세는 목적이 다른 곳에 있다고 생각할 수밖에 없다.

　호드 클리비오스가 상정했던 게 금방 무너질지도 모른다. 그래도 나는 냉정함을 가장했다.

　"'프리아에'는 신경 쓰지 마. 제이스가 어떻게 한다고 했으니까. 문제는 '카론'이야."

　"확실히 지금의 적은, 나도 너무 취약한 것 같다고 생각해."

　이미 파트세가 이끄는 기병대는 돌격과 반전을 한 번 한 상태다. 너무도 쉽게 적을 돌파해서 돌아올 수 있었다. 적의 상태를 직접 느껴보고 그렇게 말하고 있는 것이리라.

　"하지만 너무 비약한 것 아냐? 아직 '카론'이 모습을 보이지 않을 뿐…."

　"…아뇨, 움직이고 있습니다."

　불현듯 테오리타가 말했다. 여느 때보다 조금 탁한 작은 불씨 같은 색깔이긴 했지만 눈동자에 불꽃이 돌아오고 있다. ―그 눈동자의 불씨가 북쪽 하늘을 보고 있었다.

　"마왕현상… 의 본체가, 북쪽으로. 이쪽이 아니라… 북쪽으로 향하고 있어요."

　"북쪽? 테오리타. 알 수 있는 거야?"

"아, …아마도요…!"

내가 묻자 테오리타는 미간을 좁혔다. 아직 컨디션이 평소만큼 회복되지 않았다. 여느 때라면 무의미할 만큼 강하게 "아마 틀림없을 거예요!" 라고, 돌려 말하지 않고 단언했을 것이다.

"…증원이 필요하겠군. 베네팀과 타츠야를 호위로 붙였으니까 당분간은 버틸 거야."

"내가 갈까?"

즉각 라이노가 대답했다. 무모하게 달려든 페어리의 머리를 주먹으로 분쇄하면서,

"너와 함께 검토한 '카론'의 살해방법을 시도해볼까 해서 말야."

"잠깐만. 너, 그 갑주로 어떻게 쫓아갈 생각이야?"

포갑주의 약점은 그것으로 요약된다. 빠른 움직임이 필요한 전투에 있어선 완전히 발목만 잡는 존재다. 성인의 보조에 의해 보통 사람이 달리는 것보다는 빠르지만 먼저 간 기마를 따라잡을 수 있을 정도는 아니다.

"…아쉽네. 테오리타 님이 착각한 거여서, 이쪽으로 '카론'이 오는 것을 기대하기로 할게."

라이노는 평소의 언동으로 오해받기 쉽지만 마왕현상에 대해서는 아주 호전적인 녀석이다.

어쩌면 개인적인 원한이라도 있는 건지 모른다. 부모나 형제를 마왕현상한테 잃었다든지…. 요즘은 그런 녀석도 드물지 않다.

"그럼 동지 자이로…. 네가?"

"그래."

라이노의 물음에 짧게 대답했다.

“내가 갈게.”

나는 기수를 돌렸다. 북쪽이다. 이미 싸움이 시작되었을지 모른다.

마왕현상 ‘카론’이 선두집단을 포착했다고 하면 상황은 아무리 생각해도 압도적으로 불리하다. 패배에 가깝다. ‘카론’은 강대한 마왕현상으로, 그 전력은 방어진지를 손쉽게 유린할 수 있다. 주위에는 수만 마리의 페어리들과 무장한 인간 용병이 있고, 그 뒤에는 파괴적인 원거리 공격을 하는 마왕현상 ‘프리아에’가 있다.

모든 요소가 치명적이다. 어느 하나라도 대응하지 못하면 전멸할 것이다.

아무리 생각해도 내가 ‘카론’을 해치울 수 있다는 보장도, 페어리의 대군을 막아낼 수 있다는 보장도, 제이스와 차브가 ‘프리아에’를 해치울 수 있다는 보장도 없다. 본래라면 도망쳐야 할 상황이다. 목숨을 소중히 할 거면 그게 제일 좋다.

‘—하지만 만약.’

제이스와 차브가 멋지게 임무를 성공시킨다면 나는 어떻게 되지? 죽도록 바보 취급 당할 것이다. ‘모처럼 우리가 완벽한 일 처리를 했는데 너는 그 정도였어?’ 라든지. 그런 소리를 듣게 될 것 같다.

그리고 제9성기사단을 따라간 다스미테아의 병사들. 녀석들은 우리에게 싸우기 위한 무기를 맡겼다. 우리가 어떻게 해줄 거라 믿은 건가. 바보같다. 바보같지만 어쩔 수 없다.

이미 받아버렸다.

‘어쩔 수 없잖아. 제기랄.’

나는 내가 하고 싶은 것을 알고 있다. 그 거만해 보이는 마왕현상 '카론'을 날려 버리고 아무렇지도 않은 듯한 얼굴을 하고 싶다. 코웃음치며 '그 정도는 식은 죽 먹기였어' 라고 말하고 싶다.

그러려면… 어떻게든 이런 무모함이 필요했다.

"파트셰. 여기선 어떻게든 버티도록 해. 전적으로 맡길게. 너밖에 없어."

"맡긴다고? 너는 뭘 할 생각이지?"

"이쪽도 마왕 한 마리 정도는 해치워야 하니 말야."

"이길 생각이야? 승산이 별로 없다는 건 알고 있잖아."

파트셰의 몹시 어이가 없다는 얼굴. 이제 슬슬 익숙해지기 시작했다.

"너는 언제나 그런 식이야?"

"예. 내 기사는 언제나 이렇습니다."

나 대신 테오리타가 대답했다. 내 등에 매달린다.

"…설마 두고 간다는 말은 안 하시겠죠? 제가 '카론'의 위치를 찾아낼게요. …반드시 도움이 되어 보일 테니까."

"걱정하지 마. 도움이 되지 않더라도 데려갈 생각이었으니까."

내가 생각해도 사실인지 거짓말인지 알 수 없는 말을 했다. 그리고 마지막으로 지시를 내려둔다.

"파트셰, 어떻게든 버텨내도록 해. '카론' 본체가 없더라도 적의 숫자는 많으니까."

"알고 있어. 너야말로 추태를 보이지 마."

"누구한테 하는 소리야."

"…그리고 죽지 마. 이곳을 넘겨받은 내가 완벽하게 임무를 수행한다는 것을 기억해둬."

"죽을 것 같아? 기억해둘게."

나는 흰 입김을 내뱉고 말을 달리기 시작했다. 목적지는 북쪽이다.

"가자, 테오리타. 제이스와 니리에게 질 수 없잖아. '카론'은 우리가 죽여야 돼."

"예. 그건 좋지만요…."

테오리타는 조금 목소리를 낮추고 속삭였다.

"설마 그걸로 제이스와 내기를 한 건 아니겠죠?"

"대답 못 하겠네. 거짓말을 하게 되니 말야."

"자이로!"

농담으로 한 말이다.

나는 나이프를 뽑아들고, 돌진해온 페어리에게 집어던졌다. 길을 만들어가며 앞으로.

무수한 호통과 비명. 폭파음과 금속음. 바람 소리와 말발굽 소리.

여러 가지 음악이 시끄럽게 울려 퍼지며 투진 · 투가 구릉의 싸움은 신속하게 결정적인 국면으로 이행되었다.

상공은 차브의 상상 이상으로 혹독한 환경이었다.

방풍용 고글과 방한복이 없었다면 죽었을 것이다.

'장난 아니네, 이 사람. 토할 것 같지 않은 건가?'

제이스와 함께 몇 번인가 시험 비행은 해봤지만 실전의 전투기동은 그것과는 또 다르다. 특히 제이스의 그것은 다른 용기병이 보기에도 차원이 다른 것이라 할 수 있었다.

급선회, 급상승은 당연하고 공중제비 같은 움직임까지 한다. 가령 배후를 붙잡힐 것 같으면 이 움직임으로 어느샌가 반대로 배후를 잡아버린다. 다만 이쪽도 부하가 강하게 걸린다. 흉내내고 싶어도 할 수 있는 게 아니다.

그리고 니리의 움직임도 다른 드래곤과는 명백히 달랐다. 타보고 특별한 개체라는 것을 새삼 알았다.

가속과 감속, 자세제어는 차브라는 짐을 올려놓은 상태에서도 화려했고 불꽃 브레스의 정확도도 놀랄 만한 것이었다. 공중에서 실제로 탑승해 있으면 그것을 잘 이해할 수 있다. 날아다니는 대형 페어리―와이번이라고 하는데, 그 녀석을 일격에 불태웠다.

니리와 비슷할 정도로 큰 비행형 페어리였다.

"…와이번은 모두 격추할 거야. 가능하면 일격에."

제이스는 말했다. 그 말투에서 차브는 어렴풋이 확신했다. 그건 페어리화된 드래곤일 것이다. 분명 그렇다.

제이스든 니리든 와이번만은 놓치지 않기 위해 차브의 시야가 캄캄해질 만큼 고속으로 날아가서 망설임 없이 격추했다. 니리의 불꽃과 제이스의 투창이 하늘을 날 때마다 페어리들이 잇달아 추락한다.

차브의 눈에는 아주 간단해 보였지만 다른 용기사들의 싸움을 보고 있자니 이건 상당히 이상한 일인 듯했다.

와이번과 일대일로 붙는 것만으로도 고전했고, 몰려드는 가고일들의 숫자도 많다. 회피운동을 주체로 몇 기가 팀을 짜서 서로 엄호하는 것으로 균형을 유지하고 있는 상태다.

또한 지상에서 쏘아지는 붉은 열선도 위협이었다.

그것은 '프리아에'라는 마왕현상이 쏘고 있다고 한다. 이미 아군 한 기가 그 빛을 얻어맞고 불타버렸다. 방금 다시 밑에서 또 한 기. 제이스는 혀를 찼다.

"차브, 아직이야? 얼른 노려. 방금으로 몇 번째라고 생각해? 발사지점은 보였을 거 아냐!"

"그렇네요."

차브는 뇌장을 겨누면서 피아의 거리를 쟀다.

적 진영의 한참 후방이다. 주위에 페어리도 수반하고 있지 않다. 단 한 마리. —아니, 한 사람이라고 해야 할까? 인간형의 그림자가 우뚝 서 있고 그곳에서 열선이 쏘아지고 있는 것이다.

문제는 맞출 수 있느냐다.

"글쎄요. 조금 불안하네요. 제이스 씨, 좀 더 접근할 수 없나요?"

차브가 들고 있는 뇌장은 제품명 '데이지'라고 한다. —버클사가 개발한 저격장으로, 노르가유가 원형을 유지하지 못할 만큼 조율한 물건이다. 이번엔 사정거리를 더 중시한 조율을 했다.

그래서 위력과 정밀도는 자력으로 보완해야 한다.

"확실히 죽일 수 있는 거리에서 맞추고 싶네요…. 뭐냐, 저는 총 알 낭비를 안 하는 주의잖아요. 도박에서도 타이밍을 재다가 단숨 에 큰 승부를 거는 타입이랄까….."

"시끄럿. 닥쳐."

제이스의 대답은 간결했다.

"저 붉은 섬광을 피하면서 페어리들을 돌파해서 녀석한테 접근 하라고?"

"아, 역시 좀 힘드나요?"

"뭐라고? 잠깐만. …니리가."

파란 드래곤은 맑은 밤하늘에 대고 울었다. 진보라색의 달빛을 받고 있는 그 용의 옆얼굴은 오싹해질 만큼 아름다워 보였다. 웃고 있다. 왠지 차브는 그렇게 생각했다.

"…그 정도도 못 할 거라 여겨지는 게 못마땅하대. 꽉 잡고 있어, 빌어먹을 녀석. 떨어지면 죽인다. 니리, 일단은 밑으로 가. 속도를 벌어야 되니까!"

그후 급격하게 가속했다.

차브는 내장이 모두 입 밖으로 나올 것 같았다. 페어리의 무리가 온다. 그리고 붉은 열선. 그 틈새를 돌파한다. 몸을 비틀자 순간적 으로 위아래를 알 수 없게 되었다.

눈이 핑 돈다. 아니 몸 전체가 통째로 비틀어지는 듯한 감각.

"─여기다. 가라, 니리!"

가까스로 제이스의 목소리가 들렸다.

제이스가 투창을 던지고 니리가 불꽃을 내뿜는다. 페어리가 격추되어 간다. 열선이 니리의 날개 근처를 스쳤다. 바람 소리. 어떤 자세로 피했는지는 알 수 없다. 그래도 접근하고 있는 것은 분명했다. 급접근한다.

아군 용기병들과 떨어져 고립되었다는 말이기도 했다. 주위로 페어리들이 더 많이 몰려든다. 그 얼마 안 되는 시간이 차브에게 주어진 기회였다.

"쏴!"

제이스가 말하지 않아도 차브는 이미 사격 자세에 들어가 있었다.

렌즈 너머로 뇌장을 조준한다. 인간형 마왕현상 '프리아에'. 그 머리다. 은색으로 빛나는 머리카락을 기른 여자 모습을 하고 있다. 똑똑히 보이고 있었다.

'맞출 수 있어. 그런 거리야. 아니면 폼이 안 나.'

성인을 만져서 기동시킨다. 날카로운 번개와 마른 소리. 확신은 있었다. 완벽한 조준이었다. 번개의 궤적은 밤하늘을 꿰뚫고 '프리아에'의 머리에 명중했다.

하지만 그게 날아가는 일은 없었다.

'…말도 안 돼. 거짓말이지?'

차브는 그때 보았다.

붉은 열선을 '프리아에'가 쏜 순간이다.

그 열선이 차브의 저격을 상쇄하고 있었다. 붉은 빛은 그대로 하늘을 불태우며 아군 한 기를 격추했다. 저런 일을 할 수 있는 건가. 이해할 수 없는 반응속도… 아니면 예측인가?

‘좋아. 그렇다면….’

차브는 곧바로 대처를 결정했다.

열선에 의한 정확한 방어. 그것을 돌파하려면 미끼가 필요하다. 그리고 연사. 짧은 시간에 잇달아… 혼란하게 만들어서 빈틈을 만든다. 한순간이면 된다.

“뭘 하고 있어? 실패했잖아, 차브!”

제이스의 호통.

“빌어먹을. 자이로가 뭐라고 비꼴 거라고 생각해? 지금 당장 이탈….”

“아니. 아직이에요. 뭐냐, 저는 진짜 천재잖아요?”

차브는 축광 탄창을 갈아끼웠다. 지팡이의 냉각까지 몇 초 더 걸리지만 그렇게는 기다릴 수 없다. 지팡이가 폭발해도 상관없다. 앞으로 두 발 정도는 버틸 것이다.

“오히려 불이 붙었습니다. 미끼 역할을 해주세요.”

“이봐, 우리 보고 미끼를 하라고?”

“아니, 제이스 씨와 니리 누님이라면 그 정도는 식은 죽 먹기잖아요. 저는 지금부터 날 테니까 직진해서 녀석을 노리는 척하세요. —그러면 제가 녀석을 죽일 테니까. 그 후에 회수하러 와주면 됩니다.”

“뭐?”

“식은 죽 먹기죠? 부탁할게요!”

“기다려.”

이해하고 있을 것이다. 차브는 제이스를 자이로와 동등한 수준으로 평가하고 있다. 특히 전투에 있어서는 천재인 자신을 능가할 듯한 두 사람이다. 그래서 차브는 제이스의 대답을 듣지 않고 고정쇠를 풀었다. 자신을 니리의 등에 고정하고 있던 고정쇠를.

그리고 몸을 내밀었다.

'상대는 안 움직이고 있어.'

차브는 조용히 성인을 기동했다. 저격장이 섬광을 내뿜는다.

'그러니까 몇 번이고 맞추지 않으면 무능하다는 소리야.'

조준은 다시 정확하게 '프리아에'의 머리.

이것도 막혔다. 붉은 열선이 차브가 쏜 번개를 튕겨냈다. 말도 안되는 반응속도다. 부아가 치밀 정도였다.

열선은 그대로 밤하늘에 꼬리를 끌었고… 그것이 사라지기 전에 차브는 날았다.

"제기랄. 니리!"

제이스의 욕설. 그리고 새와 같은 날카로운 울음소리도 들려온 것 같다.

차브는 니리의 등에서 뛰어내려 다시 한번 축광 탄창을 갈아끼우고 성인을 기동시켰다. 고속의 탄창 교환. 그 순간 '프리아에'는 한 손을 든 채 정지한 것처럼 보였다.

'망설였군.'

차브는 웃고 있었다.

제이스와 니리. 그곳에서 떨어진 자신. 어느 쪽을 노려야 할지, 위협도가 높은 것은 어느 쪽인지. 인간과 마왕현상의 차이. —초장거리를 볼 수 있는 렌즈의 유무. 신체능력을 확장할 수 있는 기구를 보유하고 있는지 어떤지.

이런 거리에서 마왕현상이 인간 개체를 식별할 수 있는 능력은

없다고 차브는 판단했다. 저격을 되풀이한 것이 제이스인지 차브인지 '프리아에'로선 판단할 수 없을 것이다. 아니면 니리를 그렇게나 겁내고 있는 건가? 알고 있어도 순간적으로 망설일 만큼.

그런 것은 아무래도 좋았다.

'자, 나의 승리!'

결국 그 한순간의 망설임이 치명적인 빈틈이었다.

세 번째 번개가 허공을 불태운다. 지팡이가 그 출력을 견디지 못하고 폭발한다. 작은 나뭇조각이 뺨을 때려 통증이 일었다.

하지만 조준은 어디까지나 정확했다. '프리아에'의 가슴으로 번개가 빨려들더니 그 얼굴이 어안이 벙벙한 듯 입을 벌렸다. 그것으로 끝이다.

'프리아에'의 가슴이 폭발했다. 터져 날아간다.

그리고 낙하. 부유감.

―그 직후 충격.

목이 뽑힐 것 같은 충격이었다.

"…까불지 마!"

제이스는 차브의 방한복 목덜미를 붙잡은 채 호통쳤다.

"나와 니리한테 이런 곡예 같은 짓을 하게 만들다니. 그대로 떨어뜨려 버릴까 생각했다고. 바보 아냐?"

"이야, 저는 즐거웠어요. 그리고 성공했잖아요. 이런 건 우리 아니면 절대 할 수 없다고요."

"…아무래도 좋지만 그 지팡이."

제이스는 차브가 한 손에 들고 있는 지팡이를 쳐다보았다. 검게 그을린 채 중간 부분이 폭발한 것처럼 부러져 있다.

“노르가유 녀석이 격노할 거야.”

“아아. …그건 좀 위험하네요.”

◆

시간과의 싸움이었다.

밀려드는 페어리의 무리를 돌파해서 북쪽으로 가야 한다. 그러기 위해서는 밀려드는 페어리들의 무리 한복판을 돌파할 필요가 있었다. 소형 페어리라면 가볍게 해치울 수 있지만 성가신 것은 대형에 이족보행을 하는 페어리…, 트롤. 녀석들은 상당한 지능이 있고 움직임도 둔중하지 않다.

나와 테오리타는 확인하자마자 양팔을 치켜들고 달려왔다.

“꽉 잡아.”

테오리타에게는 그렇게만 경고했다.

검의 소환은 쓸 수 없다. 여기서 쓸데없는 부담을 줄 순 없다. ─ 나는 나이프를 뽑아 발밑을 노려 던졌다. 트롤 같은 대형종은 동체를 노려도 해치울 수 없는 경우가 있다. 그렇다고 머리에 맞추는 것은 나라도 상당한 행운이 필요하다.

그래서 자세를 무너뜨린다. 발밑의 폭발로 쓰러뜨린다. 그대로 말을 달려서 빠져나간다. 완전히 해치울 여유는 없다.

‘아직인가? 다음이 있어. 너무 많아.’

앞쪽에 트롤. 이번엔 두 마리. 게다가 주위의 소형 페어리를 붙잡아서 집어던졌다.

“그런 말도 안 되는…!”

요격할 수밖에 없다. 나이프, 폭파. 앞으로 몇 개나 남았지? 생각할 틈도 없이 트롤이 돌진해 왔다. 다음을 준비할 시간이 없다. 제기랄. 회피하려면… 여기서 말을 버릴 수밖에 없나…?

그 생각이 머리를 스친 순간, 돌진해온 트롤의 머리가 터져 날아갔다. 무언가가 날아온 것이리라. 창인가? 아니면 뇌장에 의한 사격? 순간적으로는 판별할 수 없다.

'누구지?'

잠시 생각했지만 그 원인은 명백했다.

『서둘러. 이미 제9성기사단은 교전을 시작했으니까. 적에게 따라잡혔어.』

노르가유의 목소리가 잡음에 섞여 들려왔다. 공병부대인가. 완만한 언덕 위에 자리를 잡고 미끄러져 내려오면서 뇌장에 의한 사격을 한다. 내 앞에 있는 적이 폭발하거나 도망쳤다.

『우리 군의 총수를 통과시켜라! 공병부대, 일제 사격. —자이로 총수, 지름길을 가르쳐 주마.』

"고마워."

나는 진심으로 말했다.

"지름길이 어디지?"

『우리가 점거하고 있는 언덕을 통과해라. 서쪽에서 오는 적을 차단하고 있으니 그대로 북쪽으로 달리면 된다.』

"차단하고 있다니… 가능한 거야? 노르가유 폐하, 어떻게 했어?"

무언가의 함정으로 움직임을 멈춘 것이라 생각한다. 하지만 방법을 모르겠다.

쇄설인은 모두 다 써버렸고, 급하게 준비할 수 있는 것은 선택의 여지가 별로 없다. 기껏해야 단순한 소규모 폭파인 정도일 것이다. 하지만 예상 이상의 효과를 발휘하고 있다. 우회하려고 한 페어리는 대부분 혼란에 빠져 있었다.

그 덕분에 선두에 있는 호드 클리비오스의 제9성기사단은 얼마 안 되는 페어리를 해치우며 투진 산 기슭에 도달해 가고 있었다. 그 복잡한 지형이 시간을 더 벌 수 있게 해줄 것이다.

『울림자를 썼다.』

노르가유는 대수롭지 않다는 듯 말했다.

울림자란 땅에 나무 막대기를 박은 후 판자와 끈으로 결합한 것을 말한다. 그것들은 연동되어 있어서 끈에 걸리면 일제히 소리가 난다. 그것에 폭파의 성인을 새겨 즉석 함정으로 만드는 방법은 자주 쓰인다. 끈을 치는 방법에 따라선 밑을 통과하기도 힘든 함정이 된다.

하지만 문제도 두 개 정도 있다. 그것이 효과를 발휘할 만큼 많은 나무 판자에 성인을 새길 필요가 있다는 것과, 너무도 발각되기 쉬운 함정이라는 것이었다.

"녀석들이 통과할 수 없을 만큼 대량으로 그걸 준비했다는 건가? 용케 그런 성인을 새겼네. 축광하는 시간도….."

『전부에 새길 필요는 없어.』

이럴 때 노르가유는 참을성 있는 교사로 변한다.

『이쪽만이 파악하고 있는 배치도에 따라 언뜻 무작위로 보이게끔 늘어놓는 거지. 유효한 성인이 새겨진 울림자는 연결시켜서 폭발력을 높이면 되고. 아무튼 그런 함정이야.』

그것으로 알았다. 이것은 간단히 발각되는 함정이어도 괜찮은 거다.

지금까지 이렇게 양호한 조건에서 싸우는 일이 적었기에 기본이 머릿속에서 사라져 있었다. 적을 망설이게 하는 것만으로도 충분한 시간벌이용 함정인 것이다. 그것이 효과적으로 작동하고 있고 거기에 공병의 얄미운 사격까지 더해졌으니 혼란에 빠질 만도 하다. 곧바로 말뚝들을 우회하는 방향으로 방침을 전환했을 것이다.

남은 건 내가 서두르는 것뿐이다. 호드와 합류해야 한다. '카론'을 죽이려면 증원이 필요하다. 그래….

"테오리타. 어느 정도 힘이 돌아왔어?"

"괘… 괜찮, 아요. 아주 팔팔하니까 한순간만이라면 '성검'을 부르는 것도."

"솔직하게 말해. 베네팀 같은 거짓말을 하지 말고."

"…'성검'은 무리예요. 다만 큰 소환을 한 번. 아니, 두 번…. 두 번 가능해요!"

"정말이지?"

"할 수 있어요. 그 정도라면 분명 문제 없을 거예요!"

"좋아."

나는 테오리타를 믿기로 했다. 두 번. 그 소환으로 결판을 내주겠다. 다만 될 대로 되라식의 공격은 안 된다. 저 뼈다귀 마왕한테 확실히 '필살'이 될 만한 공격을 성립시켜야 한다.

이를테면….

『자이로 군! 저기, 들립니까? 제 쪽은 큰일이 벌어지고 있는데요!』

베네팀의 절박한 목소리가 울려퍼졌다. 머리가 아플 정도로 강한 목소리였다. 나는 의미가 없다는 걸 알면서도 귀를 막았다. ─그리고 호통친다.

"…뭐야! 지금 나는 굉장히 바쁘니까 나중에 해!"

『그런 소리 마세요! 굉장한 숫자의 적과, 마왕이 와 있다고요!』

베네팀의 목소리는 비통했다.

『그 뼈다귀형 마왕입니다. 성기사단 사람들이 그렇게 말하고 있어요! 이제 여기서도 보이네요. 저런 게 오는 건가요? 자이로 군, 만에 하나라고 했잖아요!』

"만에 하나라는 가정이 맞아버렸군. 나도 갈 테니까 어떻게든 버텨. 타츠야도 있으니 전력은 충분할 거 아냐. 너는 거기서 웅크리고 있으면서 쓸데없이 고개를 들지 마."

『저도 그렇게 생각했는데요, 귀족 연합 사람들이 굉장한 기세로 도망치기 시작해서! 저기, 뼈다귀형 마왕 위험하지 않나요? 제9성기사단의… 페르메리 님이 소환한, 뭐냐, 독의 비 같은 게 전혀 안 통하는 것 같아요!』

"그렇겠지."

뼈다귀로 된 몸. 독이 단순한 뼈에게 통할까. 통한다고 해도 어떤 종류의 독이 통하지? 곧바로는 떠오르지 않을 것이다. 호드 클리비오스도 애를 먹을 게 분명하다.

『아무튼 얼른 구하러 와주세요! 이러다 죽고 만다고요..』

"시끄럽네. 아무튼 버텨! 내가 갈 때까지 전선을 지탱해!"

『으, 무리라니깐요…. 아아! 저기, 그러면 안 돼요…! 호드 단장, 기다려주세요. 저한테서 떨어지지 말아요!』

"…됐으니까 아무튼 버텨. 타츠야가 있잖아! 녀석을 써!"

나는 호통치고 말을 달렸다.

여기서부터다. 서로 비장의 무기를 써야 할 대목이다. ―그리고 근성. 기합과 행운. 내가 질 리가 없다고 생각한다. 그렇게 생각하지 않으면 싸울 것도 없이 패배한다.

『자이로 군, 틀렸어요. 저는 이런 것에 익숙하지 않다고요.』

"우는소리는 됐어. 그보다 너, 지휘관이잖아. 호드 클리비오스에게 통신을 연결해."

『네? 제 궁지를 가볍게 무시하고, 게다가 통신이라니….』

"얼른 연결해! 죽고 싶어? 나는 이기는 것만 생각하고 있어. 너도 알고 있잖아! 지금 당장 호드에게 연결해. 너도 죽는다!"

…그런 협박이 의미가 있었는지 어떤지.

아무튼 베네팀이 몇 초간 우는소리를 한 후 침묵이 흐르더니 호드 클리비오스는 뜻밖에도 내 통신을 받은 듯했다. 베네팀이 무언가 사기를 쳤을지도 모르지만 아무래도 좋다. 지금은 필요한 이야기를 해야 한다.

『자이로 폴바츠. 뭐 하고 싶은 말이라도 있는 거냐?』

잡음과 함께 딱딱한 목소리가 들렸다. 고지식한 목소리. 호드 클리비오스.

"총지휘관님과 이야기를 하고 싶어서 말야. 잡담은 일단 접어두고 급한 화제부터 제공하기로 할까?"

『장난치는 듯한 말투는 그만둬.』

생각했던 대로 호드는 사나운 목소리로 나를 나무랐다. 명백히 짜증을 내고 있다.

『단순한 농담이라면 끊을게. 지금 그럴 판국이 아냐.』

"농담 같은 게 아냐. 너, 투진·투가의 지형은 머릿속에 들어 있지?"

『날 바보로 알아? 당연하잖아.』

"그렇다면 '카론'을 유인해주었으면 하는 지점이 있어. 두 개의 산이 만드는 협곡이야. 커다란 강의 지류가 흐르고 있고 조금 트인 장소가 있지? 수원관리국의 건물이 있는 곳에서 조금 하류."

나는 투진 산과 투가 산이 만드는 계곡을 떠올렸다. 대략적으로 넓고 얕은 계곡이긴 하지만 대하 킨쟈 시바의 침식에 의해 한층 더 깊고 넓어진 지점이 있었다. 이 계곡은 북쪽을 향해 뻗어 있고, 비탈면에 의해 막다른 길로 되어 있다.

이 급비탈… 이랄까 절벽을 올라가는 게 투진 산의 정상으로 가는 지름길이기도 하다.

『…그 지점에 뭐가 있는데? 왜 그곳에 유인하라는 거지? 이유를 말해.』

"네《여신》의 독을 쓰기 위해서야."

호드는 침묵했다. 《여신》을 내세우는 것이 이 남자의 약점인 듯했다.

"이번 한 번만 믿어봐. 나는 남방야귀 마스티볼트에서 자랐어. 싸우는 법도 그곳에서 배웠고."

『널 믿으라는 거야? 그 한 번의 신용이 돌이킬 수 없는 패배가 되는 경우는.』

"당연히 있지. 하지만 다른 명안이라도 있어?"

『…그 마왕현상에게는 페르메리의 독이 통하지 않았어. 이미 여러 종류를 시험해봤지만.』

"액체 독이잖아. 기체는 안 시험해봤어. 안 그래?"

바람과 트인 지형 때문에 기체형 독은 쓰지 못했을 것이다. 금방 바람에 날아가버린다. 나는 그렇게 추측했지만 아무래도 정답인 듯했다. 호드의 침묵이 그것을 증명했다.

내가 지정한 계곡의 한 지점은 바람이 머물기 쉽고 산까지 있다.

"내 계획… 아니 미안. 내가 아니군. 계획을 세운 것은 라이노니까. 아무튼 '카론'의 생태에 기반해서 해치울 방법을 찾았어. 애초에 불리한 도박이지만 아직 가능성은 있을 거라 생각해."

『도박이라고?』

"도박은 너도 약한 편인가? 단숨에 불안해진 모양이네. 그래도 좋아. 해볼래?"

호드의 침묵이 그로부터 몇 초.

나는 어떤 대답이 돌아올지 알고 있었다. 그래서 말을 더 가속시켰다.

베네팀은 무서운 것을 보고 있다고 생각했다.

혹은 절망적인 것을. 투진·투가 협곡의 입구에서는 격렬한 전투가 벌어지고 있었다.

"…시위를 당겨라! 일제 사격!"

호드가 소리치고 팔을 밑으로 내렸다.

일제히 화살을 쏘는 소리가 들린다. 제9성기사단은 대부분 뇌장을 가지고 있지 않다. 독을 칠한 화살을 쓰기 때문이다. 모두 《여신》 페르메리가 소환한 치사성 맹독이라고 들었다.

하지만 그 몇백 개의 화살은 마왕현상 '카론'에게 전혀 피해를 입히지 못했다. 뼈에 맞고 튕겨나갈 뿐 박히지 않는다. 뇌장에 의한 사격과 포격에도 다리가 조금 늦어질 뿐, 모든 걸 유린하면서 다가오고 있다.

보라색 달 밑에서 보는 뼈다귀 기물은 무서움을 넘어 어딘지 신비하기조차 했다.

'글렀어.'

베네팀은 확신했다.

이래선 이길 수 없다. 드래곤조차 죽인다는 제9성기사단의 맹독은 효과를 발휘하고 있지 않다. 애당초 화살이 몸에 박히지 않기 때문이다. 귀족 연합의 장교들이 도망치기 시작한 심정도 이해가 된다. '카론'의 발이 땅바닥을 파헤치고 흙을 튕겨내면 거기에 말려든 병사는 버티지 못한다.

귀족들의 비명이 연쇄되며 그쪽 전열은 녹아내리는

것처럼 붕괴되고 있다. 아직 사기가 높은 것은 제9성기사단뿐이다.

그리고 위협은 '카론' 본체만이 아니었다. 페어리의 대군도 거느리고 있다.

『왕녀와 왕자를 보호해라! 페어리들이 접근하지 못하게 해!』

조금 멀리서, 협곡의 산길을 달려오기 시작한 호드가 말 위에서 소리쳤다. 페르메리는 그 등에 필사적으로 매달리면서 마왕현상 '카론'을 그 긴 앞머리 틈새로 노려보고 있다.

그 뒤를 따르는 것은 왕자와 왕녀를 태운 말과 그 호위단.

'어서 따라잡아야 돼.'

가장 안전한 곳은 틀림없이 저곳이다. 베네팀은 피폐해진 다리에 힘을 주었다. 하지만 이런 혼란의 와중에서는 어렵다. 최소한 말 타는 법을 배워둘 걸 그랬다고 이제 와서 생각한다.

"싫어! 이런 곳에서…!"

그때 귀족 연합의 장교로 보이는 누군가가 소리치며 베네팀을 밀쳐내려 했다. ―도망칠 생각이다. 허벅지를 걷어차인 듯한 충격. 아마 실제로 차였을 것이다. 베네팀은 비틀거리며 생각했다.

'나도 싫다고.'

아픈 허벅지를 어루만지면서 그 마음만이 커진다.

'걷어차인데다 춥고, 굉장히 피곤해. 누가 어떻게 좀 해줘.'

『―베네팀, 좀 더 틀어막아! 자이로한테선 최강의 보병을 붙였다고 들었어.』

성인 통신을 통해 호드가 자신에게 호통쳤다.

무리한 요구를 한다고 생각했다. 확실히 타츠야는 근처에 있다. 하지만 도망치려고 하는 사람이 너무 많아서 움직일 수 없다. 주변을 휩쓰는 대참사가 벌어질 것이다. 이대로는 타츠야를 쓸 수 없다.

『너도 징벌용사잖아. 어떻게든 해봐!』

베네팀은 완전히 경직되어 있었다.

자이로와 제이스, 그런 녀석들과 같은 활약을 기대하면 곤란하다. 자신에게 그런 능력은 없다. 이대로 멀뚱멀뚱 서 있을 수밖에 없다. 목숨을 던져 싸우기는커녕 다리가 얼어붙어 도망칠 수도 없다.

자신이 할 수 있는 일이 있다고 하면… 옛날부터 단 한 가지뿐이다.

무언가를 할 수 있는 사람에게 무언가를 해달라고 거짓말로 유인한다. 그렇게 생각했을 때 베네팀은 크게 숨을 들이마시고 있었다.

"—지금 도망치려 하는 제군들에게 묻겠습니다!"

자신이 생각해도 회심의 큰 목소리였다고 생각했다.

도망치는 병사 몇 명이 발을 멈춘 것을 알았다. 무언가 획기적인 작전이라도 기대하고 있는 걸까? 그렇다고 하면 미안하다.

"도망치는 것은 좋습니다. 적은 너무도 강대하고 승산은 별로 없으니까요. 하지만 여기서 도망치면 제군들에게 무엇이 남을까요? 그저 목숨만 건졌지 대체 무엇이 제군들의 여생에 남습니까? 죽을 때까지 시간만 보내며 살 거라면 지금 여기서 죽는 거나 마찬가지입니다!"

말도 안 되는 소리를 하고 있다. 하지만 말도 안 되는 소리는 이해가 될 때까지 조금 많은 시간이 걸린다.

"우리의 뒤에 있는 것은 이 나라의 왕녀와 왕자입니다. 한정된 인류의 생존권, 그 모두를 의미하는 왕국의 가장 귀중한 두 사람입니다!”

당장이라도 토할 것 같다. 다시 도망치는 병사 몇 명의 다리가 느려졌다.

한편, 아직 통솔하에 있는 제9성기사단은 과감하게 활을 쏘고 있었다. 혹은 석궁으로, 혹은 성인을 새긴 투창으로. 효과는 없을 것이다. ‘카론’의 뼈에는 흠집이 난 정도다. 독도 먹히고 있는 낌새가 없다. ―하지만 충격에 의해 속도는 조금 느려진다.

그것을 확인한 병사가 도주를 멈추고 자신도 활을 쏘았다. 그저 도망치는 게 아니라 마지막으로 무언가를… 분풀이라도 해둘까 하는 마음이었을지도 모른다.

“왕녀와 왕자를 지켜내면 우리 인류는 미래에 희망을 가질 수 있습니다!”

무슨 소리를 하고 있는 거지? 베네팀은 스스로도 그렇게 생각했다. 하지만 그래도 좋다. 머릿속에 떠오르는 대로 주절댄다. 시간을 벌어야 한다. 자이로가 온다고 했었다.

그렇다. 자이로 폴바츠와 그《여신》이 반드시 온다.

“우리의 분전으로 아직 싸울 힘이 남아 있다는 것을, 인류 전사들의 힘은 건재하다는 것을, 세상 사람들은 알게 될 겁니다. 모두가 우리가 한 싸움의 가치를 알게 될 겁니다!”

굉장한 기만이다. 누가 싸움의 가치따윌 판단할 수 있다는 건가.

그래도 지금은 이것이 필요했다. 마왕 때문에 겁을 먹고 도망치는 병사에게는 삭막한 현실보다 유쾌한 기분이 될 수 있는 망상이 필요했다.

그 덕분에 도망치는 다리가 멈추었다.

"이곳에 서는 것으로 우리는 세계를 지키는 겁니다. 그리고 우리는 반드시 이길 겁니다. 이곳에 그 시조가 있기 때문입니다!"

베네팀은 옆에 있는 타츠야의 어깨를 잡았다. 극단적으로 구부린 자세로 신음을 내는 남자. 이 방법은 분명 베네팀밖에 모를 것이다. 타츠야를 싸우게 하는 특별한 방법.

주변 시선이 타츠야에게 쏠렸다. 길이 뚫려 있다. ―페어리들이 있는 최전선으로 가는 길이.

"일찍이 가장 처음으로 마왕을 물리친 사람들. 그 마지막 한 명입니다. 전설의 영웅. 이 사람이 제군들과 싸울 겁니다!"

그리고 베네팀은 타츠야의 귓가에서 속삭였다. 그게 신호다.

"…영웅처럼 싸워주세요. 부탁드립니다."

그 순간 타츠야가 움직였다.

"기."

목구멍 안에서 삐걱이는 듯한 신음이 들려온 것 같았다. 타츠야가 한층 더 등을 구부리고 전투 도끼를 약간 들어올렸을 때 그 모습이 사라졌다. 베네팀은 그렇게밖에 인식할 수 없었다.

빠르다는 표현만으로는 부족하다.

끼익. 무언가가 마찰되는 소리.

다음 순간 페어리들의 무리 일부가 튕겨 날아갔다. 어느새 타츠야가 그 한복판에 들어가 있었다. 발꿈치가 바닥을 파헤쳤고 그 위로 고기조각이 된 페어리가 쏟아진다.

"기기이르르르르르르!"

기괴한 소리를 지르는 타츠야의 얼굴은 잘 보이지 않는다. ―혹시 웃고 있는 걸까?

『—방금 저 남자는 무엇을 한 거지?』

호드의 목소리. 의심스러워하는 낌새가 있다. 베네팀에게 있어서는 익숙한 낌새였다.

『페어리들이 한 방에 다 날아갔는데..』

"비장의 수단입니다."

평정을 가장하며 대답한다. 베네팀은 알고 있었다.

타츠야는 상식을 초월한 속도로 움직일 수 있다. 그 속도는 베네팀이 눈으로 쫓을 수 없을 정도다. 전투 도끼의 일섬으로 적을 휩쓸어버리고 그대로 페어리의 무리 속에 뛰어든다.

페어리들이 몰려든다. 타츠야의 다리를 물어뜯기 위해 보기가 달렸고 푸어는 도약해서 붙잡으려 했다. 바게스트는 그 몸으로 타츠야를 깔아뭉개려고 한다. 붙잡힐 리 없다고 베네팀은 확신하고 있다. 이렇게 된 타츠야는 베네팀의 이해를 초월했다.

타츠야는 몸이 흐려진 것처럼 달리더니 손에 든 전투도끼로 피의 소용돌이를 만들었다. 바게스트의 거대한 목조차 잘려나간다. 페어리들은 접근조차 할 수 없었다. 적 한복판에서 선풍이 발생한 거나 다름없다. 타츠야는 접근하는 것을 모두 분쇄한 후 짐승처럼 낮은 자세에서 도약했다.

보라색 달빛이 그 광분을 악몽처럼 비추고 있었다.

"징벌용사다…. 본 적 있어! 저 전투도끼!"

"나도 요프시에서 봤어. 타츠야. '웃는 홍수'… 본인이야."

"강해…. 아니, 인간이 아니야. 굉장해!"

주위에서 환성이 터지고 있다. 더욱 이곳에 머무는 사람이 늘어났고, 창을 겨누는 사람, 활시위를 당기는 사람도 나오기 시작했다.

“―방금 말을 들었느냐? 저 녀석을 보았느냐? 녀석들아!”

큰 소리로 호통치는 귀족도 한 명 있다. 갑주로 몸을 감싼 장년의 남자. 그 방패에는 폭풍을 향해 나는 종달새의 문장이 있다. 이미 상당한 전투를 했는지 피에 젖은 종달새였다.

“겁을 먹은 다스미테아 녀석보다 천 배는 더 훌륭하구나. 녀석들아, 뒤처지지 마라! 쿨데일 가문의 종달새는 폭풍이 불수록 더 강하게 난다!”

쿨데일 가문 귀족의 말에 부하 병사들의 외침이 울려 퍼지며 돌격이 시작되었다. 밀어낸다.

“지휘관! 너도 제법 훌륭한 소리를 하잖아.”

돌격 도중 장년의 남자는 베네팀의 어깨를 두드렸다. 베네팀이 쓰러질 뻔한 힘으로.

“징벌용사가 강하다는 소문은 거짓말이 아니었던 것 같군.”

“이 정도는 당연합니다.”

베네팀은 커다란 거짓말을 했다. 그밖에 할 수 있는 것이 없었다. 자조의 미소를 떠올리고 다음에는 본심을 이야기한다.

“이 싸움은 어떻게든 살아남고 싶군요.”

“죽지 못하는 용사가 그런 말을 하는 거냐? 그거 웃기는군.”

실제로 쿨데일 가문의 남자는 이를 드러내고 웃었다.

“지휘관, 네 덕분에 좀더 버텨야겠다는 생각이 들었어. 최후미를 맡은 녀석들에게도 질 수 없지. 우리가 이 전장을 지탱하도록 하자고.”

베네팀은 아무런 대답도 할 수 없었다. 실룩거리는 표정을 떠올리는 게 고작이었지만 그래도 쿨데일 가문의 남자는 큰 전투망치를 짊어지고 달려나갔다.

"전설의 영웅을 뒤따라라! 페어리들을 죽여라!"

타츠야를 쫓아 땅울림 같은 발소리가 움직이기 시작한다. 돌격에 가까울 것이다. 그것은 확실히 페어리를 밀어내는 기세를 전염시켜 갔다. 외침이 연쇄된다.

'하지만….'

베네팀은 알고 있다. 이런 상황에서 타츠야는 오래 버티지 못한다.

그 몸이 견디지 못한다는 말이다.

몇 번인가의 도약과 고속 참격. 그후 착지하면서 왼쪽 다리가 부러지는 게 보였다. 눈보라, 흙먼지, 피먼지. 앞으로 3번 정도의 도약이 한계일 것이다. 최소한 수리소행이다.

하지만 그래도 좋았다.

쿨데일 가문의 병사에 이끌려 사기를 되찾은 사람들이 있었다. 그들은 베네팀의 화술에 넘어간 상태였다. 버티는 힘이 더 강해졌다. 베네팀은 의식하지 않았지만 항전으로 인해 페어리의 움직임이 막히자 마왕현상 '카론'의 진군에 변화를 초래하고 있었다.

저항이 심한 타츠야와 그 주변을 피해, 호드가 있는 선두부대를 쫓으려 하고 있었다. 빛과 폭음이 '카론'의 주의를 끌고 있다. 궁병이 화살을 쏘자 제9성기사단이 자랑하는 포갑주 세 기가 호쾌한 포격을 날렸다. 어느 공격이든 다 튕겨나갔고 포격은 거의 명중하지 않았다. 모두가 라이노 같은 이상한 포병은 아닌 것이다.

하지만 충분한 엄호는 되고 있었다. '카론'의 몸에 손상을 입히는 게 목적이 아니다. 소리와 빛으로 협곡으로 유도하기 위한 것이다.

그리고 무엇보다,

『—잘 버텨냈군. 진로유도도 성공했잖아.』

목소리가 들렸다.

페어리들을 날려버리고 달려오는 검은 말이 보였다.

자이로와 테오리타. —베네팀은 안도의 한숨을 쉬었다. 타츠야는 지나치는 두 사람을 올려다보고 의미를 알 수 없는 신음을 흘렸다. 자이로는 그에 대답하듯 손을 흔들어보였다. 그리고 그대로 나이프를 던져서 달려들던 페어리를 날려버렸다.

정말 이 남자는 싸우기 위해 태어난 것 아닐까. 베네팀은 종종 그렇게 생각한다.

"좀 더 궁지에 몰렸을 거라고 생각했는데 선전했네. 과연 타츠야야."

"아니 아니, …저도 힘냈다고요. 정말 큰일이었습니다."

베네팀은 몸에서 힘이 풀린 것을 깨달았다. 역시 폭력이라는 점에선 이렇게나 의지가 되는 사람은 없다. 그래서 자신도 모르게 푸념이 나왔다.

"늦었잖아요. 자이로 군."

"이것도 급하게 온 거야. 하지만 뭐… 늦지는 않았네. 이 뒤는 내가 할게."

자이로는 용맹하게 웃었다.

"뼈다귀 녀석, 너무 까불었어. 죽여버리겠다."

◆

그것은 제법 넓고 깊은 협곡이었다.

트여 있는 바닥은 북쪽으로 뻗어 있고 폭포처럼 물이 쏟아지는 급경사 때문에 막다른 길처럼 되어있다.

물론 이 정도 계곡은 내 기억 속에 있다. 남방야귀…, 마스티볼 트령의 협곡과는 비교도 안 된다.

하지만 '카론' 같은 커다란 집채만 한 괴물이 유유히 걸을 수 있을 만한 폭은 된다. 시냇물과 진흙, 쌓여 있는 눈을 튕겨내며 그 거대한 몸이 진군하고 있다. 나는 그것을 포위한 채 내려다볼 수 있었다. 다른 병사들도 협곡을 빙 둘러싼 형태로 배치되어 있다.

포격을 비롯한 지연공격은 아까 일시정지시켰다. 이제 별 의미가 없기 때문이다. 여기까지 유인한 이상, 남은 건 도박을 시도할 뿐이다.

'도박 같은 싸움을 하다니 아버지에게 야단맞겠군. 하지만….'

행운이라면 있다. 아무튼 테오리타는 《여신》이다. 하지만 지금 자신의 팔에 매달려 있는 모습을 보면 서 있는 것만으로도 힘들어 보인다. 얼른 결판을 내야 한다.

"자이로 폴바츠."

호드 클리비오스의 목소리. 그도 이미 말에서 내린 상태였다. 등 뒤에 페르메리를 대동한 채 불길한 파독면 뒤에서 신경질적인 눈으로 노려보고 있다.

"상황을 보고해. 최후미의 전투는?"

나는 그 고압적인 태도에 진절머리가 났다. 진절머리가 났지만 명쾌한 건 싫지 않다.

"파트세의 기병대를 라이노가 엄호하고 있어. 그러니까 마왕현상

본체가 지휘하지 않는 한, 돌파당하지 않을 거야. 동이 틀 때까지도 버틸 수 있어.”

“그 마왕현상 ‘프리아에’는 어떻게 되었지?”

“제이스와 니리가 차브를 태우고 날았어. 녀석들이 죽일 거야. 녀석들로 무리라면 누가 와도 무리야. 그러니까 남은 건 저 뼈다귀 녀석뿐인 거지.”

“아니, 인간 용병도 있어. 녀석들의 기습에는 대비가 필요해.”

“필요 없어. 그쪽은 이미 끝났으니까.”

자이로는 서쪽을 가리켰다.

“도터가 갔거든.”

연기가 피어오르는 게 보였다. 서쪽 구릉 어딘가에서 불길이 치솟고 있다.

“인간이든 마왕이든 밥은 먹어야 돼. 무기도 필요하고. 다시 말해 물자를 집적할 곳이 필요하지. —도터한테 잠입해서 불태우라고 했어.”

“병참을 끊은 건가? 집적소가 있는 곳을 어떻게 알아냈지?”

“녀석들의 진군 경로와 이 주변 지형으로 예상되는 지점을 찾고, 그후 하늘에서 확인하게 했어. 어딘가 강가에 있는 집락을 습격해서 거점으로 바꾸었을 거라고 생각했지.”

“그것도 도박에 가까운 거로군. 네 싸움은 도박의 연속인가.”

“그럴지도. 이번엔 이긴 것 같지만 말야. 식량을 불태우면 용병은 항복할 수밖에 없어. 싸울 기력이 다하거든. 물리적으로도 계속 전투를 할 수 없어. —그러니까.”

나는 계곡 바닥을 내려다보았다. ‘카론’은 결코 느리지 않은 속도로 협곡을 북쪽으로 이동하고 있었다. 그 앞은 단애와 같은 비탈과 폭포지만 '카론'에게 있어서는 그리 성가신 장애물이 아닐 것이다. 그 뼈로 된 발끝을 땅에 박으며 등반할 수 있을 테니까.

그렇게 산정에 먼저 도착하면 이쪽의 패배다. 그쪽은 페어리의 양산을 시작할 테니 이쪽이 거점을 공략하는 입장이 되고 만다.

"'카론' 말인데, 녀석에게 독은 통하지 않았다고 했지?"

"그래. 신경을 마비시키는 독의 비를 내리게 했지만 무의미했어. 그 뼈에 신경이나 내장 같은 게 있을 거라곤 생각 안 돼. 애당초 생물도 아니겠지."

호드는 짜증을 내고 있었다. 여느 때 이상으로.

"안됐지만 나와 페르메리의 능력으로는 죽일 수 없어. 제6성기사 단과 제10성기사단이라면….'"

"체념하기엔 너무 일러. 저건 생물이야. 틀림없이."

나는 단언했다.

"우리 포병이 포탄을 쏴서 뼈를 부쉈는데, 그때 내부에 연한 살이 채워져 있는 걸 봤어. 우리 포병이 말하기를 조개 같은 생물일지 모른다고 하더군."

"조개…."

호드는 의심스러운 눈으로 나를 보았다.

"저 뼈는 껍질이라는 건가. 저 껍질이 독의 비가 내부로 침투하는 것을 막았다고?"

"아마도. 나는 저 정도까지는 아니지만 크고 활발하게 움직이는 조개의 일종을 본 적이 있어. 아버지가 일부러 동방제도에서…, 아니, 그 이야기는 됐군. 아무튼 저건 그런 생물이야."

무기질이 페어리가 된 것 같은, 그런 상식 밖의 존재와는 다르다. 우리가 알고 있는 지식의 범주에서 대처할 수 있는 상대였다.

"그러니까 활동의 기반이 되는 중추기관이 있을 거야. 포격을 받았을 때 몸을 웅크리고 앞다리를 교차시켜 동체 부분을 방어하는 듯한 자세를 취했어. 좀 더 살펴볼 필요는 있지만 그것을 파괴해야 돼."

"―그리고 무언가의 방법으로 바깥 세상을 감지하고 있으니 감각기관도 있겠군. 그곳만은 노출되어 있지만 아마 액체를 막는 피막 같은 것으로 보호되고 있어서… 하지만 기체라면, 아니….""

호드는 어딘지 괴롭게 신음했다.

"나도 방법을 떠올렸지만 너무나 무모한 도박이야….""

"과감성이 너무 부족한 것 아냐? 지금은 이것밖에 방법이 없으니까 얌전히 도박에 참가하도록 해."

"건방진 소리를 하는군. 징벌용사 따위가."

"쫄아 있을 때가 아니야. 얼른 결단해."

"그만두세요, 자이로! 또 그렇게 시비조로….""

내가 호드를 노려보자 테오리타가 내 팔을 잡아당겼다. 마치 어린 동생을 야단치는 누나 같은 태도였다. 말도 안 돼.

"성기사끼리 힘을 합쳐 싸우는 국면이잖아요. 사이좋게 지내지 않으면 안 돼요! …그렇죠? 페르메리. 네?"

"…죄송합니다. 호드, 《여신》으로서 한마디만 하죠. 당신은 저의 기사답게, 저기… 고결하고 협조성 있는 태도를… 취하는 게 좋지 않을까요…?"

페르메리도 호드 뒤에서 조심스럽게 속삭였다. 협곡 밑에서는

'카론'이 진군하는 소리가 울려퍼지고 있다. 나무를 쓰러뜨리고… 방금 북쪽 비탈에 도달한 참이었다. 앞발이 바위에 박힌다. 그대로 오르기 시작하면 작전은 시작하기 전에 실패한다.

나와 호드는 얼굴을 마주보고 누가 먼저랄 것도 없이 고개를 돌렸다. 폼이 안 난다고 생각했다.

"협력해라, 자이로 폴바츠. 저 마왕현상에게 승리한다."

"네가 아직 포기하지 않았다면 이기게 해줄게."

"…그럼 이쪽에서 '카론'의 감각기관을 공격하겠다."

조금 갑작스럽게 호드가 중얼거렸다.

"페르메리. 빨간색 10번. 준비는?"

"예. 미사용입니다. 충만시킨 것을 배포했습니다."

"좋아. 즉시 공격개시."

호드의 팔이 움직였다. 무언가의 신호. 협곡 이곳저곳에서 깃발이 휘둘러지더니 무언가가 일제히 쏘아졌다. ─화살 끝에 통을 매단 건가. 그것은 '카론'의 몸에, 혹은 주위에 착탄해서 붉은 연기를 만들어냈다.

그것은 연쇄되어 금세 '카론'의 거대한 몸을 감쌀 정도가 되었다. 이 협곡이라면 생각했던 대로 바람이 체류되어 있기에 그리 쉽게 걷히지 않는다. 붉은 안개 속에서 '카론'의 몸이 경련하는 걸 알 수 있었다.

그것은 너무도 격렬한 반응이었는데, 동체를 흔들어 무언가를 떨쳐내려 하고 있는 것처럼 보였다.

"굉장하군. 이봐, 어떤 맹독을 쓴 거지?"

"스리와크."

호드의 대답은 너무 단순해서 내 의표를 찔렀다.

"그것을 분말로 해서 점막에 부착시키면 강력한 통증과 자극을 일으켜. 마왕현상 '카론'. 겉모습은 뼈다귀지만 무언가의 방법으로 바깥세상을 감지하고 있어. 그것이 시각이든 후각이든…. 일단은 그게 효과가 있을 거라 추측했지."

그 말대로 '카론'은 올라가려던 산비탈을 쥐어뜯다가 그대로 자세가 무너졌다. 굴러떨어진다. 이리저리 발버둥친 탓에 토사붕괴가 일어났다. 굉음.

그 순간… '카론'이 동체를 보호하듯 다리를 모은 채 바닥으로 굴러떨어지는 것을 나는 보았다.

동체. 조금 뒤쪽.

호드가 날카롭게 소리쳤다.

"가라, 자이로."

"할 거야. 네가 명령하지 않아도."

"나의 기사! 또 당신은 그런 말을…."

나는 불평을 늘어놓으려는 테오리타를 안아들고 도약했다.

절벽 아래. 뛰어내리듯 달려서 '카론'을 급습한다. 아마 이것이 최대이자 유일한 기회일 거라고 생각했다.

◆

보라색 달이 굴러떨어진 '카론'의 동체를 비춘다.

게와 닮았다. 평평하게 만든 두개골 같은 동체. 이음새가 보이지 않는 것은 그만큼 엄중하게 보호되고 있다는 말일 것이다. 끼익끼

익 이상한 울음을 내며 조금 흐려진 붉은 안개 속에서 다리를 마구잡이로 움직이고 있다. 산비탈이 파헤쳐져서 다시 토사붕괴가 일어났다.

녀석이 날뛸 때마다 부서져 날아가는 발밑의 비탈은 이미 안개와 같이 새빨개져 있었다.

'괴로워하고 있군. 그야 그렇겠지. 스리와크 가루를 코나 눈에 문지른 거나 마찬가지니까.'

생각하는 것만으로도 오싹하다.

감각기관은 파괴했으니, 남은 건 전신에 명령을 내리는 중추기관이 있을 것이다. 그곳을 보다 정확하게 포착하려면…. 나는 목에 있는 성인에 손을 대고 소리쳤다.

"호드. 견제는 맡길게."

『알고 있어.』

호드의 싫은 듯한 목소리. 녀석은 이미 거대한 석궁 같은 무기를 준비시키고 있었다. 주위를 에워싸듯 네 기. 그것이 일제히 발사되었다. 원래는 공성을 위해 설계된 거대 석궁이지만, 이런 대형 마왕 현상을 상정한 무기로 개량되었다.

그것은 '카론'의 몸에 정확히 빨려 들어갔지만… 여덟 개의 다리에 의해 막혔다. 아이 몸통 정도는 되는 화살이었지만 '카론'이 휘두른 다리는 그것도 튕겨낸다. 다만 수월하게 튕겨낸 것은 아니다.

무리해서 튕겨낸 다리 하나에 우직 하고 금이 갔다.

'방금 공격을 억지로 튕겨내려 한 걸 보면 지키려고 하는 장소가 있어.'

역시 동체. 조금 뒤쪽. 그곳을 노려야 한다.

다만… '카론'의 반격을 피해야 할 필요가 있다. 나는 적을 응시했다. 막아선 것은 흰 뼈로 된 다리의 무리. 마구잡이로 휘둘러지고 있지만 그중 하나는 명백히 나를 노리고 있었다. 낫 같은 참격.

'잘 보이지도 않으면서, 이 자식.'

절벽을 박차고 회피. 그것 자체는 쉽다. 아무것도 아니다.

하지만 다리 끝부분이 절벽을 파헤치자 돌멩이가 성대하게 흩뿌려졌다. 다시 절벽을 박차고 도약한 후 회전해서 테오리타를 보호했다. 모두 피해낼 수 없다. 등에 강렬한 돌팔매를 맞았다.

"자이로!"

"신경 쓰지 마."

그렇다. 신경 쓰고 있을 때가 아니다. 해야 할 일이 있다.

"테오리타. 부탁할게. 첫 번째야!"

"─예…!"

테오리타의 머리카락에 불똥이 튀었다. 방전. 눈동자의 불꽃이 짧은 시간 강하게 타올랐다.

공중에 거대한 검이 소환된다. 대검이라 해도 좋을 것이다. 본래라면 양손으로 잡고 휘두르는 무기. 발끝으로 절벽을 깎아 내려가면서 소환 직후의 그것을 한 손으로 잡았다. 그 기세로 1회전.

'두들겨 패주마…!'

그리고 절벽을 박차고 비상인으로 가속하면서 '카론'에게 육박한다.

원심력을 이용해서 힘껏 대검을 투척했다. 자테 핀데, 폭파 성인의 힘을 있는 대로 주입한 후 표적을 확인하고 집어던진다.

이때 '카론'이 마구잡이로 휘두른 다리는 건방지게도 내가 던진

검을 가까스로 튕겨냈다. 하지만 그와 동시에 폭파. —흰 섬광, 파괴. 금이 간 다리 하나는 깨져 날아가서 더 이상 쓸 수 없게 되었다.

'첫 번째 도박은 실패. 하지만.'

절벽을 차서 낙하 충격을 완화시킨다.

다음이 있다. 내가 생각하기에 도박의 필승법은 이길 때까지 계속하는 자산을 가지고 있는 것이다. 지상을 달린다. 흙과 나무를 걸어차서 '카론'의 거대한 몸과 거리를 벌린다.

"자이로! 왼쪽이에요."

테오리타의 경고. '카론'이다. 뻗은 앞발을 더 크게 휘두른 것이었다.

다시 깨진 바위가 날아왔다. 공격할 생각인가. 녀석의 다리가 닿는 안쪽은 흙과 바위가 흩날리는 소용돌이처럼 되어 있다. 역시 돌멩이의 폭풍은 전부 다 피해낼 수 없다. 옆구리에 어린애 머리만 한 돌이 부딪혔을 때는 아무리 그래도 호흡이 멈출 뻔했다.

'당할 것 같으냐. 궁지에 몰려서 한 공격일 뿐이야. 기합을 넣어라.'

테오리타에게 맞지 않은 것은 행운이었다. 잘 지켜냈다. 나도 죽은 건 아니로군.

『경계해. 자이로. 손상을 회복할 생각이야.』

호드의 쓸데없는 경고.

말한 대로 '카론'의 부러진 다리가 잘린 부분을 찾아 움직이고 있었다. 상처 부위에서 촉수가 뻗어 나와 부글부글 거품을 내며 치료를 시작하고 있다. 아니… 그뿐만이 아니다.

'말도 안 돼.'

나는 전율했다. '카론'의 상처 부위에서 흘러나온 거품은 시내를 오염시키고 흘러넘쳤다. 아마 터무니없이 점성이 높은 체액일 것이다. 닿으면 움직일 수 없게 될 가능성이 있다.

테오리타도 그것을 깨달았는지 약한 힘으로 나에게 매달렸다.

"나의 기사, 벌려야 돼요… 거리를….."

"알고 있어. 하지만 말야."

'카론'이 앞발을 휘두르며 날뛰고 있다. 그만큼 흙과 나무에 섞인 체액도 함께 튀고 있었다. 거품의 비말에 발끝이 걸렸다. 제기랄, 넘어질 뻔했다…. 이런 식으로 계속 날뛰면 언젠가는 움직일 수 없게 된다.

"호드! 호드 클리비오스! 추가 엄호를 부탁해. 내가 말려들어도 좋아!"

『진심이야?』

"진심이야. 어서 해!"

『테오리타 님도 공격에 말려들 수 있는데?』

"테오리타는 각오가 되어 있어! 내가 보장할게….."

나는 테오리타를 보았다. 약한 불씨처럼 눈동자가 불타고 있다.

"그렇지?"

"예. 맞아요. 자이로."

더할 나위 없이 기쁜 얼굴로 테오리타는 고개를 끄덕였다. 특별 취급은 안 한다. 이제 불가능하다. 빌어먹을 징벌용사 녀석들과 마찬가지로 테오리타와 함께 싸워야 한다.

그게 가능하다면 다시 한번 나는….

"쏴! 호드!"

알았다는 대답은 없었다. 망설인 시간을 되찾으려는 듯 격렬한 포격과 일제사격이 쏟아졌다.

밤의 협곡을 지지는 듯한, 아찔한 빛의 광채.

복구되고 있었던 '카론'의 앞다리가 다시 부러졌고 충격에 의해 움직임이 무뎌졌다. 아니, 멈춰 버렸다. 그런 성질이 있다는 것은 구릉에서 요격했을 때 알았다. 뼈로 된 전신을 진동시켜 기괴한, 곤충 같은 울음을 냈다.

나는 그 굉음과 분진을 뚫고 달렸다. 날아온 돌멩이가 뺨을 스친다. 테오리타도 상처를 입었을 것이다.

하지만 그것뿐이다. 파쇄되어 떨어진 돌덩어리들은 자테 핀데를 침투시킨 나이프로 날려버리고 앞으로 나아갔다. 절벽이 있다. 다리를 짚었다.

'해내고 말겠어.'

그 후엔 도약할 뿐이었다. 절벽을 달려 올라가듯 더 높은 곳으로. '카론'과 다시 가까운 거리에서 상대했다. ─한순간의 정적. 폐까지 식을 듯한 바람을 느끼면서 마왕과 대치한다.

'그때는 잘도 우리가 고생해서 만든 진지를 파괴했겠다.'

대치한 순간 그런 것을 생각했다.

검은 비가 내린 것은 그 직후였다. 허공에 무수한 불똥이 튀며 그곳에서 번져 나오듯 액체가 '카론'에게 쏟아졌다. 뼈로 된 그 표면을 적신다. 이것이 독의 《여신》 페르메리의 소환.

『검정색 2번. 끝이로군.』

호드의 얄미울 만큼 냉정한 목소리.

『끝내버려. 그 독의 비가 체내로 들어가면 끝나니까. 실수하지 마.』

"누구한테 하는 말이야. 할 수 있지? 테오리타. 다시 한번. 믿을게."

"후후."

테오리타가 웃는 것을 그 낌새로 알았다. 아니, 낌새가 아니라 직접 전해져 왔다.

"그거야말로 누구한테 하는 소리인가요."

이 녀석은 진짜 못 말리는 《여신》이다. —기뻐하고 있다.

나는 희미하게 품고 있던 의문을 완전히 집어던졌다. 굉장한 허세다. 테오리타는 '성검'을 쓴 탓에 아직 피로의 한계에 있을 터였다. 그래도… 그녀가 할 수 있다고 하면 할 수 있다. 해야 한다고 한다면 나도 믿어보고 싶다.

결국 나는 다시 과오를 되풀이하고 있는 것이리라. 세네르바 때처럼 잘못된 판단을 해서 얼굴도 모르는 빌어먹을 녀석들을 위해 소중한 상대를 내 손으로 해치는 결말로 나아가고 있는 건지 모른다.

그렇게 되면 확실히 후회할 것이다. 그만둘 걸 그랬다고 생각할 것이다.

'나는 언제나 그런 잘못을 해왔어. 하지만….'

"부탁할게요. 자이로!"

몹시 약한 불똥. 이미 잔재와 같은 눈동자의 불꽃. 그래도 테오리타는 검을 소환했다. 아까보다 두 단계는 거대한 검이었다. —이 녀석도 기합을 단단히 넣었군.

'하지만 그런 얼간이가 얼마나 무서운지 너희들에게 가르쳐 주

마!'

이번엔 폭파인을 침투시킬 필요가 없다. 그저 강하게 걷어찬다. 비상인 사카라의 전력으로 검이 부서질 만큼 강하게.

"자."

테오리타는 중얼거렸다.

"우리의 승리죠? 우리는 초천재니까 식은 죽 먹기예요!"

"그 말투, 차브의 영향을 받은 것 같은데 그만둬."

내가 걷어찬 검은 '카론'의 껍질을 파괴하고, 관통해서, 동체 뒷부분에 박혔다. 동시에 그것은 쏟아지는 검은 비를 체내에 흘려보내는 상처 자국이기도 했다.

두 번인가 세 번.

'카론'은 격렬하게 경련하며 엄청나게 귀에 거슬리는 절규를 내지르더니 다시는 움직이지 않게 되었다.

이리하여 마왕현상 '카론'은 《여신》 페르메리가 소환한 죽음의 비에 의해 토벌되었다.

◆

"나쁘지는 않았어."

흙투성이 강가에 주저앉아 움직일 기력도 없었던 나에게 호드 클리비오스가 한 말은 그런 것이었다.

"앞으로도 전력을 다하도록."

이미 파독면은 장착하고 있지 않다. 그래서 완전히 진담이라는 것을 알고 말았다.

“이상이야.”

그렇게 말하고 발길을 돌린다.

하지만 나는 그 뒷모습에 대고 아무것도 말할 생각은 없었다. 테오리타는 물론 나 이상으로 여유가 없다. 거친 숨을 내쉬며 창백한 얼굴로 누워 있다. 머리카락이 진흙으로 더럽혀질 것 같다고 생각했다. 나중에 잘 씻겨줘야겠다.

“저기….”

가냘픈 목소리. 페르메리였다. 이렇게 올려다보니 이 《여신》은 상당한 장신이라는 것을 알았다. 테오리타보다 상당히 연상으로 보인다.

“죄… 죄송합니다…. 방금 그건… 호드에게 있어서 최대한 위로의 말이에요.”

“그런 느낌이 들어.”

나는 한손을 흔들어 보였다.

“녀석의 부하는 엄청 고생하고 있지 않아?”

그 말에 페르메리는 아무런 대답도 하지 않았다. 종종걸음으로 호드의 뒤를 쫓아간다. ―그리고 침묵. 곧 있으면 날이 밝을 것이다.

“자이로….”

테오리타가 가녀린 목소리를 냈다.

“지쳤어요.”

“그렇겠지. 조금 자. 내가 봐줄 테니까.”

“하지만.”

“자라고.”

　나는 테오리타의 얼굴에 손을 뻗어 강제로 눈을 감겼다. 금방 고른 숨소리가 들려올 것이다. 나는 보라색 달을 찾아보았다. 이미 투진 산에 가려져 버린 건가?

　무언가 시라도 한 수 읊을 수 있을 것 같다. ―그렇게 생각하고 머릿속에서 단어를 쥐어 짜내려 했을 때였다.

　『자이로. 이쪽은 전투가 끝났어.』

　파트세의 목소리. 꼼꼼한 녀석이다. 이렇게 일일이 보고를 하다니.

　『적은 와해되어서 더 이상 조직적인 활동은 할 수 없을 거야.』

　"그렇군."

　『다만 한 가지 문제가 있어.』

　"좀 봐줘. 듣고 싶지 않아. 더 이상 움직일 수 없다고."

　지금 당장 쓰러지고 싶은 기분이었다. 다음 위협이 찾아온 건가.

　하지만 파트세가 보고한 것은 아주 흔한 일이었다. 이제 징벌용사 부대에선 정해진 패턴처럼 되어가고 있다.

　『라이노가 안 보여. 벗어놓은 포갑주밖에 남아 있지 않아.』

　"그래."

　정말 언제나 언제나 라이노는 전투가 끝나면 무슨 까닭인지 모습을 감추는 일이 많다.

　"또 현장을 방기했군."

　나는 진절머리를 내며 한숨을 쉬었다.

　"그 녀석, 다음에는 목에 밧줄이라도 감아놓는 게 좋지 않을까?"

불꽃이 날리고 있었다.

집락 전체가 타오르며 밤하늘을 비추고 있는 듯하다.

'큰일이네.'

어딘지 남의 일처럼 도터 루즈러스는 생각했다. 이곳저곳에서 호통…, 혹은 절규가 들린다. 모두 용병들의 것이다. 이미 이 집락에서 민간인은 사라진 듯했다.

'그렇다면 죄책감 따윈 필요 없으려나?'

도터 일행은 쌓여 있는 물자에 불을 지르고, 더러운 물을 뿌리고, 부술 수 있는 것은 다 부쉈다.

잠입하는 것은 그리 어렵지 않았다. 용병들과 소수의 페어리들이 지키고 있는 집락이었지만 그 감시체제는 허술하기 짝이 없었다.

어둠을 틈타 울타리를 통과했다. 벽을 오르고 지붕을 기었다. 도터와 동행한 열 명 정도의 병사 ―자이로의 말로는 '도터의 부하'라고 한다 ―도 도움이 되어주었다. 그들에게 부탁해서 경비하고 있는 사람은 죽여두었다.

'남은 것은 이제 도망치는 것뿐이야.'

그리 어렵지는 않을 것이다. 불꽃과 소음. 혼란이 혼란을 부르고 있다. 도망치는 사람도 많다.

'가자. 이걸로 충분해.'

도터는 집락 주위에 숨겨두었던 말에 올라탔다. 그의 '부하'들도 따로따로 도망쳤을 것이다. 그러라고 부탁했다.

애초에 잠입 기술이라는 것은 사람마다 다르다고 도터는 생각한다. 격투술 같은 것과는 다르다. 키가 작은 사람에게는 키가 작은 사람의, 큰 사람에게는 큰 사람의, 손이 큰 사람과 작은 사람, 남자냐 여자냐. 각자 개인의 방식이라는 것이 있다. 실제로 해보면 공유할 수 있는 부분은 적다.

그래서 따로따로 도망치는 게 가장 바람직한 방법이었다.

'철수하자. 이런 곳에 오래 있고 싶지 않아.'

도터는 서둘러 집락을 나섰다.

향하는 곳은 자이로 일행이 있는 곳이다. 그곳만이 안전했다. 품속에는 남방산 와인과 은화, 그리고 한 덩어리의 소금. 향초와 사슴 고기도 있으니 얼마간은 호화로운 식사를 할 수 있을 것이다. 자이로나 제이스에게 요리를 맡기면 된다.

아니면 좀 더 훔쳐 올 걸 그랬나? 지금부터라도 늦지는 않다. 혼란에 빠진 촌락으로 돌아가서 귀금속류라도…. 그런 사악한 생각이 좋지 않았던 모양인지,

"찾았다."

누군가의 목소리가 들렸다.

여자로 보인다. 추격자인가? 아니면 침입자를 놓치지 않으려고 기다리고 있었나? 여하튼 도터는 등골이 오싹하는 것을 느꼈다. 단숨에 식은땀이 분출된다. 재수가 없다. 평소의 행실이 좋지 않은 탓인가.

"목 매다는 여우."

그 여자는 의미를 알 수 없는 단어를 입 밖에 냈다.

탁한 붉은 머리의 여자. 붕대에 감겨 있는, 어딘지 일그러진 형상의 오른팔. 등 뒤에 한 명 더 있다. 다른 누군가. 아마 동료일 것이다. 도터의 앞을 가로막는 형태로 말을 움직였다.

"너만은 놓치지 않겠어."

그 목소리에는 일종의 절박감이 있었다. 여기서 자신을 놓치면 더 이상 뒤가 없는 것 같은.

'글렀네. 이래선 도망칠 수 없겠어.'

도터는 그렇게 생각했다. 말을 다루는데 있어선 상대가 훨씬 위다. 그런 기술에 능했다. —한 손에 들고 있는 긴 창이 보였다. 나란히 옆에서 달리고 있는데 떼어놓을 수 없다.

"좀 봐줘."

도터는 달리면서 그렇게 말했다.

베네팀은 아니지만 이렇게 된 이상, 말로 교란하는 것외에 할 수 있는 일은 없었다. 상대에게 발각되면 도터의 기술은 거의 쓸모가 없어진다. 애당초 그렇게 되지 않도록 하는 것이 잠입 기술이었다.

"나 같은 걸 죽여봤자 좋은 일은 하나도 없어!"

진심으로 도터는 그렇게 소리쳤다.

"너희들의 패배야. 더 이상 싸울 의미따윈 없어. 마왕현상은 어차피 자이로와 제이스가 해치웠을 거야! 넌 모르겠지만 그 두 사람은 좀 이상하거든!"

베네팀처럼 계속해서 주절댄다. 패배가 결정되었다는 걸 알면 용병은 물러설 것이다. 이런 곳에서 나 한 사람에 집착할 이유 따윈 없다. 이 설득은 성공할 것 같다는 생각이 들었다.

"저기, 부탁인데 나를 그냥 놓아줘. 진짜 의미가 없다니까. 헛된 싸움은 그만두는 게 좋아!"

"—헛된 싸움이라. 확실히 우리의 패배는 뒤집을 수 없겠지."

탁한 붉은 머리의 여자는 그래도 떨어지려 하지 않았다. 나란히 달리면서 서서히 다가온다.

"승리 선언인 거냐? 목 매다는 여우. 우리를 이렇게까지 휘두르고 가지고 놀았으니 확실히 탁월한 지휘관이 맞겠지. 그건 인정해."

무슨 말을 하는지 전혀 알 수 없었다. 도터는 입을 쩍 벌렸다. 그녀가 하는 말이 아무것도 이해가 안 된다. 목 매다는 여우…. 지휘관…. 둘 다 완전히 의미를 알 수 없는 말이었다.

그래서 되물었다.

"뭐라고? 그전에 너는 누구지?"

"그렇군."

붉은 머리 여자는 얼굴을 일그러뜨렸다. 웃는 듯한, 화가 난 듯한 얼굴이었다. 거기서 도터는 강한 적개심을 감지했다. 무언가 위험하다.

"나따위는 안중에도 없었던 건가. 그렇겠지. 목 매다는 여우. 기억해둬. 나는 트리실. '화안(火眼)'의 트리실이다!"

호통치듯 말했다. 화를 내고 있는 건가? 대체 무엇에 대해 화를 내고 있는 거지? 도터로선 전혀 알 수 없었다.

"패배가 정해지든 말든 나는 너를 죽일 거야."

트리실은 창을 겨누고 있었다.

"무예 실력은 어떠냐? 목 매다는 여우!"

급격히 접근해온다. 도터는 정체 모를 공포를 느꼈다. 도망칠 수 없나? 무언가 기회는? 아까 시야에 비친 또 한 사람, 그녀의 부하로 보이는 녀석이 있었을 것이다. —그쪽으로 힐끔 시선을 돌린다.

찾았다.

회색 모피를 걸친 남자. 그 녀석은 뇌장을 겨누고 있었다. 하지만 자세가 좀 이상하다. 마치 자신이 아니라 트리실을 노리고 있는 듯했다.

'어, 어째서? 이크, 위험하잖아.'

도터는 거의 절망적인 기분으로 말에서 뛰어내렸다. 아니 굴러떨어졌다고 하는 게 옳을 것이다. 그래도 트리실의 공격 자체는 피할 수 있었다.

창끝이 낫처럼 쭉 늘어나서 도터가 타고 있던 말을 베었다. 말의 목이 떨어졌다. 무겁고 축축한 소리. 눈보라. 완전히 피해내지 못해서 도터 자신도 몸 어딘가를 베였다고 생각했다. 왼발에 날카로운 통증. 가슴에 충격과 둔통. 생각할 틈도 없이 눈바닥을 구른다.

—그러다가 보았다.

부하 남자가 트리실을 쏘고 있었다. 서너 번 번개가 훑고 지나가자 트리실은 무언가 비명 같은 것을 지르고 부하를 돌아보았다. 그리고 말에서 굴러떨어진다.

"…렌트비!"

트리실의 외침.

그것이 부하의 이름인 건가? 트리실은 오른쪽 어깨를 부여잡고 있었다. 탄 냄새가 난다. 그곳이 뜯겨나갈 것처럼 도려진 채 불타고 있는 게 보였다. 근육질인 허벅지에도 상처가 있다.

"너, 무슨 짓을."

트리실이 그렇게 소리치자 부하는 조금 겁먹은 얼굴을 했다.

"무리입니다. 트리실 님."

그 손은 축광 탄창을 잽싸게 갈아 끼우고 있었다. 대비하고 있었다고밖에는 생각되지 않는 손동작.

"우리의 패배입니다. 당신은 마왕 편을 든 지휘관이지만, 저는 이번에야말로 인간 편에 설 겁니다."

부하는 울 것 같은 얼굴로 그렇게 말했다. 트리실의 매도와 혀를 차는 소리.

'내분인가?'

도터는 생각했다. 생각하면서 뇌장을 쥐고 있다.

'이런 일에 말려들 순 없어. 어느 쪽이든….'

뇌장을 겨눈다.

'둘 다 사라져줘. 어째서 이런 짓을 하는 거야.'

절실한 마음이었다. 부조리한 일에 대한 분노.

사격한다. 섬광이 쏘아졌다. 트리실과 그 부하, 양쪽을 다 노릴 생각이었다. 장전되어 있는 것을 모조리 쏟아부었다. 연속해서 네 번. 그중 한 발이라도 맞으면 된다고 생각하고 있었다. ―한 발밖에 맞지 않은 것에는 낙담했다.

그 한 발. 도터가 쏜 번개는 부하로 보이는 남자의 복부에 명중했다.

가장 큰 표적에만 명중했다고 할 수 있다.

그와 동시에 트리실의 오른팔이 움직였다. 창을 휘두른다. 지금이라도 뜯어질 것 같은데 이상하리만치 민첩한 움직임. 있을 수 없는 방향으로 팔 관절이 구부러졌다. 칼날이 낫처럼 변해서 부하 남자의 팔을 베었다.

"앗, 아! 어째서?"

부하는 비명 같은 소리를 지르고 휘청였지만 그래도 말을 달렸다. 도터와 트리실을 놔두고 도망친다. 그것을 쫓는 것은 굴러떨어진 두 사람에게는 불가능했다.

'…최악이야. 발을 다치고 말을 잃어버렸어. 그리고 적이 아직 한 사람.'

그대로 도터는 호흡을 고르는데 몇 초에서 몇십 초가 필요했다.

도저히 일어설 수 없었고 무언가의 말을 할 생각도 들지 않았다. 너무도 공기가 차갑다. 들이마시면 폐가 아프다. 그리고 베인 왼발도. 이쪽은 별로 감각이 없다.

"…어째서냐?"

트리실은 헐떡이듯 말했다.

"나를, 어째서 구한 거냐?"

딱히 구할 생각은 없었다고 도터는 말하려 했다. 오해다.

하지만 말이 나오지 않았다. 크게 호흡을 되풀이하고 꿀꺽 침을 삼켰을 뿐이다. 오히려 그 침묵이 정답이었을지 모른다. 침묵한 채 다시 십여 초가 지났을 것이다. 도터에게 있어서는 완전히 체념의 시간이었다.

"대체 뭐야? 이건….".

이윽고 트리실은 천천히 상체를 일으켰다.

천을 찢는 듯한 소리. 자신의 옷을 찢고 있다. 하지만 무엇을 위해?

"…지혈할게."

트리실은 도터를 내려다보았다.

"그대로 있으면 죽어. 목 매다는 여우."

그건 싫군. 도터는 생각했다. 몹시 머리가 무겁다. 졸린 것일지도 몰랐다.

◆

말을 버릴 수밖에 없었다.

그 '목 매다는 여우'의 사격은 자신의 옆구리뿐 아니라 타고 있던 말의 앞다리를 상처입혔다.

렌트비는 후회했다.

'실패했어.'

본래라면 일격에 트리실을 죽여야 했다. 덕분에 이렇게 되고 말았다. ―설마 '목 매다는 여우'에게 공격을 받을 줄이야.

'…단순한 내분이라 생각한 건가?'

원래라면 일격에 트리실을 죽이고 '목 매다는 여우'의 환심을 살 생각이었다.

그런데 생각지 못한 전개가 되고 말았다. 내가 생각해도 실패했다고 생각한다. 왜 자신은 도망쳐버린 건가. 옆구리를 맞고 거의 반사적으로 한 행동이었다. 사정을 설명하면 알아줬을지도 모르는데.

'…나는 왜 도망친 거지?'

그 물음으로 결국 되돌아온다.

그 남자, '목 매다는 여우'가 쳐다봤을 때 비난받고 있는 듯한 기분이 들었다. 그것이 무의식에 작용한 건가?

'이제부터 어떻게 하지?'

그대로 옆구리를 부여잡으며 걸었다.

차가운 바람이 불고 있다. 제2왕도로 돌아갈지, 아니면 인간 진영… 제9성기사단의 진지로 향할지. 후자 쪽이 그나마 살아남을 가능성이 크다.

'누가… 좀 도와줘.'

자신은 아직 아무것도 하지 않았다. 이런, 인류의 배신자로 기록되어, 아무도 모르는 곳에서 죽고 싶지 않다. 본래의 자신을 아직 누구에게도 보여주지 않았다.

가짜인 채 죽고 싶지 않다.

그런 바람이 보여준 환상인가? 처음엔 그렇게 생각했다.

"―어?"

그 남자는 무언가의 피에 젖은 고기덩어리를 끌고 있었다.

덩치가 큰 남자로, 온화한 미소를 지으며 렌트비를 내려다보고 있었다. 설원에 나타난 정령. 처음엔 그렇게 생각했다. 그만큼 단정한 미소를 짓고 있었다.

"놀랐어. 설마 인간이 있을 줄이야. 너, 괜찮아?"

물음에 렌트비는 아무것도 대답할 수 없었다. 그저 묘한 안도감을 느끼고 그 발밑에 무너졌다. 지쳐 있었다. 옆구리의 상처도 아프다. 물을 마시고 싶다고 생각했다.

"아아, 위험해. 다친 모양이네."

남자는 끌고 있던 고기덩어리를 내팽개치고 렌트비의 몸을 부축했다.

"정말로 이런 곳에서 뭘 하고 있는 거야? 생각지 못한 수확이네. '프리아에'의 뒷처리를 하는 김에 인명구조를 할 수 있다니…. 자,

괜찮아? 부상당한 곳은 옆구리인가?”

프리아에.

그것은 마왕현상의 이름이었을 것이다. 남자가 무슨 말을 하고 있는지 알 수 없지만 아무튼 구해줄 생각인 것 같다. 렌트비는 매달리고 싶은 기분이 들었다.

“도와… 주세요. 저는 이런 곳에서 죽을 수 없습니다. 죽고 싶지 않아요.”

헛소리를 하는 듯한 말투가 되고 말았다. 의아한 얼굴을 하는 남자를 바라보며 힘을 쥐어짜낸다.

“저는 죄를 지었습니다. 마왕현상에게 협력하면서 몇 명이나 사람을 다치게 했죠.”

자신이 생각해도 비열하다고 생각한다. 사람을 다치게 했다는 말로는 부족하다. 몇 명이나 죽었다.

하지만 지금은 그것을 얼버무려도 괜찮을 것이다. 살아남아서 모든 것을 바칠 생각으로 인류 편을 든다면, 목숨을 버릴 생각이라면 용서받을 것이다. 그렇게 생각했다.

—여기서부터 모든 것을 되찾아 보이겠다.

“하지만 저는, 진정한 저는 다릅니다. 인류를 위해 싸우고 싶습니다. 이 목숨을 쓰고 싶습니다. 모든 걸 다 버릴 수 있어요. 이번에야말로 인류를 위해서….”

진심으로 목소리를 쥐어짜낸다.

“인류를 위해, 이 몸을 바치고 싶습니다.”

“…훌륭해…!”

남자는 렌트비를 내려다보며 정말로 감격한 듯 말했다.

“훌륭해. 너, 이름은?”

“렌트비….”

렌트비는 필사적으로 말을 이었다.

“렌트비 키스코입니다.”

“렌트비 키스코. 나는 너를 평생 잊지 않을 거야. 네 헌신에 경의를 표해.”

남자는 미소지으며 손끝으로 성인을 그었다.

원을 그리고 그 중앙을 가르는 움직임. 무언가 기묘한 느낌이 들었다. 그 남자의 눈에 있는 것은 단순한 감격이 아니었다. 좀 더 근원적인 무언가다.

“인류를 위해 그 몸을 바쳐도 좋다니 정말 대단해. 절대 허사로 하지 않을게. 맹세해. 역시 신선한 것을 날로 먹는 것은 얻을 수 있는 활력이 달라.”

렌트비의 목을 남자의 손이 붙잡았다. 무언가가 이상하다. 렌트비는 그 손에서 도망치려 했다. 하지만 무리였다. 남자의 힘은 너무도 강했다. 부러질 것 같다.

“내가 네 소원을 들어줄게. 안심해, 렌트비!”

그때 렌트비는 알았다.

이 남자의 눈에 있는 감정에는 식욕이 섞여 있다.

‘싫어.’

렌트비는 그렇게 생각하며 저항하려 했다.

‘이런 곳에서.’

아직 진정한 자신의 인생을 살지 않았다. 가짜인 채 죽을 수는.

“반드시 내가 인류를 승리로 이끌어 보일 테니까 내 혈육의 일부

가 되어 함께 가자. 렌트비 키스코.”

온화한 목소리와 그 송곳니가 돋아난 입이 다가온다. 목이다. 이빨이 박히는 통증. 비명을 지르는 자신의 모습을 깨닫는다.

그 수십 초 후 렌트비 키스코의 의식은 끊겼다.

모든 게 급조된 요새였다.

투진 산에 구축된 진지. 제2왕도 탈환의 중심이다.

갈투일은 이곳을 임시요새 투진 바하크라 부르고 있는 듯하지만 아무리 생각해도 기껏해야 산적 소굴 수준이라고 생각한다. 바하크라는 것은 구왕국의 말로 '쐐기' 정도의 의미였다. 얼마나 갈투일이 이곳을 중시하고 있는지 기분만은 전해져 온다.

우리는 그 '임시요새'의 조잡한 방에 수용되었다.

명목상 병사 숙소로 되어 있지만 명백히 우리 징벌 용사의 방은 구조가 달랐다. 천으로 공간을 나눈 방에 두 명씩 수용되었다. 그나마 좀 나은 취급을 받은 것은 테오리타와 그 시중을 맡은 파트세 정도였다. 그녀들만은 다른…, 조금은 쾌적해 보이는 방에 들어가게 되었다.

차브와 같은 방에 배정된 제이스는 상당히 불평을 늘어 놓았지만 라이노와 노르가유 중 어느 쪽이 좋냐고 묻자 침묵했다. 노르가유의 소란스러움도 상당한 것이고, 라이노는 그런 이야기조차 없다.

그대로 얼마간 대기하라는 명령이 나왔다.

나는 같은 방에 배정된 베네팀과 무료한 나날을 보내게 되었다. 타츠야에 더해 도터까지 수리소로 보내졌기에 우아한 휴가인 것은 아니다. 술이 없는 것은 아쉽다. 최소한 녀석이 가지고 돌아온 와인 정도는 몰수당하기 전에 챙겨둘 걸 그랬다.

─그렇다. 도터.

녀석은 출혈과 추위로 완전히 쇠약해진 채 우리 진지로 돌아왔다.

운반한 것은 트리실이라는 용병이었다. ─오른팔을 붕대로 감싼, 탁한 붉은 머리의 여자. 무슨 사정이 있는지는 알 수 없다. 그리고 어느 틈엔가 모습을 감추어버렸다.

완전히 의미를 알 수 없다.

나, 베네팀, 차브 셋이서 검토한 결과, 그 여자는 도터가 과거에 구한 곤충 같은 것의 화신 아닌가 하는 결론에 도달했다.

그 결론에 이르는 과정에서 노르가유와 파트세는 어이가 없다는 얼굴로 냉큼 돌아가버렸다. 제이스는 애당초 관여하고 싶지 않은 듯했고, 테오리타는 끝까지 절대 아니라고 주장했다. 한편 라이노의 의견은 생략한다.

뒤집어 말하면 그만큼 우리는 무료함을 주체하지 못하고 있었다는 말이다. 내 독서도 너무 진척되어 가지고 있는 시집은 전부 다 읽어버렸다. 남은 것은 최소한의 훈련을 제외하면 테오리타가 가져온 '지그' 상대를 해주는 것 정도였다. 테오리타의 말에 따르면 파트세는 이 놀이에 별로 강하지 않다고 한다.

그건 둘째치고 이 거대한 무료함의 이유는 오직 하나.

"─테오리타 님과 우리의 향후에 대해서는 아직 갈투일에서 협의 중이라고 해."

내 방에 찾아온 파트세는 험악한 얼굴로 그렇게 말했다.

베네팀이 마침 외출해 있을 때였다. 녀석은 조금이라도 우리의 처우를 개선하기 위해 시종 이곳저곳에 얼굴을 내밀고 있다.

"제3, 제4, 제6, 제10성기사단이 각각 다른 의견을 주장하고 있는 모양이야."

"그렇겠지."

그것 외의 다른 성기사들은 지금 바쁘다. 갈투일에서 제대로 이야기를 할 수 있는 것은 네 성기사단뿐이다. 제7성기사단은 동부전선에 파견되어 있고, 제11은 북부를 누비고 있다.

"…앞으로 어떻게 될까?"

파트셰는 어딘지 진정이 되지 않는 모습이었다. 그도 그럴 것이다. 징벌용사 부대로 떨어져서 별안간 이런 상황이 되어버렸다.

테오리타의 '성검'이 널리 알려지면서 우리가 다소는 싸움에 쓸 수 있다는 것을 갈투일이라면 이해하기 시작했을 것이다. 종교면에서 테오리타의 취급과, 우리의 취급. 그 모두가 향상될 전망은 있었지만 뒤집어 말하면 더 성가신 입장이 될 수도 있었다.

제2왕도 탈환을 위한 작전에서 또 말도 안 되는 역할을 맡게 될 가능성이 크다.

"자이로. 너는 속 편한 것 같구나."

파트셰는 나에게 불만을 말했다. 아마 내가 드러누워 있어서 그럴 것이다. 할 수 있는 일이 없으니까 어쩔 수 없다. 추워서 모포를 뒤집어쓰고 있다.

"그야 뭐… 너처럼 심각한 얼굴로 있어서 사태가 호전된다면 그렇게 하겠지만, 그런 게 아니잖아."

나는 몸을 뒤척였다. 정좌해 있는 파트셰를 올려다보는 형태가 된다. 무슨 까닭인지 파트셰는 몸의 위치를 이동했다. 옆을 향하더니 헛기침을 한 번.

“하, 하지만, 그래도 우리끼리 무언가 할 수 있는 일을….”

파트셰는 나에게 충고를 하려는 모양이다. 이 녀석의 충성심은 대단하다고밖에 할 수 없다.

하지만 그때 입구 쪽에서 목소리가 들렸다.

“—이크. 이건… 방해를 해버린 건가?”

당연히 나와 베네팀의 방에 문 같은 것은 없고 천 조각 하나가 드리워져 있을 뿐이다.

그것을 들어 올리고 한 인물이 서 있었다. 키 큰 남자. 나는 그 녀석을 알고 있었다. 그리고 파트셰도 그럴 것이다. 그 얼굴을 모를 리가 없다.

같은 성기사로서.

“자이로 씨. 여성을 데려와서 휴식 중일 때 죄송하네요.”

엷은 보리색 머리카락. 빛의 각도에 따라서는 금색으로 보일지도 모른다. 호리호리한 체격에 어딘지 믿음직스럽지 않은 남자. —제8성기사단의 단장으로, 이름을 아디프 츠이벨이라고 한다.

잘 알고 있다. 그 악질적인 성격을 포함해서.

“음.”

“왜 그래?”

파트셰는 경계하는 듯한 얼굴을 했지만 나는 개의치 않고 말을 걸었다.

“징벌용사와 대화를 하고 싶은 거야? 권장되지 않는 행위야. 아디프.”

“아뇨. 제가 당신에게 볼일이 있을 리 없잖아요. 전쟁과 마왕 살해 이외에 자이로 씨와 화제가 일치한 기억은 없고 말이죠.”

아디프는 실례되는 말을 했다. 은근히 무례한 녀석이다.

"다만 좀더 고귀한 신분의 분이 당신을 만나고 싶다고 하셔서 안내해드렸습니다."

고귀한 신분. 안 좋은 예감이 들었고, 곧바로 그 예감은 적중했다.

아디프의 큰 신장 뒤에서 소년이 한 명.

"실례하겠습니다."

몹시 단정한 얼굴의 가냘픈 소년이었다. 라이퀠 제프 제이알 메트 키오. 이 나라의 제3왕자. 법 제도상 이 소년보다 고귀한 사람은 손으로 꼽을 수 있을 정도밖에 없다.

안 좋은 예감이 든다. ―무언가 굉장히 성가신 일에 말려들 것 같은 예감이.

"라이퀠입니다."

소년은 이름을 밝혔다. 조금 긴장하고 있다. 하지만 그 입에서는 말이 술술 나오고 있다.

"정식으로 인사를 드리지 못했습니다. 징벌용사 자이로 님과 파트셰 님. 다시 한번 감사를. 도터 님의 부재가 아쉽군요."

"예! 분에 넘치는 영광입니다."

"…예."

파트셰는 잽싸게 경례했고 조금 뒤처져서 나도 그에 따랐다. 드러누워 있는 상태로는 아무리 그래도 무례했기 때문이다. 제이스나 노르가유 같은 비상식적인 녀석들과 동일시하면 곤란하다.

"사례의 말씀 고맙게 받아들이겠습니다."

은연중에 말만으로 충분하다고 말할 생각이었다. 하지만 아니나 다를까. 라이퀠은 전혀 멈추지 않았다.

"감사의 증표로 두 분에게는 들어주셨으면 하는 이야기가 있습니다. 그리고 부탁드리고 싶은 것도."

올 게 왔다고 나는 생각했다. 그만해. 듣고 싶지 않아 같은 말은 농담으로도 할 수 있는 상대가 아니다. 아디프 녀석이 미묘한 미소를 지으며 나를 바라보고 있는 게 열받는다.

"제2왕도에서 우리만 탈출한 것은 왕가의 어떤 비장도구를 가지고 나오기 위해서였습니다."

라이퀠은 한 손에 흰 꾸러미를 들고 있었다. 그것을 치켜들고 천천히 꾸러미를 풀어간다. 나와 파트셰는 그것에서 눈을 떼지 못했다.

왕가의 비장도구.

들은 적은 있다. 제프 제이알 왕가에는 세 개의 왕위계승 증표가 있다고 한다. 소문에 따르면 모두 특별한 성인이 새겨진 도구라는 모양이다. 제1왕도가 소지중인 성충. 대신전에 봉납된 성필. 그리고 제2왕도에 안치되어 있었던 게 그 3번째.

"성건(聖鍵). 케일 보크라고 합니다."

꾸러미가 풀린 그것은 단검과 같은 기구였다. 칼자루가 있고 칼날이 있다. 복잡한 성인이 새겨진 칼날이 젖은 듯한 은색 빛을 내뿜고 있었다.

"이것만은 결코 적의 손에 넘기면 안 되었습니다. 이미 아실지 모르겠지만 이 열쇠에는 특별한 힘이 있습니다."

라이퀠은 목소리를 낮췄다. 다시 말해 그것은…. 나도 들은 적이 있다. 성건에 관한 소문은 정말이었다는 건가.

"이 '열쇠'는 성인의 힘을 봉인할 수 있고, 반대로 봉인된 성인을 해제할 수도 있습니다."

그렇군. 너무도 강력하다. 어떻게든 가지고 도주할 필요가 있었다는 것도 이해가 된다. 이것이 마왕현상의 손에 들어가지 않은 것은 다행이었다.

제2왕도에 있는 대부분의 국영시설은 성인에 의해 제어되고 있다. 제2왕도 탈환작전이 급격히 현실미를 띠기 시작했다.

하지만 그 이야기를… 왜 우리에게?

이유는 금방 알았다. 그 직후 라이퀠은 터무니없는 말을 했기 때문이다.

"자이로 님, 징벌용사 부대는 이것을 이용해서 제2왕도에 잠입공작을 해주었으면 합니다."

"이봐, 잠깐, 기다려봐…."

그런 무례하기 짝이 없는 목소리가 흘러나왔지만 파트세조차 그것을 나무라지 않았다.

"절대적인 충성이 약속된 부대의, 소수정예에 의한 공작… 인 겁니다."

아디프가 라이퀠의 말을 보완했다. 엷은 미소를 띤 채.

"저와 호드 성기사단장이 당신들을 추천했습니다. 목에 있는 성인으로 언제든 소재를 확인할 수 있고, 명령위반이 발생할 경우엔 즉사시킬 수도 있으니 말이죠. 그리고 제 《여신》이라면 유사시에 성건의 회수도 가능합니다."

"부디 부탁드립니다."

우리가 할 말을 잃고 있는 사이에 라이퀠은 더 믿기지 않는 제안을 했다.

"맡아주신다면, 왕가로서 당신에게 최대한의 지원을 아끼지 않겠습니다."

소년은 성건을 움켜쥐었다.

"당신의 몸에 되어 있는 성인의 봉인 중 하나를 해제해드릴 수 있습니다. 그 허락은 이미 받아두었습니다."

내 몸의 성인. 확실히 용사형을 받을 때 그것들은 봉인되었다. 과거에 가지고 있었던 힘이다. 폭파인 자테 핀데와 비상인 사카라만 있었던 게 아니다. ―몇 개의 성인을 떠올린다.

"승락해주시겠습니까?"

무슨 바보 같은 소리를. 나는 긴장해 있는 소년의 얼굴을 보고 신음했다.

왕족의 지명이다. 그것은 명령이나 다름없지 않나.

발소리가 울려 퍼진다.

어둠 속에서 토비츠 휴카는 그것을 들었다.

환청은 아니라고 생각한다. 그렇게까지 정신이 이상해지진 않았다. 이 어둠에는, 이 장소에는 완전히 익숙해져 있다. 시간 감각은 별로 없다. 지금이 밤인지 낮인지도 알 수 없다.

—하지만 이때가 오리라는 것은 확신하고 있었다.

그래서 기다릴 수 있었다. 이곳을 한 번 탈출할 뻔한 지 한 달은 지나지 않았다. 토비츠의 예상으로는 그동안 마왕현상은 인류군에 의해 한 번 패배했을 터였다.

'그렇다는 건 즉.'

토비츠는 천천히 몸을 일으켰다.

감옥 생활을 좀 오래 한 탓에 상당히 쇠약해져 있다. 그래도 뇌만은 전과 다름없이 움직여줄 것이다. 자신이라는 인간은 그런 식으로… 적당하게 만들어져 있다.

'…겨우 내가 나설 차례라는 거로군.'

제2왕도에 있는 궁전의 지하 감옥이었다.

과거에는 흉악한 범죄자만이 유폐되었던 장소지만 마왕현상이 도시를 점거한 후로는 역할이 바뀌었다. 마왕현상에 대해 반항적인 활동을 한 인간의 일부도 이 감옥에 갇히게 되었다. 죽이거나 잡아먹지 않고 감금한다. 토비츠는 거기서 하나의 목적을 발견했다.

녀석들이 쓸데없는 짓을 할 리가 없다. 지금부터 '사용하는' 것이다.

고로 이곳에 있는 것은 죄인이거나 마왕현상에게 있어서 위험한 인간이라는 뜻.

"…토비츠 휴카."

여자 목소리다. 어딘지 어색하고 억양이 별로 없는 목소리. 이 목소리를 듣고 싶었다.

"거기 있지? 아직 죽지 않았어?"

"물론이야."

토비츠는 고개를 들고 쇠창살 밖의 어둠을 응시했다.

"당신 몰래 죽진 않아요. 아니스."

검은 머리 여자였다. 그 용모에는 귀부인이라는 말이 잘 어울린다고 토비츠는 생각한다. 칠흑의 눈동자를 특히 아름답다고 생각하고 있었다. 인간은 가능할 것 같지 않은 흔들림 없는 차가움이 그곳에 있다.

그녀는 '아니스'라고 한다.

마왕현상의 주인 '아니스'. 같은 마왕인 '아바돈'과 '슈갈'과 함께 쳐들어와서 눈 깜짝할 사이에 이 궁전을 탈취했다. 그때 토비츠는 소동을 틈타 탈옥을 시도했다. 감옥에 갇혀 있는 사람들과 함께 인간 병사를 죽이고 바깥으로 향했다.

그 도중에 토비츠는 그녀와 조우했다. —결과는 보는 것과 같다. 하지만 의미는 있었다.

"…네가 말한 대로 됐어. 토비츠."

아니스는 말했다.

“‘라이넥’, ‘프리아에’, ‘아메미트’, ‘카론’… 네 명의 마왕이 토벌당했어. 어떻게 예측할 수 있었지? 그게 인간들의 말하는 성인의 힘?”

“그럴 리가요. 저한테 그런 특별한 재능은 없어요. 단순한 예감입니다.”

토비츠는 몸을 똑바로 세우고 아니스와 마주했다. 최대한의 미소를 떠올린다.

“인간 측 군에 최근 비장의 무기라 할 만한 존재가 추가된 듯하니까요. 들은 이야기에 따르면 그렇게밖에 생각되지 않습니다. 뮬리드 요새에서 ‘이블리스’가 살해된 것도, 최근 국지전에서 올린 이상한 전과도 그 가설을 뒷받침하고 있습니다.”

아니스는 침묵하고 있었다. 일단 토비츠가 하는 말을 모두 들을 생각인 듯하다. 그렇게 아바돈의 지시를 받은 것이리라.

그래도 좋다. ―지금은 그것으로 충분하다.

“아마 하나의 부대일 거라 생각합니다. 특별한 임무를 가진 부대. 불사신 마왕을 죽일 수 있는 비장의 무기를 운용하고, 국지전에서 압도적인 힘을 발휘하는 녀석들입니다.”

“그래. 그렇다면 그것은 어떤 인간들이지? 무언가 대처방법은 있어?”

“그게, 어떤 인간들인지는… 뭐라 말하기 힘들군요.”

토비츠는 쓰게 웃었다. 여기서 허세를 부려봤자 소용없다. 그런 심리전이 통하는 상대도 아니다.

“아주 강력하고, 절대적으로 마왕을 죽일 수단을 가지고 있다는 정도밖에 모르니 말이죠. 그리고 암살에 관해서 전문적인 기술을 가진 소수정예… 겠지요. 아마.”

토비츠의 추측으로는 각자 특수한 기술을 가지고 있는 소규모 집단일 거라 생각되었다. 그만큼 은밀성이 뛰어난 부대다. 마왕을 죽일 수단을 가지고 있고, 그것을 실제로 행사하는 경로를 만들 수 있는 소규모 집단. 암살부대 같은 것이다.

조건 나름이긴 하지만 상당히 성가신 녀석들일 것이다.

"다만 그들에 대한 대처방법은 간단합니다."

토비츠는 한 마디 덧붙였다. 이것만은 확실하다.

"그 부대와는 결코 싸우지 않는 것입니다. 제거할 수 있는 수단이 확립될 때까지는 철저히 무시하는 거죠. 혹은 전진을 막는 것에 전념하거나."

무적의 부대라는 것이 존재한다면 그것을 상대하지 않는 게 제일이다. 가능하다면 조금씩 전력을 깎아내고, 혹은 효과적인 활동을 할 수 없도록 궁지에 모는 것.

그것 이외의 군과도 보다 신중하게 상성을 생각해서 싸워야 한다. 특히 성기사단은 특이한 강점을 갖는다. 마왕현상 개체에 따라서 극단적으로 불리하거나, 반대로 유리한 조합이 존재할 것이다. 지금까지 그것을 하지 않은 것은 어떤 이유가 있어서일까.

'아마 인간의 군대에 대해 잘 이해하지 못한 거겠지. 그 정도 지성이 있는 마왕현상도 별로 많지 않았으니.'

다만 서서히 높은 지성을 가진 마왕현상이 늘어나고 있다. 어떤 원리인지는 모르지만 그렇게 변질되고 있다는 걸 단언할 수 있다.

제4차 마왕토벌 초기에는 볼 수 없었던, 말을 이해하는 마왕현상이 명백히 늘어나 있었다. 인류는 단계적으로 패배하고 있다. 혹은 이미 패배 자체는 결정되어 있고, 조금이라도 나은 패배를 하기 위해 발버둥치는 척하고 있는 것인지도 모른다.

'―그렇다고 해도.'

토비츠는 그렇게 생각한다.

'어느 쪽이든 좋은 일이야.'

세계나 인류에 대해서 생각하는 것은 우울하다. 시시하게 느낀다.

자신은 작은 인간이다. ―옛날부터 쭉 그렇게 느껴왔다. 세계와 인류를 위해서 같은 거창한 거짓말을 위해 목숨을 거는 건 불가능하다. 자신이 할 수 있는 것은 좀더 작은 일이다.

"…다시 말해 제가 제안할 수 있는 작전은 이렇습니다."

토비츠는 가능한 한 차분한 목소리로 말했다.

"그런 녀석들은 방치하고 그 이외의 부대와 싸우는 겁니다."

"그래. 아바돈 님도 그렇게 말씀하셨어."

"각하와 같은 의견이라니 영광이군요."

토비츠는 약간 밀어보기로 했다.

"저를 풀어주고 보다 상세한 정보를 얻을 수 있다면 좀 더 도움이 될 수 있을 거라 생각합니다."

"발언을 조심하도록 해. 아바돈 님이 네 지혜보다 떨어진다고 말하고 싶은 거야?"

"각하보다 인간의 행동에 대해 해박하다는 의미입니다."

아니스의… 극히 논리적인 역린을 건들지 않도록 토비츠는 신중하게 단어를 선택했다.

"부디 저를 써주십시오. 각하와 당신의 기대에 부응하겠습니다."

아니스는 무언가를 검토하고 있는 듯했다.

아니면 이미 결정되어 있는 것을 정해진 만큼의 침묵을 거쳐 이야기하려 하고 있을 뿐인가. 후자 쪽이 있을 것 같다는 생각이 들었다.

"용병 대장이었던 트리실과 이 도시의 경비대장을 맡고 있던 사람이 패배 후 소식이 끊겼어. 인간 관리자를 새로 보충할 필요가 있다고 아바돈 님이 말씀하셨지."

그렇다고 하면… 토비츠는 자신의 작은 승리를 깨달았다.

이미 결론은 나와 있다는 말이다.

"…토비츠 휴카. 두 가지만 내 질문에 대답해."

아니스는 아무런 감정도 보이지 않는 칠흑의 눈동자로 토비츠를 내려다보고 있었다.

주위의 기온이 약간 내려간 것 같다는 생각이 들었다. 그 냉기가 토비츠에게는 기분 좋게 느껴진다.

"첫 번째, 어째서 너는 이 감옥에 들어가 있었던 거지? 군인이라고 했는데 어떤 죄를 저지른 거야?"

"반란에 협력했습니다. 실패하고 말았지만."

토비츠는 겸연쩍게 웃었다.

"마침 따분하던 참이었지요. 요즘 세상에 반란이라니 굉장히 즐거운 일일 것 같아 그쪽에 가담하기로 했습니다. 그 지도자도 재밌었고요."

토비츠가 인식하는 세계는 쭉 색채가 흐린 것처럼 느껴진다.

귀족으로 태어나 군에 입대해서 능력을 요구받고 그에 응했다. 아마 우수한 군인이 될 수 있는 자질은 있었을 것이다. 스스로 무언가를 선택한 적이 없었다. 그 따분함을 견딜 수 없었다.

어느 남자의 반란에 협력한 것도 그게 이유였다. 그 기묘한 용기병.

"결국 그 때문에 붙잡힌 거네."

"그렇군요. 군부의 첩보력을 얕보고 있었습니다. 큰 실수였죠."

용들을 이끌고 왕도를 노리는 호쾌한 작전이었을 것이다. 조금만 더 신중했다면 독립정권을 수립할 수 있었을지도 모른다.

하지만 결국은 육상을 제압당했다. 있을 수 없는 경로에 그물이 처져 있었다. 그 잠복 작전은 성흔이나 《여신》의 힘일 것이다. ―여하튼 다음부터는 그런 것도 고려에 넣어야 한다. 그 이상한 첩보력을 전제로 작전을 세울 필요가 있다.

"그럼 또 한 가지. 왜 너는 우리 편에 붙으려는 거지?"

아니스의 목소리에서는 의문의 감정이 느껴지지 않는다.

"인간인데 어째서? 이 싸움이 끝난 후의 세계를 위해?"

그녀 자신은 그것을 의아하게 생각하고 있지 않은 듯했다. 명령받은 것을 명령받은 대로 실행하는 정교한 인형 같은 태도.

그것을 토비츠는 아름답다고 생각했다.

"나와 대치했을 때 너는 자신의 동료를 등 뒤에서 공격해 모두 죽였어. 그런 것은 인간 내에서는 특수한 행동 아냐?"

"글쎄요?"

토비츠는 하얀 입김을 내뿜었다. 분명한 추위를 느꼈다.

"어려운 문제군요. 제 이유는 조금 극단적이라 해도 별로 특수하진 않을지 몰라요. 인간에게는 그런 성질이 있는 것 아닐까 생각합니다."

"이해할 수 있도록 말해. 아바돈 님에게 전해야 하니까."

"…소중한 것을 지키기 위해서라면 세계도 적으로 돌릴 수 있다는 겁니다. 즉, 제 경우는."

전에도 전한 것을 토비츠는 다시 한번 입에 담았다.

"사랑을 위해서입니다, 아니스. 저는 당신을 사랑하기로 했습니다. 그걸 위해서라면 인류 모두를 적으로 삼아도 상관없어요."

"그래."

아니스의 대답은 처음과 같이 아무런 감정도 실려 있지 않은 것이었다.

그것은 말 그대로 토비츠가 원하던 그것이었다.

"네가 특수한지 어떤지는 아바돈 님에게 여쭤보기로 할게. 여기서 나오도록 해."

삐걱이는 소리를 내며 감옥이 열렸다.

"일을 해줘야겠어. 토비츠 휴카."

아니스의 얼굴이 뚜렷하게 보였다.

이 아름다움이라고 토비츠는 새삼 생각했다. 그녀를 위해서라면 목숨을 버려도 아깝지 않다.

'그래. 세계 전부를 적으로 돌리더라도 말야.'

지금까지 그런 말은 어딘지 공허하고 따분하게 들렸었다. 반란을 일으켰을 때도 따분함을 달래기 위해서였다. ―지도자였던 그 남자를 부럽게 생각했다.

제이스 파치락트.

그는 정말로 소중한 것을 가지고 있었다. 자신과 정반대라 할 만한 남자였다.

'지금은 나도 그 마음을 알 것 같아.'

목숨보다 소중한 존재가 생겼다.

그걸 위해 싸우게 되다니… 이렇게 기분이 고양되는 일은 없다.

"—그게 토비츠 휴카인가."

감옥에서 나오자 지하의 어둠 속에 몇 개의 그림자가 있었다.

토비츠는 잽싸게 그쪽을 관찰했다. 그림자는 세 개. 거대한 곤충 같은 괴물. 인간형. 그리고… 검은 누더기 뭉치 같은 정체 모를 무언가. 그중 인간형이 음울하고 어딘지 녹이 슨 듯한 목소리를 냈다. 이상할 정도의 새우등이긴 하지만 장신의 남자. 아니, 인간형 마왕 현상이려나?

토비츠는 그렇게 예상했다. 몹시 병약해 보이는 흰 안색이 맘에 걸린다.

"부잼. 왜 굳이 이곳까지? 다른 사람을 데려온 거야?"

아니스는 차가운 목소리로 물었다. 주위 기온이 더 낮아진 것 같다는 생각이 든다.

"아바돈 각하의 지시? 나를 신용하고 있지 않다는 의미?"

"아냐. 인사해둬야 한다고 생각했어. 새로운 동료에 대해서는 그게 예의에 맞는 태도야."

"예의."

아니스는 어색하게 그 말을 복창했다. 토비츠가 처음으로 듣는 듯한 목소리였다.

"그것은… 어떤 거지? 난 이해가 안 돼….".

"그게 당연해. 아주 복잡한 인간 문화에 기반한 개념이고, 나에게 있어서도 아직 어려운 것이니까."

그리고 '부잼'이라 불린 남자는 크게 고개를 숙였다. 의외로 우아한 동작으로.

"나는 '부잼'이라고 한다. 마왕이다. 앞으로 잘 부탁한다. —이런 식이야."

부잼은 뒤를 돌아보았다.

"자기소개는 자신의 존재에 대해 간결하게 언급하는 것을 말해. 다들 배우도록 해."

"나, …나는… '아방크'."

놀랍게도 제일 먼저 호응한 것은 검은 누더기 뭉치 같은 그림자였다. 잘 보니 그것은 인간형에 가까울지 몰랐다. 옷자락이 스륵스륵 손가락처럼 움직였다.

"앞으로, 잘… 부탁… 한다? 이거면 됩니까? 부잼."

"충분해."

"아, 아, 아, 예…."

캉 하는 기묘하게 마른 소리가 울려 퍼졌다. 검은 누더기의 등 뒤, 토비츠의 눈에는 그 벽에 몇 줄기 선이 새겨진 것처럼 보였다. 그것도 순식간에. 무엇을 했는지는 알 수 없다.

"긴장… 하고 있습니다. 죄, 죄… 죄송합니다. 저는… 저기…."

마른 소리가 다시 두 번. 벽에 마구잡이로 날카로운 직선이 새겨진다.

"서툴러서. 인간에 대해서… 이것저것… 아니, 그것 말고도, 뭐든…."

"신경 쓸 필요는 없어. 누구에게나 잘하는 것과 못 하는 것이 있으니까."

부잼은 만족스럽게 고개를 끄덕이고 무언가를 집어 들었다.

─팔이었다. 부잼의 팔이 어느 틈엔가 잘린 채 그곳에 떨어져 있었다. 절단된 건가? 방금 그건 '아방크'가 한 일인가? 토비츠로선 판별이 되지 않았다.

"남은 한 명은 언어를 다루는 기능이 떨어지니 내가 대신 소개하기로 하지."

그 상처 부위에서 혈액이 분출되는 일도 없이, 부잼은 팔을 절단면에 갖다댔다. 그것으로 원래대로 접합된 듯했다. 이상한 신체구조를 가지고 있는 것 같다.

"여기 있는 그녀가 '슈갈'이야. 제2왕도의 하늘을 방어하고 있지."

곤충 같은 괴물이 날개를 펼치고 끼릭끼릭 이상한 울음소리를 냈다. 그에 따라 입으로 보이는 부분이 황금색으로 빛났다. 그 빛이 불똥처럼 어둠에 흩어진다. 그녀라고 했으니 여성체인가?

그것을 곁눈으로 보고 부잼은 만족스럽게 고개를 끄덕였다.

"토비츠 휴카. 너를 제2왕도의 동료로서 환영할게. 지금부터 우리는⋯."

"기다려. 부잼. 네가 대표인 것 같은 얼굴을 하지 마."

아니스는 차가운 말로 차단했다.

"아바돈 각하에 대해 실례잖아."

"⋯그렇군. 그건 미안하게 됐어."

부잼은 눈에 띄게 실망한 듯했다. 이것에는 토비츠도 웃고 말았다. 아무래도 이 부잼이라는 남자는 어지간히 별난 마왕현상인 듯하다. 토비츠가 아는 어느 개체와도 다르다고 생각한다.

그래서 웃으며 한 손을 내밀었다.

"정중한 소개, 고맙습니다. 부잼. 늦었습니다만 저는 토비츠 휴카라고 합니다. 부디 좋은 관계를 쌓고 싶군요.”

“노력할게.”

부잼의 마르고 쭈글쭈글한 듯한 손의 감촉. 다음으로 아니스에게도 손을 내민다. 이쪽이 진짜로 하고 싶었던 일이다.

“—아니스. 환영의 증표로 제 손을 잡아주지 않겠습니까?”

“그럴 필요를 느끼지 않아.”

아니스는 당연하다는 듯 무표정하게 거절했다.

“결과를 보이도록 해. 토비츠 휴카. 우리는 동기나 과정 같은 건 평가하지 않으니까.”

“바라는 바입니다.”

그래서 아니스에게 이끌렸다.

분명 자신은 전력을 다해 결과를 낼 것이다. 그것이 인류와, 자신을 파멸시킬 결말을 초래하는 행위일지라도.

연합왕국 제1왕도 제펜테에는 신전의 숫자가 많다.

공식적으로 인정되고 있는 것만으로 여덟 개의 신전이 존재한다.

그중에서도 최대의 것은 왕궁에 인접해서 건설된 커다란 신전…, '회색의 요람'이라 불리는 것일 것이다. 신전이 정한 대예배 날에는 사람의 왕래도 많다. 관광지로써도 인기가 있어서 제1왕도를 찾은 사람이라면 대부분 이 신전을 보았을 것이다.

그래서 편리한 위장 수단이 된다.

제12성기사단 카프젠 다크롬이 방문했을 때도 석양 무렵의 신전에는 아직 사람이 북적대고 있었다. 신전 사제와 종사들, 관광객. 그런 사람의 흐름을 빠져나와 의도적으로 복잡한 미로처럼 설계된 회랑으로 가면 신전의 가장 깊은 북쪽 변두리에 도착한다. 틀림없이 실력 있는 경비원이 몇 명. 그곳에 있는 것은 창고 같은, 이름도 쓰여 있지 않은 방이다.

실제로는 창고 같은 게 아니다. 관계자만이 알 수 있는 이름도 있다.

—'회등묘'라 불리고 있다. 존재를 모른다면 그냥 지나쳐 버릴 듯한 크고 튼튼할 뿐인 문.

"오랜만이군."

카프젠은 문에 있는 자물쇠에 손바닥으로 숨길 수 있을 만한 작은 카드를 내밀었다. 그곳에 새겨진 성인이 기동하자 철컥 하는 금속음이 나며 문이 열린다.

'대략 반년만인가. 꽤 오랫동안 싸움터를 전전하고 말았군.'

뒤로 문을 닫는다. ―창문을 완전히 닫아놓은 탓에 안은 어둑어둑하다. 그저 성인 조명의 희미한 빛이 군데군데 켜져 있을 뿐이다.

'이것이 바로 마왕현상과 공생파에 대한 인류의 핵심.'

그렇게 부르기에는 너무도 소박하다.

화려한 장식은 일절 없다. 벽을 책장과 책이 뒤덮고 있고, 중앙에는 원탁.

그곳에는 탁자에 엎드려 무언가의 책을 펼쳐놓은 채 고른 숨소리를 내고 있는 여자가 한 명. 말을 걸면 안 된다. 어차피 또 하룻밤이나 이틀밤 철야로 작업을 했을 것이다. 고개도 들지 않고 말없이 깃털 펜을 움직여 무언가를 계속 쓰고 있는 노인도 있다.

'여느 때와 같군.'

자연스럽게 카프젠의 시선은 방 안쪽으로 향했다. 왜소한 그림자 하나가 그곳에 앉아 있었다.

"실례하겠습니다."

카프젠은 그곳에 무릎을 꿇었다. 왜소한 그림자에게 고개를 숙인다.

"기체후 일향만강 하셨는….."

"비꼬는 말도, 비아냥도 필요 없어. 기체후 일향만강할 리 없잖아."

그 그림자는 카프젠의 인사를 끊고 소리쳤다.

"빨리 왔네. 카프젠."

어딘지 나른한 듯한 목소리. 카프젠은 알고 있다. ―그 목소리는 피로를 얼버무리려 하고 있는 것이다. 여전히 바쁜 모양이다. 이 왜소한 그림자가 바로 카프젠이 모시는 주인. 그리고 '회등묘'의 왕이기도 했다.

"좀 더 늦어질 줄 알았어. 어느 전선에서도 너희들을 필요로 하고 있으니까. 문제가 그렇게 빨리 해결된 거야?"

"아뇨, 추측하신 대로 제 일은 조금도 줄어들지 않았군요. 다만 상황은 크게 움직였습니다."

"제2왕도지?"

카프젠의 말에 상대는 우울한 한숨을 쉬었다.

"성가신 이야기야. 지금은 듣고 싶지 않은데."

"들어주셔야 합니다. 각하는 누구보다 골머리를 썩여주셔야 해요."

"몹쓸 부하가 있군."

웃었다. 조소에 가까운 웃음이었다. 이 왜소한 주인은 서서히 닮아가고 있다고 카프젠은 생각했다.

"—그럼 좋은 보고가 있으면 그쪽을 먼저 들을게."

"징벌용사 건이겠죠. 그 녀석들은 예상 이상으로 선전하고 있습니다. 투진·투가 구릉을 돌파하고 제9성기사단과 함께 마왕현상 네 마리를 격파했습니다."

"하하! 그렇지? 그럴 거야."

이번 웃음은 아까보다는 자연스러웠다. 이 세상의 어두운 무언가를 웃음으로 날려버리는 듯한 희미한 힘이 실려 있는 것처럼 보인다.

"우리의 용사야. 그 정도는 해줘야지."

"그들에 의해 라이퀄 님, 메르네아티스 님도 구출되었다고 합니다. 무사하시다네요.”

“그래. 무사하군.”

중얼거리고나서 잠시 침묵. 시선을 떨군다. 하지만 카프젠이 보는 곳에서 그는 감정이라 할 만한 것을 겉으로 드러내는 일은 없었다.

“그렇다면 케일 보크는 어떻게 됐지? 성건을 가지고 나올 수 있었나?”

“의심할 여지 없이, 징벌용사 부대와 함께 제2왕도 탈환의 강력한 카드가 될 겁니다.”

“흠, 거기까지는 좋아. 하지만 슬슬 나쁜 보고를 듣게 될 것 같군.”

“예. 갈투일이 그 ‘성녀’ 계획을 입안했다고 합니다. 행정실이 실행허가를 내렸습니다.”

“그렇군.”

결국 바깥 권력자들의 움직임을 저해할 순 없다. 그것이 얼마나 인류에게 파격적인 것이라 해도, 카프젠이든… 이 ‘회등묘’의 주인이든 직접적으로 막을 힘은 없다.

‘성녀’ 계획. 그것을 알면 자이로 폴바츠는 어떤 반응을 보일지 카프젠은 생각해 보았다. 화를 낼까? 그것은 틀림없다.

왜냐하면.

“《여신》 세네르바의 유해를 적합자에게 이식. 그것으로 ‘성녀’를 만들어 제2왕도 탈환의 무기로 삼는다. 그것은 틀림없이 인류의 기치로서 효과적으로 기능할 것이다. …라고 하더군요.”

“실책이야. 자신들의 목을 조르게 될 수 있어.”

왜소한 그림자는 한 손을 흔들어 보이고 일어섰다.

그 얼굴을 흐릿한 성인 조명이 하얗게 비추었다. 아직 앳된 섬세한 옆얼굴. 소년이라 해도 좋다. 피로와 스트레스에 의한 그늘만 없다면 귀공자라 할 만한 용모일 것이다.

"역시 저지는 할 수 없었나."

"불가능했습니다. '성녀' 암살을 시도해볼까요?"

"아니, 적합자는 찾으면 또 있겠지. 막을 거면 모든 책임자와 이 일에 관여하고 있는 공생파 녀석들을 한 놈도 빠짐없이 제거할 필요가 있는데, 그것은 불가능해."

"하지만 지켜보기만 할 순 없습니다."

"…신전의 수석 대사제를 교체해. 그 사람도 슬슬 퇴임할 때가 됐으니까. 신전 세력이 '성녀' 운용을 견제하는 거야. 《여신》의 유해를 쓰는 이상, 군부도 신전의 발언을 무시할 수 없겠지."

"수석의 교대입니까? 흠, 현실적으로 가능할까요?"

"방법은 이쪽에서 생각할게. 그리고 갈투일에도 누군가 유용한 인물을 보내고 싶네. 제12성기사단을 증원하고 싶지만 어려우려나?"

"신용할 수 있는 사람은 하룻밤에 생겨나는 게 아니니 말이죠."

"알고 있어. 귀족 연합의 감시도 축소할 순 없겠지."

카프젠이 이끌고 있는 제12성기사단의 인원은 간단히 늘릴 수 없다.

반면 공생파와의 암투에 노출되어 있는 탓에 항상 인원부족이기도 하다.

"…나 자신이 귀족들을 살피려 해도 한계가 있어."

중얼거리는 소년의 눈은 원탁에 향해 있었다. 연합왕국의… 인류의 영토가 상세하게 그려진 지도가 그 원탁을 뒤덮을 듯 펼쳐져 있다.

"동방세력과의 융합도 진행해야 되고, 재상의 영향력도 줄이고 싶은 대목이야."

"너무 직접 움직이지 마시길. 만에 하나의 일이 생기면 곤란합니다."

"부자유하군."

"당연합니다. 참으시길."

소년에게는… 다시 말해 연합왕국 제1왕자 레나볼 제프 제이알 메트 키오에게는 의심할 것 없이 인류의 미래가 달려 있다. 현재의 왕이 완전히 인류를 배반해버린 현재, 그가 바로 최대의 희망이었다.

카프젠이 가장 우선해야 할 일은 어떻게든 이 소년을 옥좌에 앉게 하는 것이다.

지금도 여러 가지 수단을 강구하고 있지만 양위를 성립시킬 때까지 지켜내야 한다.

"그들도 결코 자유롭지는 않을 테지만 징벌용사 부대가 부러워."

레나볼은 다시 조소와 같은 표정을 떠올렸다.

'정말 닮아가네.'

지금은 없는 그의 형, 로우칠과 나날이 닮아가고 있다. 아무것도 곤란할 건 없지만 가끔 당황하게 되는 일은 있다. 익숙해져야 한다고 카프젠은 스스로를 타일렀다. 로우칠을 잃은 세계는 앞으로도 계속된다. 계속되어야 한다.

왜냐하면 그를 죽인 것은 다름 아닌 자신이기 때문이다.

그 죄를 속죄할 수 있을 거라고는 생각하고 있지 않다. 속죄할 생각조차 없다. 그러긴커녕 이 소년을 다음 왕으로 만들어서 인류의 승리를 위한 도구로 쓰려 하고 있다.

"도터 씨는 뭐하고 있을까?"

레나볼은 지도가 아니라 하늘을 올려다보았다. 과거 그를 왕궁에서 빼내려 했던 터무니 없는 도둑이었다. 그로부터 4년. 불과 4년 만에 제1왕자 레나볼은 경이적인 성장을 이루었다. 육체뿐만 아니라 정신도.

그때 울고 있던 소년은 지금은 완전히 '회등묘'의 주인이 되었다. 그렇게 되도록 만들었다.

"용사들을 가혹한 환경에 빠뜨린 것은 나지만 언젠가 그들을 만나보고 싶군."

"생각만 하십시오."

도터가 수리소로 보내진 것은 말하지 않기로 한다. 레나볼에게는 무엇보다 희망이 필요한 것이다. 징벌용사 부대가 바로 그것이었다. 그들이 올리는 전과는 카프젠에게 있어서도 희망이 되어가고 있다.

"카프젠. 약속해줘. 나한테 무슨 일이 생기면 징벌용사에 넣어준다고."

"예."

그런 일이 생기면 틀림없이 인류는 패배할 것이다. 굉장히 악취미한 농담이다.

그래서 카프젠은 웃으며 순순히 수긍했다.

“그때는 제가 각하를 반드시 용사형에 처하겠습니다.”

— 다음 권에 계속 —

언제나 감사드립니다. 로켓상회입니다.

이번에도 천장에서 케햐 하고 습격해오는 악역을 이야기할까 생각했습니다만 생각 이상으로 페이지 숫자가 늘어버린 탓에 왜 제가 이런 부류의 악역을 좋아하게 되었는지 적어볼까 합니다.

그것은 그들이 예외 없이 즐거워 보이고, 텐션이 높으며, 인생을 구가하고 있기 때문입니다. 취미를 직업으로 삼는다는 말이 있습니다만, 그들은 취미를 인생 그 자체로 삼았습니다. 수단과 목적이 일체화되었다고 해도 좋겠죠. 그들에게 있어서 나이프를 할짝할짝 핥는 것과 기성을 지르며 공격하는 것은 그것 자체가 목적인 겁니다.

그런 까닭에 저는 그들의 해피 라이프 인조이 스타일에 감동하고, 거기서 일종의 아름다움과 통쾌함을 느끼는 것일지도 모르겠습니다. 그들처럼 살고 싶다고는 전혀 생각하지 않습니다만…. 하지만 투명화해서 천장에 매달리는 능력을 손에 넣는다면 나도 모르게 그들과 같은 행동을 할지도 모르겠네요. 지금부터 나이프를 할짝할짝 핥는 연습을 해둘까 합니다.

이렇게 쓸데없는 후기를 적을 수 있는 것도 오로지 여러분의 성원 덕분입니다.

이 자리를 빌려 여러분에 대한 한없는 감사의 마음을 표명하며 마무리할까 합니다.

용사형에 처함 3
징벌용사9004부대형무기록

2025년 7월 15일 초판 인쇄
2025년 7월 30일 초판 발행

저자 · 로켓 상회
일러스트 · 메피스토
역자 · 김영종
발행인 · 황민호
전략콘텐츠사업본부장 · 박정훈
책임편집 · 김선림
편집기획 · 신주식 최경민 윤혜림
마케팅 · 이승아
국제업무 · 이주은 김준혜
제작 · 최택순 성시원
한국판 디자인 · 디자인 우리
발행처 · 대원씨아이(주)

서울 특별시 용산구 한강로3가 40-456
편집부 : 02-2071-2104 FAX : 02-794-2105
영업부 : 02-2071-2061 FAX : 02-794-7771
1992년 5월 11일 등록 3-563호

http://www.dwci.co.kr/

YUSHAKEI NI SHOSU CHOBATSU YUSHA 9004TAI KEIMU KIROKU Vol.3
©Rocket Shokai 2022
First published in Japan in 2022 by KADOKAWA CORPORATION, Tokyo.
Korean translation rights arranged with KADOKAWA CORPORATION, Tokyo.

ISBN 979-11-423-1950-1 04830
ISBN 979-11-7288-358-4 (세트)